Johannes Krauss, u. a.

Bibliothek der Unterhaltung und des Wissens

Jahrgang 1901

Johannes Krauss, u. a.

Bibliothek der Unterhaltung und des Wissens
Jahrgang 1901

ISBN/EAN: 9783741130663

Hergestellt in Europa, USA, Kanada, Australien, Japan

Cover: Foto ©Andreas Hilbeck / pixelio.de

Manufactured and distributed by brebook publishing software
(www.brebook.com)

Johannes Krauss, u. a.

Bibliothek der Unterhaltung und des Wissens

Bibliothek

der

Unterhaltung

und des Wissens

Mit Original-Beiträgen
der hervorragendsten Schriftsteller und Gelehrten
sowie zahlreichen Illustrationen

Jahrgang 1901 • Achter Band

Stuttgart • Berlin • Leipzig
Union Deutsche Verlagsgesellschaft

Inhalts-Verzeichnis.

6   Inhalts-Verzeichnis.

Zu der Erzählung „Ein sonderbarer Zweikampf" von Ulr. Myers. (S 79)
Originalzeichnung von Willy Stöwer.

Fata Morgana.

Roman von Gustav Johannes Krauss.

(Fortsetzung.) ✿✿

Kitty holte tief Atem und sprach dann rasch weiter: „Um mich eine Zeitlang den hiesigen Verhält-nissen völlig zu entziehen, ging ich fort, nach Süddeutschland, nach München, nach Wien, in die Alpen. Zum erstenmal in meinem Leben reiste ich außer der Saison, vermied ich die Orte, die zu besuchen hergebracht ist, und an denen man daher in der Reisezeit immer Bekannte trifft, mit welchen man dann das alte Leben fortsetzt, nur unter veränderten äußeren Umständen. In dem Atelier eines Münchener Malers habe ich die Skizze eines Bildes von grimmiger Satire gesehen, drei Männer, die auf der Spitze eines hohen Berges, von den roten Flammen des Sonnenauf-gangs umlobert, stumpfsinnig in die Karten starren, die sie in den Händen halten, und ihren Skat, oder was es sonst ist, so eifrig dreschen, als säßen sie in ihrer Berliner Stammkneipe. So ähnlich wie die reisen wir alle, so bin auch ich gereist — früher. Diesmal aber war's anders. Ich ließ die Natur auf mich wirken, ich sah den Menschen in die Augen. Und da habe ich gelernt, daß

nur der glücklich ist, der sein Genügen in sich selber sucht.
Das haben mich die Künstler gelehrt, nicht unsere Mode-
maler und Salondichter, die zwischen Diners, Thees,
Bällen, Badereisen, Jachtklubfahrten und ähnlichem kaum
die Zeit übrig behalten, in aller Eile schnell das unsterb-
liche Werk zu schaffen, mit dem sie sich diese Saison einstellen müssen, um nicht ins Hintertreffen zu kommen,
sondern die anderen, die in der Provinz, von denen man
nicht spricht, die man nicht bei Geheimrat Meier und
Excellenz Müller trifft, sondern in ihren bescheidenen
Ateliers aufsuchen muß, wenn man sie sehen will. Das
hat mich vor allem der Alpenbauer gelehrt mit seiner
unendlich harten, kärglich lohnenden Arbeit auf dem
steinigen Felde, dem er sein Brot abringt, und mit seiner
Inbrunst des Sonntags in der Kirche, wenn die Orgel
klingt, vom Altar her die feierlichen Worte hallen, und
der Weihrauch in blauen Wolken emporsteigt. An keinem
Orte der Erde kann man so viele glückliche und von diesem
Glücke geradezu verklärte Gesichter sehen wie des Sonntags in der Kirche irgend eines armen, weltabgeschiedenen
Alpendorfes."

„Selig sind die Armen im Geiste," murmelte das Gesell-
schaftsfräulein ergriffen, „denn ihrer ist das Himmelreich."

Der Professor meinte: „War es wirklich nötig, so weit
fortzugehen, um über das wahre Wesen des Glücks Auf-
schluß zu erhalten? Sie wissen, ich bin ein begeisterter
Berliner, gnädige Frau, und so behaupte ich steif und
fest, daß Sie hier von unserer arbeitfreubigen, pflicht-
bewußten, tüchtigen Bevölkerung ganz das nämliche hätten
lernen können."

„Es kann sein," antwortete Kitty. „Es scheint mir
sogar sehr wahrscheinlich, wenn ich mich erinnere, wie oft
mir des Sonntags im Grunewald die jungen Arbeiterinnen,
die in ihren simplen Waschkleidchen und den Zweimark-

hüten so über das ganze Gesicht vor Freude strahlen, den
Eindruck gemacht haben, als hätte für sie die Sonne einen
ganz besonders leuchtenden Schein, den wir gut situierten
Menschen nicht sehen, und als wüßten sie irgend eine ge=
heimnisvolle, wunderliebliche Süßigkeit in ihren dünnen
Kaffee zu thun, die aus dem schalen Gebräu den reinen
Göttertrank macht. Aber hier hatte ich ja nicht die Zeit,
die Augen aufzuthun und um mich zu sehen. Ich war
immer so außer Atem, körperlich und geistig."

„Das reine Himmelswunder, von einer Frau in Ihrer
beneidenswerten Lage diese Weisheit zu hören!" rief Niebel=
Steinfels enthusiastisch. „Und wie denken Sie sich nun die
Zukunft, gnädige Frau? Verzeihen Sie die etwas indis=
krete Frage!"

„Ich habe doch selbst begonnen, von diesen persönlichen
Dingen zu reden," antwortete Kitty einfach. „Ich denke
an gute Bücher, gute Musik, Bilder, Theater, einen
kleinen, ausgewählten Kreis lieber Menschen, mit denen
ich mehr austauschen kann als leere Höflichkeiten und fri=
vole Scherze. — Und im übrigen warten."

Die letzten Worte sprach sie leise, so leise, daß bloß
Moosdörfer sie hörte, dessen ganze Seele ja in seinem
Gehör sich konzentriert hatte, so daß ihm kein Atemzug,
keine Regung des geliebten Wesens entging.

Der Professor war aufgesprungen, auf Kitty zugestürzt
und hielt nun ihre beiden Hände fest, während er stürmisch
wie ein Jüngling auf sie einredete: „Gott sei Dank, daß
Sie zu diesen Einsichten gekommen sind — und vor
allem zu diesen Vorsätzen! Wenn Sie wüßten, wie leid
es mir oft gethan hat, eine Frau von Ihren Vorzügen
im Weltdamentum untergehen zu sehen! Herrgott, freue
ich mich, daß ich mich nicht getäuscht habe, wenn ich
immer wieder dabei blieb, in Ihnen steckte etwas anderes,
Ernsteres als in den übrigen!"

In diesem Tone trieb es der sanguinische alte Herr
eine ganze Weile fort. Dann hub er auf einmal an,
zum Aufbruch zu drängen. Er konnte es nicht erwarten,
seiner Nike von dem Wunder zu erzählen, das sich an
Frau Bothe vollzogen hatte.

Moosbörfer hätte den guten Mann ermorden mögen,
als er anfing, vom Nachhausegehen zu reden, und auch
in der Stimme der Hausfrau klang einiger Unmut mit,
als sie die Herren bringend aufforderte, doch noch zu
bleiben. Die beiden hätten ja am liebsten die ganze Nacht
so nebeneinander gesessen. Aber da gab es kein Halten
mehr. Der Professor wollte um jeden Preis aufbrechen.

Die Gesellschafterin meinte, es geschehe, um den Störenfried zu strafen, als ihre Herrin beim Abschiede dem
jungen Steirer in so dringendem Tone sagte: „Sie brauchen sich nicht auf die Abende zu beschränken, an denen
der Herr Professor Zeit hat, Herr Moosbörfer. Kommen
Sie, so oft Sie eine freie Stunde haben, oder eine
Stunde, in der Sie sich einsam fühlen hier in der Fremde.
Ich werde mich immer freuen, Sie zu sehen.“

Matthias verstand diese Einladung ganz anders als
das Fräulein v. Puggstein. Das Herz zum Ueberlaufen
voll, neigte er sich über Frau Kittys Hand und drückte
einen langen, heißen Kuß auf die zarten Finger, die unter
der Berührung seiner Lippen zusammenzuckten.

Den Rückweg legten die beiden Herren trotz des schönen
Abends in einer Droschke zurück, so ungeduldig war der
Professor, seiner Frau das Erlebte zu erzählen und ihr
zu beweisen, daß im Falle Bothe seine Psychologie doch
die scharfsinnigere war.

Der Triumph, den er erwartete, blieb aber in der
kläglichsten Weise aus. Frau Riedel-Steinfels hörte die
Erzählung ihres Gatten ruhig an, ohne eine Miene zu
verziehen oder ein Wort zu sagen, bis der Professor, dem

biese unburchbringliche Miene unheimlich und ärgerlich
war, sie brängte.

„Nun, Rike? Du sagst ja gar nichts zu bem allem!
Giebst bu jetzt zu ...?“

„Gar nichts geb' ich zu,“ unterbrach ihn die würdige
Dame energisch. „Das Ganze ist Thuerei, Grimasse,
Komödienspiel eines Geschöpfes, das sich vor der Langen=
weile nicht zu retten weiß.“

„Nun höre aber mal —“

„Ich höre, ich habe beine ganze rührende Geschichte
angehört, bu Kinbskopf, und ich bleibe babei: sie hat
sich bloß so. Auf ben hübschen Burschen ist es abgesehen.
Ihn will sie behexen und köbern. Außerbem macht ihr
die Rolle, bie sie sich ba zurechtgelegt hat, an und für
sich Spaß. Und daß bie Welt über die Geschichte rebet,
ist ihr gerade recht. Eine Schauspielerin will ihr Parterre
haben, und stark besetzt muß es sein.“

„Und ich bleibe babei,“ sagte Riebel=Steinfels beinahe
erbittert, „baß diese so viel verläfterte Frau im Grunde
ihres Wesens eine eble, feinfinnige Natur ist, bie nur
von ben Umftänden auf Abwege gebrängt ist. Daß sie
sich in ben Moosbörfer verliebt haben, und diese Liebe
ihrem eigentlichen Wesen zum Durchbruch geholfen haben
mag, geb' ich ja zu.“

Frau Riebel=Steinfels sah ihrem begeisterungsfähigen
alten Knaben von Eheherrn mit überlegenem Lächeln in
bas erhitzte Gesicht. Sie widersprach aber nicht. Wozu
auch?

Zwölftes Kapitel.

Kitty lebte jetzt sehr zurückgezogen. Sie hatte fast
noch niemand von ihren zahllosen Bekannten besucht. Wer,
von Neugier gestachelt, an bem monumentalen schmiebe=

eisernen Portal, das Moosdörfer solchen Schreck eingejagt
hatte, auf den Knopf des elektrischen Läutewerks drückte,
mußte sich meist damit begnügen, seine Besuchskarte ab=
zuwerfen und weiterzuziehen. Diese unbegreifliche Frau
brachte das Kunststück zuwege, fast nirgends hinzugehen
und zugleich fast niemals zu Hause zu sein.

Wer sich unsichtbar macht, wird sonst in der großen
Stadt sehr rasch vergessen. Bei Kitty Bothe war das
Gegenteil der Fall. Die Unnahbarkeit umgab ihre Gestalt
in der Einbildungskraft der Leute mit einem neuen und
besonderen Nimbus. Je menschenscheuer das prächtige Haus
an der vornehmsten Straße des Westens sich hinter seinen
Vorgarten zurückzuziehen schien, desto neugieriger reckten
die Leute, die draußen am Gartengitter vorübergingen,
die Hälse.

Stundenlang konnte Kitty auf ihrer Terrasse sitzen,
ins Grüne hinausstarren und ihren Gedanken nachhängen.
Diese neue Liebe, die in allem so ganz anders war als
alles, was sie vorher erlebt hatte, hatte alle die bunten
Träume der Backfischzeit in ihr wieder lebendig gemacht,
diese wunderholden Träume, die langsam ziehenden, rosen=
roten, sonnengoldenen Wolken glichen, in denen die Fata
Morgana des Herzens unklare, in den Umrissen ver=
schwimmende Bilder eines unbegreiflichen, überschweng=
lichen Glückes erscheinen ließ, dessen bloße Ahnung schon
das Herz schwer machte vom Uebermaß der Wonne, so
schwer, daß der Träumerin die Augen feucht wurden, und
ihr Atem rascher und rascher ging, als keuche sie unter
einer schweren Last. Der Ausdruck ihres schönen Gesichtes
war manchmal so schwärmerisch entzückt, daß das nonnen=
hafte Fräulein v. Puggstein, dem die große Glückssehn=
sucht des Weibes noch unbefriedigt im vierzigjährigen
Busen brannte und in der Armen einen Hang zur Mystik
erzeugt hatte, auf die wunderlichsten Ahnungen verfiel

unb ihrer Herrin manchmal allen Ernstes einen heimlichen Rapport mit den seligen Geistern des Himmels zumutete.

In diesem wunderlichen Traumleben, dem alles Häßliche, Kleine und Kleinliche des Erdendaseins so weltenfern war, wurde Kitty eines Morgens unangenehm gestört, indem ihr ein dicker eingeschriebener Brief gebracht wurde, der schon von außen so widerlich und gemein auf sie wirkte, daß sie sofort wußte, die Sendung müsse von Hellmers sein.

Sie stand auf und trug den Brief in ihr Zimmer, an dessen Thür sie den Nachtriegel vorschob, ehe sie das Schreiben öffnete.

Ein Blick auf die Unterschrift des Briefes, dem noch allerlei Papiere beilagen, überzeugte sie, daß ihre Ahnung recht behalten hatte. Die langen, schmalen Papierstreifen, die dem Briefe beilagen, waren die Wechsel des Freiherrn v. Mahlow, vierzehn an der Zahl, jeder auf der Rückseite mit einer langen Reihe von Unterschriften versehen.

Rasch, um mit der widerlichen Sache je eher je besser fertig zu werden, nahm die junge Frau das Verzeichnis zur Hand, das Hellmers als ordnungsliebender Kaufmann ausgefertigt hatte, und strich die Beträge der einzelnen Papiere darin ab. Das Verzeichnis stimmte, die Summe der Posten stimmte auch, wie sie sich durch flüchtiges Nachrechnen überzeugte. Sie betrug fünfundbreißigtausend und einige hundert Mark.

Als das erledigt war, las Kitty erst das Begleitschreiben, das langatmig schilderte, welche Mühe es den Schreiber gekostet habe, den Befehl der gnädigen Frau zu erfüllen und die Papierchen des Freiherrn, die in allen möglichen Händen verstreut waren, vollzählig zusammenzubringen, obendrein in so kurzer Zeit.

Dem Diensteifer des dankbaren Verehrers des seligen Herrn Kommerzienrats sei die Sache aber schließlich doch

gelungen. Nun sei Herr Hellmers zu dem Freiherrn gegangen und habe mit dem Manne verhandelt, was eines
ganz beispiellosen Aufwands von Geduld und Diplomatie
bedurft habe, denn der Mensch habe getobt wie ein Toll-
häusler, habe den Edelmütigen, der ihn retten wollte,
mit Prügeln bedroht und durchaus wissen wollen, wie
Herr Hellmers dazu komme, die Wechsel zahlungsunfähiger
Edelleute aufzukaufen und unprotestiert verfallen zu lassen.

„Ich kann Sie versichern, gnädige Frau," schloß der
Brief, „daß ich ein Mensch bin, dem es die allergrößte
Freude macht, helfen zu können, und daß es mein größter
Kummer ist, nicht vermögend genug zu sein, um in
größerem Maße, als mir jetzt möglich ist, Werke der
Nächstenliebe üben zu können. Aber wenn ich hundert-
facher Millionär wäre, aus meiner Tasche bekäme dieser
undankbare, hochmütige Mann keinen Pfennig. Einzig
die Erwägung, daß es mir obliegt, alles zu thun, was
in meinen Kräften steht, um Ihnen, verehrte gnädige
Frau, zu Diensten zu sein, konnte mich veranlassen, nach
den Grobheiten, die ich wegen des Aufkaufens der alten
Wechsel zu hören bekommen hatte, dem Herrn noch weiteren
Kredit anzubieten. Darauf — die Feder sträubt sich, es
niederzuschreiben — hat er mich mißhandelt!!! So schwer
thätlich beleidigt wurde ich, daß ich erst heute, am
britten Tage nach diesem Ereignisse, fähig bin, diesen
Brief zu schreiben, dessen Ausfertigung ich meiner Hilfs-
kraft doch nicht gut überlassen konnte.

Unter solchen Umständen muß ich meine Mission in
Ihre Hände zurücklegen, verehrte gnädige Frau. Wenn
Sie für diesen Herrn, der es wirklich nicht verdient, noch
weiteres thun wollen, so müssen Sie sich schon eines an-
beren Mittelsmannes bedienen. Mich soll keine Macht
ber Erde dazu bringen, diesen Herrn auch nur noch eines
Wortes zu würdigen.

Indem ich zugleich die Ehre habe, die Mahlowschen Wechsel samt Verzeichnis zur gütigen Honorierung vorzulegen, verharre ich — —"

Kitty warf den Brief von sich und lachte hell auf.

„Gott sei Dank!" sagte sie vor sich hin. „Wie reizend von ihm, den Kerl zu prügeln! Geprügelt und hinausgeworfen den alten Gauner, unbekümmert darum, daß der ihn in der Hand hatte. Er ist doch ein ganzer Mann, dieser Mahlow!"

Sie raffte die Papiere, die sich auf dem kleinen Schreibtisch, vor dem sie saß, verstreut hatten, zusammen und blickte sich suchend um. Hätte sie Feuer im Zimmer gehabt, wäre der ganze Kram sofort verbrannt worden. Jetzt aber war der Kamin kalt, erst ein Licht anzuzünden, jedes Blättchen einzeln zu verbrennen und dann die Asche fortzuschaffen, schien ihr zu umständlich. So warf sie alles in ein Fach des Schreibtisches, das sie sorgfältig abschloß. Dann holte sie ihr Checkbuch hervor, schrieb über die von Hellmers ausgelegte Summe eine Bankanweisung aus und steckte den Streifen Papier ohne eine begleitende Zeile in einen Briefumschlag, den sie verschloß, an Hellmers adressierte und mit dem Vermerk „Einschreiben" versah.

Als sie den Brief ihrem Diener zur sofortigen Auflieferung auf der Post übergeben hatte, atmete sie wie von einem lästigen Druck befreit auf.

Jetzt hatte sie die Vergangenheit hinweggetilgt, soweit das überhaupt möglich war, und sie meinte, nun mit doppelter Hingebung an Matthias denken zu können.

Als sie wieder in ihrem Schaukelstuhl auf der Terrasse saß, beschäftigten sich ihre Gedanken aber doch mehr mit dem Rittmeister als mit Matthias. Immer wieder malte sie sich den Auftritt aus, der zwischen Mahlow und Hellmers stattgefunden haben mochte. Sie sah den langen blonden Recken mit dem kühnen Siegfriedsgesicht dem alten Sünder

gegenüberstehen; sie sah, wie Hellmer sich in scheinbarer
Demut krümmte und dabei doch geschwollen war von
Hochmut und Arroganz wie der Frosch in der Kinder=
fabel. Dann sah sie Mahlows Gesicht dunkelrot werden
vor Empörung, auf seiner Stirn die blaue Zornader
drohend hervortreten, in seinen Augen die Entrüstung
eines von einem Knechte beleidigten Königs auflodern. Und
dann — — hei, wie die Reitpeitsche pfiff, was für lächer=
liche Luftsprünge der alte Heuchler mit dem würdevollen
Gesicht und den spähenden Verbrecheraugen machte, wie
die feierlichen schwarzen Rockschöße flogen . . .!
    Sie hatte die Sache so leibhaftig vor sich, daß sie die
Unterlippe zwischen die Zähne zog, um das Lachen zu
verbeißen, und dabei aus dem Handgelenk der Rechten
schräg abwärts gerichtete Lufthiebe führte, als wolle sie
dem imaginären Mahlow helfen, dem imaginären Herrn
Hellmers die Beine zu salben.
    Auf einmal verschwand die belustigte Miene aus ihrem
Gesichte. Die Brauen zusammengezogen, die Lippen fest
aufeinandergepreßt, sah sie mit äußerst betroffener Miene
vor sich hin.
    Was war das? Wenn Mahlow geglaubt hätte, daß
ihm der unerwartete Beistand in seinen finanziellen Nöten
wirklich von Hellmers selber kam, der ihn leistete, um
seinen Schuldner nicht vor die Hunde gehen zu lassen
und dann die Summen, mit denen er bereits engagiert
war, endgültig auf Verlustkonto schreiben zu müssen, dann
wäre es doch zu einem solchen Auftritt gar nicht gekommen.
Der Wucherer war doch gestern und ehegestern der näm=
liche widrige Patron gewesen wie heute, und Mahlow
hatte sich mit ihm vertragen, um seine Wechsel unter=
bringen zu können.
    Es war nicht anders: der Freiherr mußte ahnen, wie
die Geschichte zusammenhing. Von der Frau, die ihn

geliebt hatte, konnte er natürlich keinen Beistand an=
nehmen, auch diesen indirekten nicht. Schon das bloße
Angebot hatte ihn außer Rand und Band gebracht, so daß
er den Menschen, der ihm das Ansinnen zu stellen wagte,
empfindlich züchtigte . . .

Mit steigender Angst dachte Kitty diese Gedankenreihe
mehreremal hintereinander durch, aber sie konnte keine
Lücke, keinen Irrtum entdecken. In dieser logischen Kette
folgte Schluß auf Schluß mit zwingender Notwendigkeit,
und bei dem Endergebnis überlief es die junge Frau
siedend heiß.

Die weißen Hände ringend, irrte Kitty mit unsicheren
Schritten auf der Terrasse umher.

Welches Unheil hatte sie da angerichtet!

Sie hatte gemeint, alles so klug eingefädelt zu haben.
Mahlow war durch ihr Eingreifen vor dem drohenden
Untergange gerettet, und dadurch war Matthias vor
Mahlow sicher. Kitty wußte ja ganz bestimmt, daß der
Rittmeister sich darüber klar war, wem er seinen Korb
verdankte. Solange Mahlow sich nicht dem Ende gegen=
übersah, hatte Moosdörfer aber wenig von ihm zu fürchten.
Satisfaktionsfähig war Matthias ja noch nicht. Jetzt
aber hatte gerade ihr Eingreifen den Freiherrn zur Ver=
zweiflung getrieben. Wenn Hellmers trotz der üblen Be=
handlung, die er erfahren hatte, ihm die Gurgel nicht
zuschnürte, dann war es ja klar, daß der Geldmann nicht
konnte, wie er wollte, daß er einen Auftraggeber hatte,
oder vielmehr eine Auftraggeberin. Mahlow wartete
jetzt offenbar auf den Gerichtsvollzieher. Wenn der nicht
kam, griff der Rittmeister zum Revolver. Dann aber
schoß er erst Matthias über den Haufen, ehe er die Waffe
gegen sich selbst richtete.

Was sollte sie thun, um dieses Entsetzliche hintanzu=
halten? Was um Gottes willen konnte sie thun?

Die abenteuerlichsten Gedanken zuckten Kitty durch
das fieberhaft aufgeregte Gehirn. Aber keiner zeigte den
rettenden Ausweg. Sie war nahe daran, in Thränen
auszubrechen.

In diesem Augenblicke meldete ihr der Diener den
Besuch des Freiherrn v. Mahlow.

Kitty sah den Menschen so geistesabwesend an, daß
der seine Meldung wiederholte, weil er glaubte, die gnä=
dige Frau habe den Namen nicht verstanden.

Nun fuhr sich Kitty mit der Hand über die Augen
und sagte: „Führen Sie den Herrn in den kleinen Salon.
Ich werde sogleich erscheinen.“

Der Lakai verschwand. Kitty stand einen Augenblick
regungslos und sah vor sich hin.

Was konnte dieser Besuch zu bedeuten haben? Wollte
Mahlow ihr wegen der Einmischung in seine Angelegen=
heiten eine Scene machen? Führte er einen Anschlag
gegen sie selbst im Schilde? Wenn ein Mensch von seiner
zügellosen Heftigkeit zur Verzweiflung getrieben wurde,
war ihm alles zuzutrauen.

Sie warf mit entschiedener Bewegung den Kopf in
den Nacken. Gleichviel! Was galt ihr die persönliche
Gefahr, wenn sie Klarheit gewinnen konnte, Klarheit auch
darüber, ob Hellmers an dem Fehlschlagen des Planes
Schuld trug. War es so, dann mochte er sich die Folgen
besehen, der alte Schuft.

Mit raschen Schritten ging sie hinüber in ihr Ankleide=
zimmer.

Sie tilgte schnell die Spuren der überstandenen Auf=
regung von ihrem Gesichte, ordnete vor dem Spiegel ihr
Haar und zupfte ein paar Schleifen an ihrem Haus=
kleide zurecht. Dann nickte sie befriedigt ihrem Spiegel=
bilde zu.

So war es gut. Kein Mensch konnte diesem ruhigen

Lächeln, dieser heiteren Stirn die heimliche Angst ansehen, selbst Mahlow nicht, der ihr Gesicht so genau kannte.

An der Thür kehrte sie noch einmal um, nahm den kleinen Dolch von ihrem Schreibtisch, der dort als Zierding lag, und steckte ihn für alle Fälle zu sich. Das Ding steckte in einer kostbaren, mit Gold und Edelsteinen eingelegten Scheide. In dieser Scheide aber befand sich eine haarscharfe, tödlich spitze Damascenerklinge, eine gefährliche Waffe, die jetzt bei sich zu haben sehr nützlich sein konnte.

Als Kitty in den Salon trat, in dem ihr Besuch sie erwartete, blieb sie starr vor Staunen unter der Portiere stehen. Hatte Mahlow sich zu dieser Unterredung einen dritten mitgebracht? Und wo war er selbst?

Der steinalte Herr mit dem verkniffenen, glattrasierten Gesicht, der in einem der Armstühle saß, griff beim Erscheinen der Hausfrau nach dem Krückstock, der ihm zur Seite lehnte, und stand mühsam auf. In den sarkastischen Runzeln um seine große, braune Hakennase zuckte es wunderlich, in seinen stahlblauen Augen, die unter den überhängenden weißen Brauen merkwürdig jugendlich hervorleuchteten, glomm der Spott, während er sich altfränkisch galant verneigte und mit einer eigentümlich knarrenden, gleichsam eingerosteten Stimme sagte: „Mein Name ist Botho v. Mahlow, gnädige Frau. Sie haben wohl meinen Neffen erwartet.“

„Sehr angenehm,“ antwortete Kitty zurückhaltend. „Nehmen Sie, bitte, wieder Platz.“

Sie ließ sich nachlässig in einen der Armstühle sinken. Bei dem alten Herrn dauerte es länger, bis er zum Sitzen kam. Das Verfahren schien ihm überdies ziemliche Schmerzen zu verursachen, denn er kniff die Augen und den Mund dabei ein, und seine ohnehin schon so große Nase schien noch ein erhebliches Stück länger aus dem

faltigen Gesichte hervorzuwachsen. Sowie er aber saß,
bekam sein Gesicht wieder den überlegen spöttischen Aus=
druck, den es vorher gehabt hatte.

„Ich leite unsere Unterredung wohl am besten ein,
wenn ich Ihnen den Brief da zu lesen gebe," sagte der
alte Herr, indem er einen Brief aus der Brusttasche zog
und ihn Kitty hinüberreichte.

Die junge Frau nahm das Blatt mit höflicher Kopf=
neigung entgegen und sah flüchtig hinein. Die große, ener=
gische Handschrift erkannte sie sofort als die des Ritt=
meisters. Der Neffe kündigte in dem Briefe seinem „sehr
geehrten Herrn Onkel" seinen Besuch an und gab der
Erwartung Ausdruck, daß er angenommen werde, da die
einfache Thatsache, daß er nach all dem Vorhergegangenen
den Bruder seines Vaters aufsuchen wolle, schon Beweis
genug sei, daß es sich um eine sehr ernsthafte Sache handle.

Kitty faltete den Brief wieder, gab ihn dem Freiherrn
zurück und sah ihm dabei mit einer Miene ins Gesicht,
in der sich die höfliche Bereitwilligkeit ausdrückte, an=
zuhören, was der andere zu sagen haben würde.

Der alte Herr grinste. „Sie sind eine superbe kleine
Frau!" sagte er mit seiner knarrenden Stimme. „Von
einem so alten Manne wie ich können Sie sich das ja
sagen lassen. Wie vorzüglich Sie Contenance zu behalten
wissen, obwohl die Situation komisch genug ist!"

„Sehr verbunden!" antwortete Kitty kühl. „Ihre
gütige Anerkennung beschämt mich beinahe, da ich nicht
recht weiß, wodurch ich sie verdient habe. Darf ich
Sie vielleicht um Ihre weiteren Mitteilungen bitten, Herr
v. Mahlow?"

Das Grinsen auf dem alten Gesicht wurde noch sarka=
stischer. Der Sonderling durchschaute offenbar die Maske,
welche die schöne junge Frau trug, er sah durch die ruhige
Kälte hindurch ihre heimliche fieberhafte Spannung. Es

machte ihm Spaß, diese Spannung zu verlängern. Viel
umständlicher, als ihm nach seinem Aeußeren zuzutrauen
war, begann er: „All das „Vorhergegangene", worauf
sich mein Herr Neffe bezieht, das ist nämlich meine Stellung
zur Familie. Sie müssen wissen, Gnädigste, daß ich als
ganz junger Mann nach Amerika ging. Nicht als ver-
frachter Offizier, als catilinarische Existenz, sondern aus
freien Stücken, mein bescheidenes Erbteil in der Tasche.
Da drüben habe ich nun meine vierzig Jährchen gewirt-
schaftet und ein ganz anständiges Stück Arbeit geleistet.
Hat sich ja auch gelohnt. Wie mich dann die verdammte
— Pardon, Gnädige! — Gicht zwang, alles zu Geld zu
machen und in das alte Land zurückzugehen, da konnte
ich mich nun nicht mehr in die Verhältnisse und An-
schauungen finden. Dieser verrottete Aberglaube, daß der
Offizier, der Beamte, der Gutsbesitzer mehr sind als die
anderen Leute, und daß ein Mann von Adel Offizier
oder Beamter oder Landwirt sein muß und nichts sonst
werden darf, wenn auch die Mittel fehlen, um die Klitsche
zu halten oder das schmale Gehalt durch Zuschüsse zu er-
gänzen. Ich habe drüben Landwirtschaft betrieben, aber
auch ein Hotel mit siebenhundert Betten. Ich habe in
Getreide und in Wolle spekuliert, habe die Müllabfuhr
von drei großen Städten in Pacht gehabt, ich habe zehn
Jahre lang in New York ein großes Warenhaus betrieben
und noch hundert andere Dinge mehr. Geld haben sie
alle gebracht, meinem Adel hat keines Abbruch gethan.
Wie ich nach dem allem wieder nach dem lieben Deutschland kam, da stanken mir die faulen Vorurteile von allen
Seiten so erbärmlich entgegen, daß ich die Nase krumm
ziehen mußte. Und bei meinen teuren Verwandten stank
es am meisten. Mein eigener Bruder verachtete mich
wegen der Geschäfte, die ich da drüben betrieben hatte.
Von dem Gelde, das sie mir eingetragen hatten, wollte er

aber haben, und tüchtig. Da gab's natürlich Krach, wie
die Berliner sagen. Ich schwor mir einen großen Eid,
niemand von der Gesellschaft mehr anzusehen, und ich
habe den Schwur gehalten."

Er machte eine Kunstpause, räusperte sich, that, als
ob er nach Art der Amerikaner niederen Standes in
großem Bogen in die Stube spucken wolle, zog aber im
letzten Augenblick sein Taschentuch und führte dieses mit
lustigem Blinzeln an den Mund.

„Das sind nun auch wieder zehn Jahre her," fuhr er
dann fort. „Mein Bruder starb, ich schickte nicht einmal
einen Kranz. Ein paar weitläufige Neffen gingen als
abgetakelte Offiziere über das Wasser, um drüben Hotelkellner zu werden, ich rührte keinen Finger, ihnen die
Reise zu ersparen. Mein Neffe, der Rittmeister, Ihr
Mahlow, Gnädigste, schrieb mir einmal einen verzweifelten
Brief, in dem viel von Ehrenscheinen und Hotelkellner
und Totschießen die Rede war, ich schickte den Brief zurück
und legte zwanzig Pfennig in Briefmarken bei, als Ersatz
für die Auslagen für Papier und Freimarke."

Wieder eine Pause. Kitty saß wie auf Kohlen.
Wollte der boshafte alte Satan denn nie zur Sache kommen? Irgendwie wollte er ja eingreifen, das war klar,
er wäre sonst nicht hergekommen, aber was war es, was
er thun wollte?

„Ich hätte gewiß auch diesen Brief da nicht beachtet,"
fuhr der Deutschamerikaner fort, „wenn ich nicht gerade
böse Zeiten gehabt hätte. Am Ausgehen und an der
Gartenarbeit hinderte mich die Gicht, den Portwein mußte
ich auch lassen, bis die Sache sich wieder besserte, in den
englischen und amerikanischen Zeitungen stand gerade in
der letzten Zeit nichts Vernünftiges, die deutschen Zeitungen
sind immer langweilig — kurz, mir fehlte es an Zerstreuung. Vielleicht war's auch, weil mich die Schmerzen

weichmütig gemacht hatten, daß ich meinem schwarzen
Diener gestern sagte: „Sammy, in zwei Stunden kommt
ein junger Herr, so und so sieht er aus, den läßt du ins
Haus und bringst ihn mir."

„Well, Mister Mahlow!" sagt mein Sammy und geht.

Pünktlich zwei Stunden danach brachte er mir den
Rittmeister an meinen Rollstuhl in den Garten. Na,
Zerstreuung hatte ich genug von dem Besuch. Schon wie
der Junge aussah! Wie der leibhaftige Wahnsinn. Und
die Geschichte, die er mir erzählte, von einer Dame, die
sich hinter einen Wucherer steckt, um ihren ... hm ...
Bräutigam abzufertigen, war auch nicht übel. Uebrigens
gefiel mir der Junge ganz gut. Die Schlußfolgerungen,
die er aufstellte, waren entschieden scharfsinnig. Kein
Staatsanwalt könnte einen schöneren Indizienbeweis zu=
sammenschmieden. Seine Verzweiflung über die Geschichte
kam mir ja wiederum etwas dumm vor. Drüben, wo
es einen gesetzmäßigen Schadenersatz für den Bruch des
Eheversprechens giebt, wären Sie ja wahrscheinlich gericht=
lich zu so viel Buße verurteilt worden, als Sie da frei=
willig zahlten. Aber schließlich dachte ich, daß Europa
nicht Amerika ist, daß jeder nur die Ehrbegriffe seines
Landes und Standes haben kann, und ein tüchtiger Kerl
ist, wenn er an dieser Ehre mehr als an seinem Leben
hängt. Und daß der Rittmeister das thut, das sah ich
ihm an. Er hat diesmal kein Wort vom Erschießen ge=
redet, aber ich wußte, wenn ich ihm nicht meine Hilfe
zusage, geht er hin und schießt sich eine Kugel durch den
Kopf. Alles in allem: ich habe mich entschieden, einmal
von meiner Regel abzugehen und diesem Burschen zu
helfen. Und nun habe ich die Ehre, gnädige Frau,
Sie zu bitten, daß Sie Ihrem Mittelsmann Anweisung
geben, mir die Wechsel meines Neffen gegen Honorierung
auszufolgen."

„Entſchuldigen Sie mich einen Augenblick, bitte."

Kitty ſtand auf und verließ das Zimmer. Gleich darauf trat ſie wieder ein, die von Hellmers eingeſandten Papiere ſamt Begleitſchreiben und Briefumſchlag in der Hand, und legte das Päckchen vor dem alten Herrn auf den Sofatiſch.

„Hier haben Sie das Ganze," ſagte ſie ruhig. „Den Betrag können Sie bei der Deutſchen Bank für mich er= legen."

Sie ſtand vor ihm und ſah ihm zu, wie er die ſchmutzigen Wechſel mit ſpöttiſchem Lächeln durch ſeine dürren, knochigen Finger laufen ließ. Dann fragte ſie leiſe: „Darf ich mir eine Frage geſtatten?"

„Gewiß, gnädige Frau."

„Was haben Sie mit ... mit dem Herrn Rittmeiſter weiter vor?"

Der alte Herr ſteckte zunächſt die Papiere zu ſich, ſtemmte dann den Krückſtock auf den Teppich und hob ſich ächzend von ſeinem Sitz. Als er wieder auf ſeinen Füßen ſtand, antwortete er: „Ich gebe ihm ein Stück Geld in die Hand, gerade groß genug für den Anfang drüben, und ſchicke ihn mit ein paar guten Empfehlungs= briefen über das große Waſſer. Das war die Bedingung meines Einſchreitens, und er war mit allem einverſtanden, um nur aus ſeiner Klemme herauszukommen."

Kitty atmete tief auf. „Das nämliche wollte ich ihm ermöglichen."

„Dacht' ich mir," ſagte der Alte. „Empfehle mich Ihnen ſchönſtens, gnädige Frau." Er ſah ihr ſcharf ins Geſicht, ließ den Blick an ihrer Geſtalt herabgleiten und fügte langſam hinzu: „Einen ſchlechten Geſchmack hat er nicht, der Satansjunge, aber — Pech."

Damit drehte er ſich kurz um und hinkte, auf ſeinen Krückſtock geſtützt, hinaus.

Kitty aber sank neben dem Stuhle, auf den sie sich
setzen wollte, auf den Teppich nieder, die hilflose Beute
eines heftigen, von Anfällen hysterischen Lachzwanges
unterbrochenen Weinkrampfes. Die Aufregungen des
Tages waren zu groß gewesen. Jetzt, wo das Unheil,
vor dem jeder Nerv, jeder Blutstropfen in ihr gezittert
hatte, vorübergezogen war, brach sie zusammen. Die
dumpfen, schluchzenden Töne, die aus dem Salon hinaus-
drangen auf den Korridor, ließen die Gesellschafterin, die
zufällig den Gang entlang kam, entsetzt hereinstürzen.

„Um Gottes willen, gnä' Frau!"

Selbst an allen Gliedern zitternd vor Aufregung,
kniete sie neben Kitty nieder, stützte ihr das Haupt,
lockerte ihr die Kleidung und bemühte sich, zu helfen, so
gut es ging.

„Soll ich klingeln, damit um einen Doktor geschickt
wird?" fragte sie endlich angstvoll.

Kitty bewegte verneinend den Kopf. „Nicht . . .
nicht . . ." preßte sie mühsam hervor. „Ein . . . ein Glas
Wasser . . . und . . . meine Tropfen . . . in meinem
Schlafzimmer . . . auf dem Nachttisch . . . rechts . . ."

Fräulein v. Puggstein stützte das Haupt der Leidenden
mit einem Sofakissen und flog hinaus, um das Verlangte
zu holen. Von der Dienerschaft jemand zu rufen,
wagte sie nicht, dazu hatte sie Angst, Kitty lange allein
zu lassen, so lief sie denn, so schnell sie konnte.

Als Kitty ein Glas Wasser, in das fünf Tropfen aus
dem von der Gesellschafterin geholten Fläschchen gegossen
worden waren, ausgetrunken hatte, fühlte sie sich leichter.
Bald hatte sie sich so weit erholt, daß sie, von Fräulein
v. Puggstein unterstützt, auf die Terrasse hinausgehen
konnte, wo sie sich wieder in ihren Schaukelstuhl sinken
ließ und müde die Augen schloß. Der Sonnenschein, der
prall und heiß auf den Vorgarten herniederfiel und den

Rosen ganze Duftwolken entlockte, blendete sie, auch war
ihr der fragende Blick unangenehm, mit dem ihre Gesellschafterin sie ansah.

Sie lag mit geschlossenen Augen, aber sie schlief nicht.
Sie mußte immerzu an den Rittmeister denken, der ihr
durch sein Verhalten in der Angelegenheit imponiert hatte.
Wie der leibhaftige Wahnsinn hatte er ausgesehen,
hatte der böse Alte erzählt. Ob daran die Verzweiflung
allein schuld war, oder ein klein wenig auch das Herzeleid, Kitty verloren zu haben? Ob er sie nicht doch geliebt hatte, sie noch liebte? Mit einer müden, von der
in einem bewegten Leben erworbenen Skepsis angekrän-
kelten und zugleich brutalen Liebe freilich . . . anders
konnten Menschen wie er nicht lieben. Aber Liebe war's
doch, wenn sie auch vielleicht erst jetzt zum Bewußtsein
ihrer selbst kam, da es ans Scheiden ging.

Auf einmal fiel Kitty ein, wie merkwürdig ähnlich
doch Matthias und Mahlow einander waren. Sie stellte
sich beide vor und fand immer neue Züge einer scheinbar
geradezu auf Blutsverwandtschaft deutenden Aehnlichkeit
zwischen dem adeligen norddeutschen Offizier und Lebe-
mann und dem schüchternen Jungen aus der süddeutschen
Steiermark. Und gleich darauf kam ihr's in den Sinn,
sich das Gesicht Pepi Weinzierls, der Kinderliebe ihres
Matthias, vorstellen zu wollen. Es kostete einige Mühe,
aber es gelang. Und als sie das Antlitz ihrer Rivalin
so recht lebendig deutlich vor sich sah, da gemahnte es sie
merkwürdig an ihr eigenes Gesicht, wie sie es täglich im
Spiegel erblickte. Die dunkle Haarfarbe, der Schnitt der
Augen, die Linien um Wange und Mund . . .

So gingen die Gedanken der Ruhenden, während in
ihren erschöpften Gliedern der eben überstandene Krampf
noch nachzitternd fühlbar war, lebhaft und selbständig
ihren Gang, als hätte das Leiden des Leibes sie nichts

zu kümmern. Es war eine wunderliche Theorie, die sich
da in Kittys Haupte schier von selbst bildete: die Natur
hat nur wenige Grundtypen, nach denen sie immer wieder Menschen formt. Und die Liebe ist als ein geheim-
nisvoller Zusammenhang zwischen je zwei dieser Typen
gesetzt, so daß die männlichen Vertreter des einen Grund-
typus für den weiblichen des anderen in Leidenschaft ent-
brennen müssen, und umgekehrt. Wenn man alle Männer,-
welche die nämliche Frau geliebt haben, und alle Frauen,
die einem Manne im Verlaufe seines Lebens gut waren,
nebeneinander haben könnte, müßte sich in ihren Gesichtern
mehr Aehnlichkeit finden als bei blutsverwandten Mit-
gliedern einer Familie.

Ueber diesem Nachsinnen schlief sie ein und träumte
einen wirren Traum voll Verwandlungen, die jede Gestalt in die andere hinüberfließen ließen. Mahlow war
auf einmal nicht mehr Mahlow, sondern Matthias Moosdörfer, der im Grunde doch Mahlow war, in dem aber
eigentlich wieder Matthias steckte. Und sie selbst saß in
Graz in der geschmacklosen guten Stube der Mama
Weinzierl, stickte an einem rotgeblümten Sofakissen und
dachte voll Haß an die Fremde, die ihr ihren Liebsten
entführt hatte. Ganz eigentlich aber war sie doch wiederum
selbst diese Fremde. Sie saß auch auf einmal gar nicht
in einer niedrigen, von steifem, sorgfältig gepflegtem
Hausrat unwohnlich gemachten Stube, sondern auf der
Terrasse ihres vornehmen Hauses. Die Rosen dufteten
zu ihr herauf, Hiesel mußte jeden Augenblick kommen,
und sie sehnte sich so unendlich nach ihm.

Zwei Wochen nach diesem an Aufregungen so reichen
Tage erhielt Kitty eine Depesche. Als sie das Blatt ent-
faltet hatte, zuckte sie leicht zusammen. Die Unterschrift
lautete Wilhelm Friedrich v. Mahlow.

Das Telegramm war aus Hamburg, eine halbe Stunde vor Abgang des Dampfers „Germania" der Hamburg-Amerika-Linie datiert und lautete:

„Ich stehe im Begriff, die Heimat zu verlassen. In dem Augenblicke dieses großen Abschieds wird mir auf einmal zu Mut, als könnte ich nicht an Bord gehen, ohne Ihnen für alle Ihre Güte gedankt und Ihnen lebe-wohl gesagt zu haben. Mögen Sie glücklich sein."

Kitty depeschierte sofort an den Freiherrn v. Mahlow, an Bord des Dampfers „Germania" der Hamburg-Amerika-Linie, New York:

„Herzlichen Dank und Glückauf in das neue Leben.
Kitty."

Dieser Depeschenwechsel war auf Monate hinaus das letzte äußere Ereignis von Belang.

Dreizehntes Kapitel.

So arm die nächsten sechs Monate an in die Augen fallenden Begebenheiten waren, so reich waren sie an inneren Erlebnissen. Vor allem für Matthias Moosbörfer, der in dieser kurzen Spanne Zeit zum Manne heranreifte, zu einem ein wenig ernsten und ein wenig in sich ge-lehrten Manne, dem aber die verborgenen Feuer, die in ihm brannten, aus den Augen hervorleuchteten.

Seine Studien förderte Matthias mit unablässigem, eisernem Fleiße und mit einem Erfolge, der seinen alten Lehrer geradezu verblüffte. Bloß mit dem Französischen wollte es nicht recht vorwärts gehen. Bettina aber, die das Bemühen Moosbörfers, sich mit den Schätzen des deutschen Schrifttums bekannt zu machen, leitete, wußte nicht genug zu rühmen, wie tief dieser frische, durch die kärgliche Nahrung, die er in der Jugendzeit erhalten

hatte, gleichsam heißhungrig gewordene Geist in die Dinge
eindrang, wie rasch er sie auffaßte.

Die musikalische Begabung Moosbörfers hielt weit
mehr, als selbst die hochgespannten Erwartungen des Pro=
fessors sich von ihr versprochen hatten. Im Klavierspiel
machte der junge Mann so rasche Fortschritte, daß Fräu=
lein Luischen, die diese Erfolge natürlich ihren Eigen=
schaften als Lehrerin zuschrieb, ganz stolz wurde. Geradezu
märchenhaft aber waren die Fortschritte Moosbörfers in
dem wichtigsten Zweige seiner Studien, im Kunstgesange.
Herr Riebel=Steinfels sah seinen Schüler manchmal förm=
lich betreten an, wenn diesem Uebungen, die manchen
anderen gleichfalls sehr begabten Schüler des alten Herrn
zur Verzweiflung gebracht hatten, ehe sie so leidlich gingen,
beim zweiten oder dritten Versuche geradezu vollendet ge=
langen. Dabei litt Moosbörfers Stimme unter den An=
strengungen, die diese rasche Ausbildung ihr auferlegte,
durchaus nicht. Sie entfaltete sich vielmehr von Tag zu
Tag prächtiger und reicher.

„Es ist geradezu unheimlich," pflegte Professor Riebel=
Steinfels zu sagen, wenn er von Matthias sprach. „Man
kommt sich manchmal vor wie bei dem Experiment der
Wunderfakire, die vor den Augen der Zuschauer aus einem
Samenkorn ein Bäumchen emporwachsen machen."

Als Bettina diesen Vergleich zum erstenmal hörte,
schüttelte sie nachdenklich das blonde Dichterinnenhaupt.
„Das Bild stimmt nicht ganz, Papa," sagte sie. „Das
Kunststück der Fakire ist ja auch erwiesenermaßen nur
Taschenspielerei. Diese unerhörten Fortschritte erinnern
mich vielmehr an die überaus rasche Entwickelung kranker
Pflanzen, die vor den gesunden blühen und Früchte an=
setzen, als beeilten sie sich, ihr Lebenswerk zu vollenden,
bevor sie dem Leiden zum Opfer fallen. Auch an das
beängstigend rasche körperliche Heranreifen der Menschen

könnte man dabei denken, die in den Entwickelungsjahren von einem Lungenleiden befallen werden. Schade, daß mein Roman bereits fertig ist. Ich hätte diese Beobach= tungen gerne noch hineingearbeitet. Nun, thut nichts! Die Zeitungen reißen sich ja auch so um das Ding, und ein Buchverleger hat sich auch schon gemeldet."

Der ruhige Künstlerblick, mit dem das junge Mädchen die Menschen und die Dinge auffaßte und durchdrang, ohne durch persönliche Stellungnahme zu ihnen verwirrt zu werden, hatte recht gesehen. Moosdörfer war nicht glücklich. Der fieberhafte Fleiß, mit dem er seinen Stu= dien oblag, entsprang zum guten Teil dem Bestreben, sich zu betäuben, sich nicht zur Besinnung, zum Nachdenken über sich selbst kommen zu lassen. Den Tag über unauf= hörliche Beschäftigung, des Abends so abgespannt und müde sein, daß er in dem Augenblicke, da er die Bett= decke über sich zog, auch schon einschlief, das war die Lebensweise, die dem jungen Manne die erträglichste dünkte, da sie ihn den inneren Qualen, die unablässig auf ihn lauerten, um ihm in einem unbewachten Momente die Klauen in das Herz zu schlagen, am sichersten entrückte.

Sein Verhältnis zu Kitty war das sonderbarste von der Welt. Er konnte längst nicht mehr daran zweifeln, daß seine kühnsten Hoffnungen Wahrheit geworden waren, daß sie, die Schöne, Stolze, Vornehme, ihn heiß und innig liebte. Hatte sie doch dieses Jahr sogar auf ihre Sommerreise verzichtet und für die Zeit, welche alles, was zur Gesellschaft zählt, in den Bädern oder im Hoch= gebirge zubringt, bloß eine Villa in Wannsee gemietet, um sich nicht von ihm trennen zu müssen.

Es hatte sich als Regel herausgebildet, daß Matthias an zwei Abenden jeder Woche bei Kitty war. In diesen Stunden des Zusammenseins verkehrten die beiden mit= einander wie Brautleute. Sie saßen Hand in Hand unter

den Palmen auf der Terrasse: während der Wochen, die
Kitty in Wannsee wohnte, schweiften sie Arm in Arm
durch den weiten Garten, der zu der Villa gehörte, oder
sie traten durch das kleine Pförtchen in der Gartenmauer
hinaus in den Föhrenwald und wanderten weit, weit in
ihn hinein. Kitty fuhr ihrem Hiesel, wie sie ihn manch=
mal nannte, mit den weißen, schlanken Fingern, deren
Berührung dem jungen Mann jedesmal den Atem raubte,
durch das Haar, einmal hatte sie ihn sogar geküßt. Es
war wie im Scherz geschehen, aber in diesem flüchtigen
Kusse hatte eine Flamme gelodert, die Matthias wochen=
lang wie im Traum umhergehen ließ und die ganze graue
Welt für seinen Blick in Morgenrot und Sonnengold
tauchte.

Aber das erlösende, befreiende Wort, das Wort, das
endlich Klarheit geschaffen hätte, es war immer noch nicht
gesprochen. So oft es sich auch Matthias ungestüm auf
die Lippen drängte, er kam nicht dazu, es zu sagen, denn
jedesmal sah er die strahlenden Augen seiner Geliebten
sich verdunkeln, ihr süßes Gesicht bekam einen sonderbaren,
gleichsam um Schonung flehenden Ausdruck, vor dem er
verstummte.

Auch geschehen war noch nichts Entscheidendes.

Wie oft hatte sich nicht die Leidenschaft in dem jungen,
liebeheißen Manne riesengroß emporgebäumt, wenn er
das Weib, nach dem seine Seele und alle seine Sinne
lechzten, so nahe vor sich hatte, daß der Duft ihres
schönen Haares ihn gleichsam einhüllte, daß die Luft, die
er einatmete, ihm warm und süß schien, wie von ihrem
Hauche. Wenn sie ihn dann mit einem Blicke traf, in
dem ihm hinter den feuchten Schleiern einer unendlich
reizvollen, schamhaften Zurückhaltung alle Feuer der Liebe
und der Sehnsucht entgegenloderten, riß es ihn über=
mächtig hin, die holde Gestalt in seine Arme zu pressen,

dieses liebliche Antlitz, den weißen Hals, dieses duftige
Haar mit wütenden Küssen zu überströmen. Aber sie
entglitt ihm jedesmal. Irgend etwas geschah, ein Wort
fiel, ein Blick traf ihn, und seine Kühnheit fühlte sich ge=
lähmt.

Nicht dadurch, daß sie ihm kalt begegnete, wirkte sie
so auf ihn. Er konnte niemals daran zweifeln, daß sie
sich nach der leidenschaftlichen Zärtlichkeit ebenso innig
sehnte wie er. Aber es war in ihrer Haltung, in ihrer
Miene, in dem Klange irgend eines, an sich bedeutungs=
losen Wortes etwas, was ihm wie mit leiser Stimme
bittend zuraunte: Nicht, Geliebter, nicht! Noch nicht!
Und diesem stummen, unendlich rührenden Flehen um
Schonung gegenüber sank ihm der wilde Mut; die
Arme, an denen sich schon die Muskeln gestrafft hatten,
die Geliebte stürmisch zu umklammern, fielen ihm schlaff
hernieder.

Die junge Frau hätte, wenn man sie nach dem Grunde
ihres so sonderbaren Verhaltens gefragt hätte, kaum Be=
scheid zu geben gewußt. Kittys Antwort wäre wahr=
scheinlich gewesen, daß sie ihre Verlobung mit Matthias
doch nicht gut bekannt machen könne, bevor Moosdörfer
durch ein erfolgreiches öffentliches Auftreten das Recht
erworben habe, sich einen Künstler zu nennen. An eine
Vermählung, bevor Matthias so weit war, konnte über=
haupt gar nicht gedacht werden. Da das alles aber noch
in so weitem Felde stand, war es nötig, die letzten
Dämme der Zurückhaltung möglichst lange vor dem Durch=
brochenwerden zu bewahren.

Diese Erwägung trug ganz gewiß ihr Teil dazu bei,
Kitty zu ihrem Verhalten zu bestimmen. Der eigentliche
Grund aber war ein anderer, tieferer, dessen sie sich selbst
kaum bewußt war. Dieser Weltdame, die so lange ge=
wohnt gewesen war, mit allerlei Feuern zu spielen, die

sich an dem einen und dem anderen auch, wenn auch nur
ganz oberflächlich, versengt hatte, dünkte die zweite junge
Mädchenzeit, die sie jetzt durchlebte, mit ihren holden
Ahnungen und süßen Schauern viel zu wonnig, als daß
sie ihr ein allzu rasches Ende hätte bereiten wollen. Sie
klammerte sich an das träumerische, verschwiegen in das
eigene Innere verschlossene Glück dieser Wartezeit mit
allen Fasern ihres Herzens, wie in einer instinktiven
Angst, daß das, was nachher käme, unmöglich ebenso
schön sein könne.

Fräulein v. Puggstein, die längst dahintergekommen
war, wie die Dinge zwischen Kitty und dem stimmbegabten
jungen Landsmann lagen, wollte sich manchmal die Haare
ausraufen vor Verzweiflung darüber, daß die Sache so
gar nicht vorwärts ging. Sie that ihrerseits so viel dazu,
eine raschere Entwickelung herbeizuführen, als sie irgend
konnte. Wenn Moosdörfer da war, wurde sie immer
bald nach seinem Erscheinen von irgend einem Geschäfte
gezwungen, die beiden allein zu lassen. Bisweilen kam
sie erst wieder, wenn die Zeit, zu der sich der Besuch ge-
wohntermaßen empfahl, bereits herangerückt war. Kitty
gegenüber wußte sie nicht genug von Matthias zu schwärmen,
wobei sie immer wieder darauf hinwies, daß diesen über
alle Maßen liebenswerten jungen Mann ein geheimes
Herzeleid drücken müsse. Er sehe wie von heimlichen
Gluten verbrannt aus, und seine Augen hätten manchmal
einen so gequälten Ausdruck.

War sie einmal mit Moosdörfer allein, so redete sie
immerfort von Kitty, von ihrer Schönheit, von ihrer edlen,
allem Großen und Reinen nachstrebenden Seele. Sie
fand eben wie andere einsame, fern von der Liebe alternde
Mädchen eine wehmütige Wonne darin, das Glück, das
ihr selbst versagt geblieben war, bei anderen als Zaungast
mitanzusehen, es auch zu fördern, soweit sie es vermochte.

Für Matthias barg dieser halbe Zustand außer der
ungestillten Sehnsucht nach der rückhaltlosen Zärtlichkeit
Kittys noch eine andere Qual. Er ließ ihn nicht dazu
kommen, mit Pepi zu brechen. Wie oft hatte er sich vorgenommen, dem armen Dinge zu schreiben, wie anders
alles in ihm geworden sei, wie er ihr zwar noch von
Herzen gut sei, all seine Sehnsucht aber der anderen zu-
fliege. Dann kam aber immer die Frage: Warum heute?
Warum nicht gestern und vorgestern? Was ist denn heute
anders geworden als früher, daß du ihr gerade jetzt diesen
Schmerz anthun müßtest? Und der Scheidebrief blieb un-
geschrieben.

So schleppte sich der Briefwechsel mit der innerlich
längst Aufgegebenen immer noch fort. Die Nachrichten
flogen nicht allzu häufig hin und her. Die jungen Leute
schrieben sich alle vierzehn Tage einmal. Es waren auch
keine Liebesbriefe. Matthias schrieb von seinen Studien,
von den Büchern, die er las, von den Menschen, die er
kennen lernte, und Pepi hielt ihn über die kleinen Ereignisse in dem heimischen Kreise und in der Familie auf
dem Laufenden. Namentlich ihre Nichte Miezl nahm einen
breiten Raum in den Briefen Pepis ein. Fast jeder enthielt eine neue drollige Geschichte von dem Kinde, daran
sich eine begeisterte Schilderung schloß, wie herzig das
kleine Mädchen überhaupt sei. So trug der ganze Briefwechsel mehr den Charakter eines Verkehrs zwischen be-
freundeten Blutsverwandten als eines zwischen Liebes-
leuten.

Uebrigens war in die Sache ein merkwürdiger Zug
gekommen. Matthias hatte einmal seine Epistel wie zum
Scherz in steirischer Mundart abgefaßt, als wäre er ein
Dialektdichter, der auch in seinen Briefen den Charakter
seiner schriftstellerischen Thätigkeit beibehalten wollte, oder
ein mit seiner alpinen Beschlagenheit kokettierender Nord-

deutscher. Dabei war es aber dann geblieben. Es war, als ob das Doppelleben, das Moosbörfer in seinem Inneren führte, sich dadurch äußerlich ausdrücken wolle, daß die eine Hälfte dieses Lebens hochdeutsch rebete, die andere das heimatliche Stoansteirisch.

Die Sache wurzelte so tief, daß Moosbörfer, namentlich wenn er gerade an einem solchen Briefe schrieb, allen Ernstes das Gefühl hatte, als wäre er bloß jetzt der echte, richtige, lebendige Matthias, der andere aber, der hochdeutsch rebete, wie ein vornehmer Herr einherging und die wunderfamsten Dinge erlebte, der wäre nur sein Doppelgänger, ein unheimliches Gespenst, das irgendwie die Macht erlangt hätte, sich seiner Gestalt zu bedienen, von seinen Kräften zu zehren, im Grunde aber mit ihm gar nichts gemein hätte. Er mußte eben gebuldig warten, bis der Spuk von ihm wich, und er wieder alleiniger Herr über seinen Leib und seine Seele war, dann kam alles das leidvolle Wirrsal von selbst wieder in Ordnung.

Ueber diesen so seltsam zwiespältigen Zuständen ging der Sommer hin. Der Herbst färbte die Blätter bunt und fegte sie dann von den Zweigen auf die Erde herab, wo sie bald darauf der Winter unter seinen weichen, weißen Schneemassen begrub.

An einem Sonntagabend im November ging Moosbörfer zu Kitty. Gewohnt, die Geliebte in dem altniederländischen Salon zu finden, an dessen Längswand die Rozmarinowskysche Madonna prangte, trat er auch heute in dieses Gemach, nachdem er Ueberrock und Hut dem Diener übergeben hatte.

Da stand Kitty vor ihm, hinreißend schön, schöner, als er sie je gesehen zu haben wähnte, und lächelte ihm grüßend entgegen.

Er konnte sich nicht mehr halten. Laut schrie er auf, verlangend, jubelnd. Ein Sprung, und er hielt die holde

Gestalt in seinen Armen, preßte seinen Mund auf die roten heißen Lippen Kittys, auf ihre Wangen, ihre Stirn, auf ihr Haar. Er drückte ihr Haupt an seine Brust und nahm es gleich darauf wieder zwischen die Handflächen, um das Gesicht der Geliebten zu sich emporzurichten und es mit einer neuen Flut von Küssen zu überströmen. Er warf sich vor Kitty nieder, umklammerte ihre Kniee und drückte sein Gesicht in die Falten ihres Kleides, um gleich wieder aufzuspringen, sie in seine Arme zu nehmen und sich mit ihr in einen der Armstühle sinken zu lassen, wo er sie auf seinen Knieen wiegte wie ein Kind.

Für die junge Frau war dieser Ueberfall über= raschend gekommen. Anfangs versuchte sie auch, sich zu wehren, sich den Armen des allzu stürmischen jungen Mannes zu entwinden. Der aber merkte den Widerstand gar nicht in seiner Liebesraserei, und bald übermannte es auch sie, daß sie seine Liebkosungen glühend erwiderte, Kuß mit Kuß vergalt und auf jedes von ihm gestammelte lodernde Wort, fest an seine Brust geschmiegt, ihm die Antwort ins Ohr hauchte.

Als der erste Sturm endlich vorüber war, bettete Kitty das Haupt auf die Schulter ihres Hiesel, legte die Arme weich um seinen Nacken und flüsterte: „Du böser, böser Mensch! War es denn nicht schön so, wie es war?"

In jubelndem, siegesfrohem Tone flüsterte er zurück: „Du mein süßes, thörichtes Lieb — — ist es denn nicht viel schöner so?"

Ihre Arme preßten sich enger um seinen Nacken, ihre Wange inniger an seine Brust. „Ja, mein Hiesel, ja! Aber wir dürfen es ja den Leuten noch nicht sagen."

„Dann behalten wir unser Glück eben noch für uns, meine Kitty."

„Aber nach diesem Abend dürfen wir uns nur noch

vor Zeugen sehen, das siehst du doch ein, Hiesel? Und
ist es darum nicht schade?"

Er küßte sie auf das wellige Haar. Dann antwortete
er ernst: „Ich verstehe jetzt, was du meinst. Das ist
freilich ein Opfer. Aber für mich wird es aufgewogen
durch die Gewißheit, die ich endlich habe, endlich, end=
lich!"

Sie hob den Kopf und sah ihm tief in die Augen.
Dann sagte sie mit hinreißendem Lächeln: „Jetzt erst hast
du diese Gewißheit?"

Er streichelte leise ihre Wange. „Nein, mein Herzens=
schatz, ich habe sie schon früher gehabt. Aber nur manch=
mal. Und dann manchmal wieder nicht."

Ihr sonniges Antlitz verdüsterte sich. „Aber Liebling!"
sagte sie betroffen. „Manchmal wieder nicht? Ja, hast
du denn ... bei dem allem, was zwischen uns war,
manchmal wieder nicht? Hast du vielleicht den bösen
Menschen geglaubt, die mir nachsagen, ich wäre herzlos
und kokett? Meintest du, ich spielte bloß mit dir?"

„Aber Kitty! Um Gottes willen —!"

Er küßte sie auf den schmerzlich zuckenden Mund, als
wolle er sie um Verzeihung bitten. Dann sagte er zärt=
lich: „So war's nicht gemeint, Herz! Aber schau,
Kitty, wenn du dir eine schöne, stolze Königin vorstellst,
die sich in Liebe zu einem armen und geringen Burschen
neigt, zu einem ihrer Hirten oder ihrer Jäger, wie das
in den Kindermärchen so oft vorkommt — meinst du dann
nicht, Kitty, daß der arme Bursch immer wieder zaghaft
werden und zweifeln muß an seinem Glück, bis sie's ihm
nicht ganz und ehrlich gesagt und gezeigt hat? All
die Freundlichkeiten, die ein stolzer Ritter ohne Zögern
für Liebeszeichen nehmen darf, können ihm nicht genug
sein, denn er muß ja immer wieder daran irre werden,
ob er dieses Wort, jenen Blick oder Händedruck auch

richtig ausgelegt hat, da sie doch ein Königskind ist und
er so arm und gering."

Sie wand sich aus seinen Armen, erhob sich und trat
neben den Armstuhl. So von der Seite sich über ihn
herabneigend, küßte sie ihn innig.

„Mit solchen Grillen hat sich mein armer Junge ge=
quält?" fragte sie dann zärtlich. „Komm, ich will dich
noch einmal küssen — — und noch einmal · · und wie=
der — — damit du's auch ganz, ganz, ganz gewiß
weißt. — · Jetzt aber ist es genug, Hiesel. Wir wollen
hinübergehen zu unserer guten Puggstein, die drüben im
Musikzimmer sitzt und so leise Klavier spielt, daß man
es hier kaum noch hört."

Matthias stand auf. Sowie er aber auf den Füßen
stand, schwankte er. „Jetzt, was ist denn das?" fragte
er verdutzt. „Ich bin ja ordentlich schwindlig. Wie
von schwerem Wein benebelt."

Sie hatte seinen Arm ergriffen, an den sie sich zärtlich
anschmiegte. „Siehst du, du Wilder!" lachte sie leise.
„Das kommt von dem stürmischen Wesen. Komm nur
mit. Das Fräulein v. Puggstein wird dich schon wieder
nüchtern machen."

An der Thür des Musikzimmers, durch die im leisesten
Pianissimo angeschlagene Klavierakkorde gedämpft heraus=
klangen, ließ Kitty Moosdörfers Arm los und trat als
erste ein.

Wenn sie gemeint hatte, das Fräulein damit zu ver=
hindern, daß sie errate, was geschehen war, so hatte sie
sich eben geirrt. Die Gesellschafterin reckte das dünne
Hälschen wie ein neugieriger Vogel, sie umfaßte Kitty
und den hinter ihr eintretenden Matthias mit einem ein=
zigen fragenden Blick, sprang auf und flog den beiden
entgegen.

„Gnädige Frau ... Herr Moosdörfer! Ich wünsch'

auch Glück! Herzlich, herzlich Glück! Ich hab' ja g'wußt,
daß es endlich kommen wird!"

Matthias schüttelte in seiner freudigen Erregung das
zarte, magere Händchen, das sich ihm entgegenstreckte, so
derb, als wolle er es aus dem Gelenke reißen.

Kitty umarmte das Fräulein gerührt und sagte: „Wir
danken beide herzlichst, liebes Fräulein. Aber Sie müssen
ganz verschwiegen sein! Außer Ihnen und dem Professor
erfährt jetzt noch niemand die Neuigkeit."

Das Nonnengesichtchen strahlte vor Entzücken. Wie
romantisch! Eine heimliche Verlobung, um die sie allein
wissen sollte. „Ich versteh'!" rief sie freudig. „An dem
Abend, an dem Herr Moosbörfer zum erstenmal aufgetreten
ist und einen Riesenerfolg gehabt hat, an dem Abend
werden die Karten ausgeschickt, nit wahr? Wie wunder=
schön! So poetisch! Die echte Künstlerliebe!"

Die freudige Aufregung der Dame äußerte sich in
solch komischem Hin= und Hertrippeln, in einem so merk=
würdigen Durcheinanderpurzeln der Worte, die sie hervor=
sprudelte, daß Kitty bei aller ihrer Gemütsbewegung und
trotz der Mühe, die sie sich gab, um ernst zu bleiben und
das gutmütige Persönchen nicht zu verletzen, schließlich hell
herauslachen mußte. Fräulein v. Puggstein guckte erst etwas
verdutzt. Dann lachte sie mit, wenn auch etwas verschämt.
Gleich darauf war sie wieder wie früher. Sie packte
Matthias am Aermel und zerrte ihn zum Klavier.

„Kommen Sie! Kommen Sie! Jetzt müssen S' uns
die Müllerlieder singen. Ich begleit' Sie."

Sie zerrte aus dem Stapel Noten, der auf einem
Bänkchen neben dem Klavier aufgehäuft war, das Schu=
bertalbum hervor und schlug es aufs Geratewohl auf.
Matthias warf einen Blick auf die aufgeschlagene Seite
und las unter der ersten Notenzeile die Worte:

„Ich hört' ein Bächlein rauschen . . ."

Es war das nämliche Lied, das er in Graz gesungen
hatte, als Professor Riebel-Steinfels in der Wohnung
Kittys im Hotel Daniel ihn Probe singen ließ.

Dieser Zufall, der eine solche Fülle von Erinnerungen
heraufbeschwor, berührte ihn wie der Finger einer höheren
Macht, die alles in seinem Leben lenkte. Er warf Kitty,
die sich in eine Ecke des türkischen Diwans, der im Zim=
mer stand, gelauert hatte, um zuzuhören, einen innigen
Blick zu und begann zu singen.

Er hatte in einem Zuge etwa fünf oder sechs dieser
köstlichen Lieder gesungen, die in ihrer unergründlichen
Innigkeit alles, was in Freude und Leid ein liebendes
Herz bewegen kann, anklingen und ausklingen lassen, als
er eine Hand auf seinem Arme fühlte.

Er brach jäh ab und sah sich um. Da stand seine
Braut neben ihm. In den langen, dunklen Wimpern
hingen ihr die Thränen.

„Kitty!" rief der Sänger erschrocken. „Um Gottes
willen, ist dir etwas?"

Durch die Thränen hindurch lächelnd, schüttelte sie
verneinend den Kopf. „Nichts, Liebster, nichts! Aber
du mußt jetzt aufhören. Mir ist, als sängest du mir
das Herz aus dem Leibe heraus. So wie du jetzt hat
vielleicht noch niemand diese Lieder gesungen, seit sie ge=
schrieben sind."

Moosdörfer zog den Arm Kittys durch den seinen,
umschloß ihre Hand mit seinen Fingern und begann mit
der aufgeregten jungen Frau langsam auf dem Teppich
hin und her zu gehen, wie um sie zu beruhigen.

Fräulein v. Puggstein guckte den beiden einen Augen=
blick nachdenklich zu, dann stand sie von ihrem Sitz vor
dem Flügel auf und glitt leise hinaus. Sowie sie ver=
schwunden war, fiel sich das Liebespaar in die Arme und
tauschte einen langen und innigen Kuß. Dann gingen

sie wieder langsam auf und nieder, Arm in Arm, Seite
an Seite geschmiegt, dem unendlich tiefen Glück der ge-
segneten Stunde in traumhaftem Schweigen hingegeben ...

Nach irgend einer Zeit — weder Kitty noch Matthias
hätten sagen können, ob ihnen eine Stunde oder bloß
Minuten so verstrichen seien — klopfte es leise.

„Nur herein, Fräulein!" rief Kitty lächelnd.

Die Gesellschafterin öffnete die Thür und bat die
Herrschaften mit zierlichem Knicks zu Tische.

Als Kitty in das Speisezimmer trat, in dem das von
geschliffenen Birnen gedämpfte elektrische Licht auf den
festlich gedeckten Tisch herabstrahlte, stieß sie einen leisen
Ausruf des Erstaunens aus. Der weiße Damast des
Tischtuchs, Krystall und Silber verschwanden fast unter dem
glühenden Tiefdunkelrot der prachtvollen Rosen, mit denen
die kleine Tafel bedeckt war.

„Wie wunderschön! Wo haben Sie nur die Rosen so
in aller Eile hergenommen, Fräulein? Jetzt, im November! Und ist das nicht ein bißchen unvorsichtig, Beste?
Die Dienerschaft wird etwas merken."

Fräulein v. Puggstein verneinte mit einer Miene, der
man ansah, wie stolz die Gute auf ihre Erfindungsgabe
war. „Dagegen ist vorgesorgt, gnädige Frau. Ich
habe ihnen gesagt, Herr Moosdörfer hätte seinen Ge-
burtstag."

Der Diener brachte die wenigen Schüsseln, die es gab,
und zog sich dann sofort zurück. Die Gesellschafterin
hatte das so angeordnet, um den Liebenden für diesen
Abend den Zwang, den sie sich vor dem servierenden
Lakaien hätten anthun müssen, zu ersparen.

Als Moosdörfer die Flasche Champagner, die in
silbernem Kübel zu seiner Rechten aufgepflanzt war, geöffnet hatte, und der edle Wein in den Kelchen schäumte,
ergriff die Gesellschafterin als erste den ihrigen, streckte

ihn den Verlobten entgegen, um mit ihnen anzustoßen, und sagte dabei enthusiastisch: „Was wir lieben!"

Der geistreichste Tafelredner der Erde, der ja irgendwo irgendwann gelebt haben muß, wenn man auch seinen Namen nicht kennt, hat mit seinem sprühendsten, formvollendetsten Trinkspruch gewiß keine so durchschlagende Wirkung erzielt wie Fräulein v. Puggstein mit diesen drei kurzen, fürchterlich verbrauchten Worten. Wie innig beglückt die beiden, denen der Toast galt, sich anlächelten, wie dankbar sie dem Fräulein zunickten, wie begeistert sie Bescheid tranken! Als die Kelche dann auf den Vorschlag des Fräuleins, das sich in bedeutungsvoller Symbolik heute förmlich badete und in diesem Bade schwelgte, zu Boden geworfen wurden, daß sie zersprangen, dachte Kitty unwillkürlich daran, wie lächerlich sie solches kindische Gehaben noch vor einem Jahre gefunden hätte. Und heute beteiligte sie sich selber eifrig daran und fand es schön, sinnreich und erhaben. Welcher Unterschied zwischen der Kitty von heute und der Kitty von damals! Sie war wieder jung geworden, nachdem sie schon so alt und skeptisch gewesen war. Dieses Gefühl beseligte sie so sehr, daß sie ihren Hiesel umarmte und küßte, vor den jungfräulichen Augen der Gesellschafterin, die den Blick verwirrt blinzelnd zur Seite wandte, ein wenig errötete und einen kleinen, beklommenen, sehnsuchtszitternden Seufzer nicht unterdrücken konnte.

Sowie die Mahlzeit beendet war, verschwand Fräulein v. Puggstein wieder mit großer Behendigkeit. Kitty und Matthias kehrten in den altniederländischen Salon zurück, setzten sich Hand in Hand auf den Diwan und begannen Zukunftspläne zu schmieden.

Das, was zunächst zu geschehen hatte, ordnete die junge Frau ziemlich eigenmächtig an.

„Wie schon gesagt, Liebster," sprach Kitty in dem

Tone eines Feldherrn, der für die morgige Schlacht die Disposition entwirft, „braucht außer unserer guten Puggstein vorläufig niemand von der Sache zu wissen als Niebel-Steinfels. Und ihm mußt du einen heiligen Eid abnehmen, daß er seinen Damen gegenüber schweigen will. Ich achte die Frau Professor als eine kreuzbrave, hochintelligente Dame, Bettina halte ich für ein großes Talent, wenn nicht gar für ein Genie, aber um eine Verlobung wissen, noch dazu um eine so sensationelle, und reinen Mund halten — das traue ich ihnen beiden nicht zu."

„Wenn man ein Weiberfeind werden will," warf Moosbörfer neckend ein, „braucht man nur anzuhören, was Frauen über die Frauen sagen."

Aus ihren Augen blitzte es schalkhaft zu ihm hinüber. „Ein geistreiches Rezept!" sagte sie spottend. „Nur schade, daß du selbst keine Wirkung davon erfahren kannst, mein lieber Hiesel."

„Warum?"

„Wer so wild und leidenschaftlich —-"

Es gab eine kleine Unterbrechung des Gespräches, nach der Frau Kitty erst ein paarmal tief Atem holen und sich mit ein wenig zitternden Fingern das Haar aus der Stirn streichen mußte, ehe sie fortfahren konnte.

„Darum ist es unbedingt nötig, daß du von dort ausziehst. Du bist ja auch jetzt kein weltfremder Kleinstädter mehr, der in unserem Sündenbabel des Familienanschlusses bringend bedarf, um gegen den Mißbrauch seiner Unerfahrenheit halbwegs geschützt zu sein. Du nimmst dir also irgendwo auf halbem Wege zwischen mir und dem Konservatorium eine Garçonwohnung, zwei, drei möblierte Zimmer. Es wird nicht zu vermeiden sein, daß ich dir jetzt fast täglich schreibe oder einen Boten zu dir schicke. Da würden die Niebel-Steinfelsschen Damen, wenn du bei ihnen im Hause wohntest, gar bald alles heraushaben."

„Wenn der alte Herr nur nicht auch schwatzt," meinte
Matthias zweifelnden Tones.

„Das mußt du ihm eben so bringend als nur möglich
ans Herz legen. Am besten wär's ja, auch ihm nichts
zu sagen. Aber wir brauchen ihn. Die Dinge, die deinem
ersten öffentlichen Auftreten nun einmal vorausgehen
müssen, müssen jetzt doch energisch betrieben werden. Das
muß er und da Mara besorgen."

„Wie lange kann das denn dauern?" fragte Matthias
in dem Tone ungeduldigster Erwartung.

Kitty hob die runden Schultern. „Das weiß ich auch
nicht so genau, Liebling," antwortete sie. „Es hängt
wohl auch viel von einer günstigen Gelegenheit ab. Ich
möchte, daß du dich zuerst als Lieder= und Balladensänger
der Welt vorstellst. Dafür wäre nun das beste das große
Konzert, das alle Jahre im Februar zum Vorteil der
Pensionsanstalten der Schriftsteller und der bildenden
Künstler stattfindet. Das ist eine Veranstaltung aller=
ersten Ranges. Alle Welt geht hin, sogar der Kaiser bis=
weilen, und die Zeitungen bringen lange Berichte in
ernstem und würdigem Tone; weil selbst der schnobberigste
Witzbold unter den Herren Kritikern sich bei dieser Ge=
legenheit die Kalauer verkneift. Wenn da Mara das
durchsetzen kann —"

„Bis dahin sind es aber noch drei Monate!" sagte
Moosbörfer trübe.

Kitty schmiegte sich zärtlich an ihn. Seine Ungeduld
beglückte sie, und zugleich that er ihr so leid. „Siehst
du, wie schwer dir's wird? Jetzt schon! Darum habe
ich ja das, was heute war, so lange hinausgezögert
und hätte dich gern noch länger hingehalten, um diese
Zwischenzeit auf möglichst wenige Wochen zusammen=
zudrängen. Aber du —"

Sie sah ihn mit einem Blicke an, der den schmollen=

ben Ton ihrer Stimme in der holdseligsten Weise Lügen
strafte.

Dann sprach sie tröstend weiter: „Du mußt das mit
dem seltenen Zusammensein übrigens nicht so wörtlich
nehmen, Hiesel. Ich bin doch schließlich keine Puppen=
hätschlerin mehr, sondern eine erfahrene Frau, die weiß,
was sie will und darf. Und dann haben wir ja auch
unsere Puggstein. Ist sie nicht ein reizendes Wesen,
Hiesel? Wie rührend und drollig zugleich sie heute war,
die Arme!"

Das Gespräch verlor sich in eine jener zärtlichen
Plaudereien, die sich wie absichtlich auf die unbedeutendsten
Gesprächsstoffe beschränken, als wollten die zwei glücklichen
Menschen, die auf solche Art miteinander reden, es ver=
meiden, daß ihnen durch den Anteil, den sie an einem
Gegenstande von größerer Wichtigkeit nehmen würden,
die Wonne des Beisammenseins und Zusammengehörens
weniger innig zum Bewußtsein käme.

Endlich gesellte sich Fräulein v. Puggstein wieder zu
dem Paare. Mit der naiven Unhöflichkeit der Liebenden,
die es ganz natürlich findet, es einem dritten zu zeigen,
daß er den Störenfried spielt, nahm Moosdörfer bald
darauf Abschied.

Mit raschen Schritten, von dem Glücksgefühl, das ihm
die Brust schwellte, gleichsam getragen, eilte er mit ela=
stisch federnden Schritten dahin.

„Kitty!" jubelte es immerzu in ihm. „Kitty! —
Kitty! Süße, goldene Kitty!"

In selige Gedanken gleichsam eingehüllt, schritt er
durch die stillen, wie verträumt daliegenden Villen=
straßen, die vom Tiergarten und dem an ihn angrenzen=
den vornehmsten Westen hinüberleiten in den lebhafteren
Geschäftsteil des Stadtviertels, der dem Zuge der großen
Verkehrsader der Potsdamer Straße zu beiden Seiten

folgt. In selige Gedanken versunken überschritt er die
Corneliusbrücke, die als ein Kreisbogen von mäßiger
Krümmung die dunkle, stille Flut der Spree überspannt.
Als er die Brücke hinter sich hatte und von der an=
deren Seite, dem Schöneberger Ufer, über die Böschung
hinab nach dem Wasser blickte, aus dessen schwarzer Tiefe
die Spiegelungen der Glühlichter an der Straße wie ver=
sunkene weiße Flammen heraufglühten, sah er plötzlich
wie eine Vision eine kindlich schlanke Gestalt vor sich.
Ein zartes, liebliches Mädchengesicht blickte ihn schmerzlich
an; in den großen Blauaugen hingen die Thränen, um
das traurige Gesicht flatterte das dunkle Seidenhaar, wie
in der Verzweiflung zerwühlt.

Pepi!

Wie der Stich einer spitzen, glühenden Klinge ging
es ihm durch das Herz.

Die Arme, Arme! Was sein Glück war, wurde
ihr schweres Herzeleid. Sie hatte ihn ja so lieb ge=
habt, so über alle Maßen lieb!

Lange stand der junge Mann am Ufer der Spree
neben dem hohen gußeisernen Kandelaber der Cornelius=
brücke und starrte gesenkten Hauptes hinab in das dunkle
Wasser. Als er sich endlich seufzend aufraffte, um seinen
Weg fortzusetzen, waren seine Schritte nicht mehr so
leicht und schwebend, als würde er von dem Hochgefühl
in seiner Brust über die Erde hingetragen. Sie waren
schwer und schleppend wie die eines Lastträgers, der von
der wuchtenden Bürde auf seinem Nacken fast zu Boden
gedrückt wird.

Endlich nahm er sich trotzig zusammen.

Was fruchtete das Grübeln! Trug er die Schuld
daran, daß in dieser armen engen Welt nun einmal des
einen Lust des anderen Leid sein mußte? Und wenn er
sich dem armen Mädel in Graz gegenüber zehnmal eine

Schuld vorzuwerfen gehabt hätte, jetzt gab es kein Zurück mehr. Vorwärts mußte er, ging er auch über so ein armes Herz hinweg, der Weg, der ihm nun einmal vorgezeichnet war.

Es gelang ihm, die fürchterliche Niedergeschlagenheit, das entsetzliche Grauen vor einem drohenden Unheil zu überwinden, das ihn vorhin überfallen hatte, als ihm seine aufgeregte Phantasie so plötzlich das Bild Pepis vorgespiegelt hatte. Aber zu der früheren hohen Stimmung kam er nicht mehr. Sein Gesicht war ziemlich ernst, als er zu Riebel-Steinfels, der noch lesend und rauchend in seinem Zimmer bei der Lampe saß, eintrat und seinem alten Lehrer mitteilte, daß er sich soeben mit Kitty Bothe verlobt habe.

Dem Professor fiel bei der Nachricht die Zigarre aus der Hand.

„Der Stengel fällt von mir — ich fall' vom Stengel," witzelte er, halb ohne zu wissen, was er sagte. Dann kam auf einmal wieder Leben in sein vor Erstaunen gleichsam starr gewordenes Gesicht. Er faßte Matthias an beiden Schultern, schüttelte ihn und schrie wie besessen: „Aber das ist ja — wunderschön! ... Wun—der—schö—ön! Ich will nur gleich meine Frau und die Kinder — —"

Nun faßte der Schüler den Lehrer an den Schultern, um ihn am Davonspringen zu verhindern. „Herr Professor, schreien Sie doch um Gottes willen nicht so! Es soll's ja noch niemand wissen als Sie!"

„Aber meine Frau ...!"

„Die auch nicht. Das hat mir die gnädige Fr ... das hat mir meine Braut noch besonders ans Herz gelegt."

Der alte Herr strich sich mit resignierter Miene den langen grauen Bart. „Hm ... ja ... das ist wahr. Die Weiber können den Mund nicht halten, in solchen

Sachen schon gar nicht. Schade! Hätte die gute Nike
Augen gemacht! Augen ...! Nun, die wird sie eben
später machen. Also vorläufig bloß meinen aller-, aller-
herzlichsten Glückwunsch, Sie Tausendsassa!"

Er schüttelte Moosdörfer immer wieder äußerst nach-
drücklich die Hände.

„Jetzt soll's aber wohl bald losgehen?" fragte er
dann. „Hinaus auf die Bretter, wie?"

Matthias teilte ihm Kittys Wunsch mit, sein erstes
Debüt im Konzertsaale und zwar womöglich bei dem
großen Konzert im Februar sich vollziehen zu lassen.

„Ausgezeichnet!" sagte der Professor, indem er bei-
fällig mit dem Haupte nickte. „Werde gleich morgen
mit da Mara reden. Ein ausgezeichneter Einfall! Ein
amerikanischer Manager könnte von ihr lernen, von dieser
verteufelten kleinen Frau — Pardon, mein Lieber! Von
Ihrer Braut."

Er guckte Matthias schalkhaft an. Darüber wurde
seine Miene aber plötzlich ernst.

„Menschenskind!" brauste er beinahe zornig auf. „Was
machen denn Sie für ein Leichenbittergesicht zu dem allem?
Sie müßten ja lachen, jubeln, springen, tanzen vor när-
rischer Glückseligkeit!"

Matthias zwang sich zu einem matten Lächeln. „Ich
bin ja glücklich ... so glücklich! Nur etwas abgespannt."

Der Alte nickte besänftigt. „Kann ich mir denken.
Das ist die Reaktion jetzt. Nun --- gehen Sie zu Bett
und schlafen Sie wohl. Und nochmals Heil! Hurra!
Heilö!"

Matthias ging, aber nicht zu Bett. In seiner Stube
brannte bis ins späte Morgengrauen hinein die Lampe,
bei deren Schein er seinem Vormund, dem Vater Pepis,
einen langen, langen Brief schrieb.

Vierzehntes Kapitel.

In der einfachen, aber gemütlichen Eßstube des Wein=
zierlschen Hauses in Graz, wo die Familie um den
Mittagstisch versammelt saß, sah alles noch genau so aus
wie früher, als Matthias noch in dieser Tafelrunde seinen
Platz hatte. Ganz fehlte er sogar heute nicht, obwohl
auf seinem Stuhle ein anderer saß, ein schüchtern blickender,
hagerer Gesell mit dem echten, schneiderzunftgemäßen Knebel=
bärtchen. Es wurde nämlich von ihm gesprochen.

Angeschnitten hatte das Thema natürlich wieder Meister
Weinzierl. Der begann immer von Matthias zu reden,
wenn ihm besonders wohl zu Mut war. Und heute fühlte
sich der Wackere so recht behaglich. Draußen stürmte es
gehörig und warf mit jedem Windstoße kleine Narren=
ladungen weichen, lockeren Schnees gegen die Fensterscheiben,
so daß man recht inne wurde, wie behaglich warm es hier
drinnen war, wo der alte grüne Kachelofen seine Schuldig=
keit that und eine ganz beträchtliche Hitze von sich strahlte.
Dazu war das Mittagessen wieder einmal ausgezeichnet.
Mutter Weinzierl kochte zwar immer gut, allein manchmal
gelingt es einer tüchtigen Hausfrau wohl, sich selber noch
um einiges zu übertreffen. Schon die Suppe war so
vorzüglich gewesen, daß der Kaiser in seinem Schlosse zu
Wien sie nicht besser vorgesetzt bekommen konnte. Das
„Geselchte“ war zartrosig von Farbe und mürbe unter
den Zähnen, dazu geradezu himmlisch von Geschmack, mit
einem Worte, es war das ideale Rauchfleisch, aus den
Rippenteilen eines idealen, nicht um „ein Alzerl“, wie
die Oesterreicher für „ein bißchen“ sagen, zu fetten oder
zu mageren Schweines gewonnen, in einem idealen, nicht
zu matten und nicht zu brenzlichen Rauche „geselcht“ und
nicht um eine Minute mehr oder weniger, als eben nötig
war, gesotten. Das Sauerkraut dazu war einfach voll=

endet, nicht zu hart und nicht zu weich, und so würzig von Geschmack, wie ... wie ... nun eben wie ein richtiges steirisches Sauerkraut.

Die Knödel, die zu diesen beiden guten Dingen als drittes gehörten, um das Leibgericht des Hausherrn voll= ständig zu machen, hatten allerdings gefehlt. Dafür aber sollten sie noch kommen, und zwar in einer Form, wie der Herr Weinzierl sie fast noch lieber aß als zum Ge= selchten, nämlich als Knödel mit Zwetschgenröster, hoch= deutsch gesprochen Klöße mit gekochten Backpflaumen. Dieses Schlußgericht versprach die Krone des Mahles zu werden.

Denn als Mutter Weinzierl auf die besorgte Frage ihres Eheherrn, wo denn die Knödel geblieben seien, die zu diesem Essen doch von Rechts wegen gehörten, verkündigt hatte, was da noch kommen sollte, hatte sie hinzugefügt: „Du, Alter, i glaub', sie sind mir heut' g'raten."

Wenn aber Mutter Weinzierl, die sich lieber von anderen loben ließ, als daß sie das selbst besorgte, etwas derartiges äußerte, konnte man sich auf Großes gefaßt machen.

Unter der Einwirkung der behaglichen Stimmung, die aus dem allem entsprang, empfand also Meister Weinzierl die innere Nötigung, von seinem Stolz zu reden, der bald auch der Stolz der ganzen, durch ihn in die Achtung der Welt gehobenen Schneiderzunft werden mußte, von Matthias. Gerade in dem Augenblicke, als Marie zur Thür hereinkam, auf einem großen Servierbrett die Knödel= schüssel und den Napf mit dem Zwetschgenröster vor sich her tragend, und von diesem Servierbrett zwei gar liebliche Düftlein zu Meister Weinzierls Nase herüberwehten, die sie mit behaglichem Schnuppern einsog, gerade in diesem Augenblicke also wiegte der Meister das Roseggerhaupt und sagte langsam und träumerisch: „Unser Matthias is ja ein feiner Herr wor'n und wird ein großer Herr werd'n, der mit Fürsten und Grafen speisen thut. Aber wann

er auch zum Kaiser von Japan zum Diner g'laden wird
und Fasanen und Austern und indische Vogelnester auf
ein'n goldenen Teller zu schnabulieren kriegt, wann ihm
dabei dein G'selcht's mit Kraut einfällt, Mutter, i glaub',
er kriegt 's Heimweh danach."

Das behäbige, gutmütige Gesicht der Hausfrau über=
zog sich mit freudiger Röte bei diesem Lob. Antworten
aber konnte sie nicht, denn die kleine Miezl, die mit am
Tische saß, und dadurch, daß sie erheblich gewachsen war,
ganz allein von den Menschen und Dingen in der Stube
ein Maß dafür gab, wie lange Matthias schon fort war,
fiel mit hellem Kinderstimmchen ein: „Wann kommt er
denn wieder, der Matthias, und b'ingt mir recht was
Schönes mit?"

„Aufs Fruahjahr, Herzerl," beruhigte sie der Großvater,
„wann der Holler hint' im Garten wieder blüht, weißt,
Miezl, der schöne Holler, dann wird er wohl kommen, der
Matthias. Und mitbringen wird er dir g'wiß was. Der=
weil laßt er bi' jed'smal schön grüßen, wann er schreibt,
und fragt immer, ob's b' auch recht brav bist."

Die Kleine steckte das Zeigefingerchen in den Mund,
das gehörte bei ihr zum Nachdenken, und zerbrach sich
sichtlich den Kopf über irgend etwas. Auf einmal fing
sie wieder an: „Doßvatter!"

„Ja, Herzerl?"

„Warum sch'eibt er denn immer nur der Pepi=Tant',
der Matthias?"

Das war nun in Anbetracht des Umstandes, daß die
Beziehungen zwischen der Pepi=Tante und dem fernen
Matthias Geheimnis bleiben sollten, eine recht verfängliche
Frage. Saßen doch der Jüngling mit dem Spitzbart und
Karl, der vor kurzem Gehilfe geworden war und sich auch
gerne einen Spitzbart hätte stehen lassen, wenn die safrischen
Haare dazu nur hätten wachsen wollen, mit bei Tisch.

Diese beiden konnten durch die kindliche Frage leicht zum
Nachdenken über eine Thatsache gebracht werden, die sie
bisher stumpfsinnig und arglos nicht einmal bemerkt hatten.

Das Ehepaar und die beiden Töchter des Hauses
wechselten daher einen Blick, bei dem Pepi, die ein wenig
schmalere Wangen hatte und viel ernster aussah als vor
einem halben Jahre, dadurch aber nur noch hübscher geworden war, ein wenig errötete.

Dann antwortete der Großvater in etwas rauherem
Tone, als er sonst zu seiner Enkelin sprach: „Kleine Kinder
sollen nit all's bereden, Miezl! Der Matthias schreibt an
die Pepi, weil die zwei halt immer miteinander g'spielt
hab'n, schon, wie die Pepi-Tant' ein so ein kleinwinzig's
Dirndel g'wesen is wie du jetzt'n. Und die Pepi giebt
den Brief nachher mir z' lesen, und der Großmutter, und
deiner Mutter, das is nachher grad so, als wann der
Matthias jedem von uns g'schrieben hätt'. Nur 's Papier
hat er sich g'spart und die Briefmarken, und die Zeit,
was das Schreiben braucht. Denn weißt, Miezl, Zeit hat
er halt gar so wenig, der Matthias, no' viel weniger
als wie der Großvater."

„Macht er denn auch Röck' und Hosen für b' Leut'?"
fragte Miezl naiv, da sie nicht begriff, wie man keine
Zeit haben könne, außer, wenn man eben Röcke und so
weiter verfertigte, wie der Großpapa.

Weinzierl nickte triumphierend. Der Roseggerblick durch
die Brille hatte etwas Entzücktes und Begeistertes, als
der alte Herr erwiderte: „Hat er g'macht, Herzerl, hat
er g'macht! Aber jetzt nimmer. Jetzt'n wird ganz was
Großes und Berühmtes aus ihm, wohl. Aber das ver-
stehst no' nit."

Inzwischen war die Schüssel mit den Klößen leer geworden, in dem Pflaumennapf sah man den weiß glasierten
Boden, auf den die Spuren des sorgsam herausgewischten

roten Fruchtbreis ein hübsches Muster von konzentrischen
Kreisen gezeichnet hatten. Miezl war aufgefordert worden,
das Tischgebet herzusagen, als es an die Thür klopfte.
„Herein!" rief der Hausherr.

Durch die Spalte der nur zu einem Viertel sich öffnenden
Thür schob sich das bartstoppelige, von der Dienstmütze
gekrönte Gesicht des alten Briefträgers herein. Gleich
darauf erschien auch die rechte Hand des Mannes mit einem
Briefe. Mit der Linken hielt er sich in seiner vorgeneigten
Stellung am Thürpfosten fest, um die Beine mit den von
Schneewasser triefenden Stiefeln draußen auf der Thür-
stufe lassen zu können und der Hausfrau die blanke Diele
nicht zu besudeln.

„Ein' Brief hätt' i da von dem Herrn Opernsänger
aus Berlin," sagte der Alte, der alle Familienangelegen-
heiten seines Bestellbezirkes kannte und überall dreinredete.
„Dasmal is er aber nit an b' Fräulein Pepi, sondern
an 'n Herrn Meister selber."

Ein wenig unwirsch über dieses neuerliche Zur-Sprache-
kommen der Thatsache, daß Moosbörfers Briefe sonst immer
an Pepi adressiert waren, nahm Weinzierl dem Alten das
Schreiben ab. Der Kopf mit der Dienstmütze verschwand,
die Thür schloß sich, und der Hausherr beäugelte nachdenklich durch die Brille seinen Brief.

„Wird halt was G'schäftlich's sein, Vormundschafts-
g'schichten oder so," meinte er, indem er das dicke Schreiben
auf der Handfläche wog.

Er riß den Umschlag auf, zog die drei Briefbogen
heraus, die er enthielt, und begann zu lesen. Auf einmal
wurde seine Miene, die bisher nur neugierig gewesen war,
ernst und gespannt; irgend etwas vor sich hin murmelnd,
ging er auf die Thür zu, die in sein und seiner Frau
Schlafzimmer führte, und verschwand hinter ihr. Drinnen
hörte man den Nachtriegel vorschieben.

Die brei Frauen sahen sich mit Mienen an, in denen
die Angst, die dieses merkwürdige Verhalten in ihnen
hervorrief, deutlich zu lesen war. Auch die beiden jungen
Männer schienen zu fühlen, daß irgend etwas in der Luft
lag, was die Anwesenheit fremder Zeugen überflüssig
machte. Mit einem Lächeln, das die Unbefangenheit von
Leuten heucheln wollte, die aber schon gar nichts gemerkt
haben, das jedoch einen ganz schrecklich hilflosen und ver-
legenen Ausbruck hatte, schoben sich die beiden ein wenig
linkischen Gesellen aus der Thür.

Die Mutter und Marie begannen nun in aufgeregtem
Flüstern die Frage zu erörtern, was der schreckliche Brief
wohl enthalten könnte. Pepi beteiligte sich nicht an diesem
Gespräch. Ein wenig vornüber geneigt saß sie und blickte,
ohne sich zu regen, auf ihre im Schoße gekreuzten Hände
herab. In dieser Haltung erinnerte sie an eine arme,
kleine, geängstigte Lerche, die sich vor dem Habicht, der
auf sie herabstoßen will, in eine Ackerfurche duckt. Das
Kind endlich stand, das Zeigefingerchen im Munde, mitten
im Zimmer und ließ den verwunderten Blick seiner großen,
fragenden Augen von der Mutter zur Großmutter, von
der Großmutter zur Tante und von dieser wieder zurück
zur Mutter wandern.

Endlich wurde drüben im Nebenzimmer der Riegel
zurückgezogen. Alle drei sprangen auf. Die Thür
öffnete sich aber nur ganz wenig, und Weinzierl blieb
hinter ihr stehen, so daß man sein Gesicht nicht sehen
konnte.

In gedämpftem Tone, dem man es anhörte, daß sich
der alte Mann gewaltsam zusammennahm, klang es durch
die Thürspalte: „Mutter, komm einmal 'rein!"

Die alte Frau that einen förmlichen Satz auf die Thür
zu, hinter der sie verschwand, die beiden Töchter sanken
wieder auf ihre Sessel zurück. Marie zog ihr Kind an

sich und streichelte ihm die blonden Löckchen, Pepi hatte ihre vorige Stellung wieder angenommen.

Jetzt hörte man die beiden alten Leute im Nebenzimmer lebhaft miteinander reden, ohne daß man verstehen konnte, was. Die Mutter schien sehr aufgeregt. Man hörte es ihrer Stimme an, daß ihr die Thränen im Halse saßen, der Vater suchte sie offenbar zu beruhigen. Aber auch sein Gemurmel hatte einen so traurigen Klang.

Schließlich verstummte das Murmeln drinnen. Müde, zögernde Schritte, die Schritte der alten Frau, näherten sich der Thür.

Dann ging diese auf.

Pepi trat der Mutter entgegen, sah ihr fest in das verstörte Gesicht und fragte: „Mutter, is er krank?"

Frau Weinzierl bewegte verneinend das Haupt. „Nein, Kind, krank is er nit."

Da rollten zwei große Thränen über Pepis blasse Wangen herab. „Dann schreibt er mir halt ab, Mutter. Er hat sich mit der Frau Bothe verlobt, gelt?"

Frau Weinzierl machte eine Bewegung, als fürchte sie, das Mädchen könne zusammenbrechen, und wolle es auf= fangen.

Pepi aber stand ganz ruhig und wiederholte ihre Frage, diesmal sogar schon mit gefaßter Stimme: „Is's das, Mutter?"

Jetzt schluchzte die alte Frau auf. „Ja, mei' arm's Haścherl; ja! Aber woher . . .?"

Das Mädchen antwortete nur mit einem leisen Zucken der Schultern. Aber es lag ein ganzes Menschenschicksal voll Gram und Trostlosigkeit in dieser kleinen, kaum wahr= nehmbaren Bewegung.

„Ich hab's lang so erwart't, Mutter. Jetzt is's halt da. — Ich will hinein zum Vattern geh'n. Er is g'wiß so in Sorg' um mich."

Sie umarmte die Mutter flüchtig. Dann machte sie sich sanft von ihr los und ging in das Nebenzimmer, dessen Thür sie hinter sich zuzog. Frau Weinzierl sank auf den Stuhl, auf dem vorhin Pepi gesessen hatte, und rang leise vor sich hin murmelnd die Hände. Marie fuhr fort, die Locken ihres Kindes leise zu streicheln, und wandte keinen Blick von dem blonden kleinen Haupte.

Indessen stand Pepi drinnen neben ihrem alten Vater und suchte ihm die Angst und das Herzeleid auszureden, die sie in seinen verstörten, blassen Zügen, in seinem kummervollen Blicke las.

„Schau, Batterl, nimm's nit so schwer! Es trifft mi' ja hart, i kann's nit ableugnen, aber viel mehr weh thut mir 's Herz heut' auch nit als wie gestern und vorgestern und die ganze Zeit her, seitdem er fort is. I war halt drauf g'faßt, Vatter. Wie f' zum erstenmal daher 'kommen is, die . . . die . . . die Person, die, da hab' i's glei' g'spürt und g'wußt: sie will 'n von mir wegreißen, hin zu ihr. Und wie er nachher mit ihr so weit fortg'fahr'n is in die fremde Stadt, da hab' i glei' g'wußt, daß 's ihr auch gelingen wird. Sie so nahe bei ihm, und i so weit! Und sie is ja schöner wie i, und so gebildet und nobel, und reich. Und der Matthias war so jung, viel zu jung, um ein' rechten Ernst z' haben. Ich bin dir so dankbar, daß du uns damals die Sach' nit hast bekannt machen lassen. Wenigstens hab' i jetzt nit die spöttischen G'sichter von die Leut' auch noch ausz'halten."

In ihrem Tone lag etwas so Wehmütiges, daß Meister Weinzierl sich verzweifelt ins Haar fuhr. „Kind, Kind!" stöhnte er. „Jetzt bedankst di' no' bei mir! Das is ja wie ein Hohn und Spott, Pepi, wie ein Spott! Ein schlechter Vater bin i g'wesen. Net ins Haus hätt' 'i 'n lassen sollen, den . . . den . . ."

Sie legte bittend die Hände auf seinen Arm. „Aber

Vatter! Wie hätt'st du denn wissen sollen, wie alles kommen wird? Und auf den Matthias schimpf nit. Es wird ihm schwer genug uns Herz sein jetzt ... es muß ihm ja schwer sein, 's Herz! Denn schlecht is er nit, Vatter. Er hat ja auch gar nit b' Schuld. Sie, sie ganz allein. Und dann die große Veränderung. Er is ja g'wiß ein ganz ein anderer Mensch heut' wie damals, gar nit mehr der nämliche Matthias, der mir damals im Stadtpark ..."

Sie verstummte errötend.

Ihr Vater sah sie groß an und antwortete: „Ja, hast du denn den Brief schon g'lesen, Kind? Grad das schreibt ja er auch!"

Sie nickte, wie erfreut über die Bestätigung ihrer Meinung durch Matthias selbst, der doch wissen mußte, wie ihm zu Mut war.

„Siehst es, Vatter! Wenn zwei, jedes für sich allein, auf dieselben Gedanken kommen, dann müssen die schon die richtigen sein. Gieb mir jetzt den Brief, Vatter. Ich will mich allein wo in ein'n Winkel setzen und lesen. Und du machst dir keine Sorgen um mi', gelt? Ich war wirkli' g'faßt drauf. I hab' ja müssen. Denn vorg'logen hat er mir nix, der Matthias. Die kalten Brief', die i alle euch allen hab' zeigen können! I hab' bir's jedesmal ang'seh'n, daß du dir denkst, es wär' ein Zettel dabei g'legen, auf dem das g'standen wär', was für mi' allein b'stimmt war. Aber so ein Zetterl war kein einzig's Mal dabei, nit einmal beim allerersten Brief. Und wie er gar ang'hebt hat, steirisch z' schreiben, da hab' i's ganz g'wiß g'wußt, daß er si' selber Komödie vorspielen muß, um den Brief überhaupt zusammen= z'bringen."

Der Alte schüttelte wehmütig den Kopf, während er Pepi die inhaltschweren drei Bogen überreichte.

„Glückliche Eltern sind wir, b' Mutter und i," sagte
er bitter, mit wankender Stimme. „Der Bub ertrunken,
bie ältere Tochter ohne ein rechtes Glück durch ihre Schuld,
bie jüngere . . ."

Die Stimme versagte ihm.

„Mir wird's noch recht gut geh'n auf der Welt, paß
auf, Vatter!" widersprach Pepi eifrig. „J hab' so ein'
Aberglauben: über benen, an bie ber liebe Gott sein'n
Zorn einmal so recht ausg'lassen hat, halt't er nachher
beibe Hänb'. Im Anfang freilich . . . aber i werb's
schon übertauchen, i werb' schon."

Sie küßte bie Hand bes alten Mannes und ließ ihn
bann allein. So eilig lief sie bavon, als fliehe sie vor
irgenb etwas.

Weinzierl folgte ihr langsam. Als er im Eßzimmer
seine Frau sitzen sah, fragte er: „Wo is s' hin, bie Pepi?"

„In 'n Salon," antwortete bie Gefragte. „Da bei
uns is s' nur so burchg'flogen, bann hab' i brüben bie
Thür aufmachen unb wieder zumachen g'hört."

Weinzierl stand und sah starr auf bie Wand. Dann
sagte er gepreßt: „Mutter, sie macht mir angst, b' Pepi.
Sie is mir zu ruhig."

„Sie sagt, sie hätt's sich scho' lang 'benkt."

„Hat sie zu mir auch g'sagt. Aber trotzbem . . . es
is, als wär' was 'brochen in ihr."

Seine Frau blickte ihm fragenb in bie Augen. Als
er nickte, stand sie auf unb schlich seufzend hinaus.

Nach einer Weile kam sie wieder herein, wischte sich
mit dem Schürzenzipfel bie feuchten Augen unb sagte: „Sie
hat si' eing'riegelt unb weint."

„Hast an'klopft, Mutter?"

„J hab' mi' schier nit 'traut. Vielleicht is's sogar
besser für ihr, wann s' allein is jetzt."

Die beiden alten Leute sahen sich traurig in bie Augen.

Dann ging jedes betrübt an seine Arbeit. Das Leben ist hart und fordert von der Freude und dem Schmerz immer nur das eine: Pflichterfüllung.

Bloß Marie war im Eßzimmer sitzen geblieben. Sie blickte immer noch auf ihre kleine Tochter nieder, die im Schoße der Mutter eingeschlafen war.

Erst abends, als die Lampe in der Wohnstube schon lange brannte, und die Gehilfen, die sich heute von dem Abendtisch der Familie ihres Meisters zartfühlend fernhielten, längst weggegangen waren, kam Pepi aus dem Salon heraus. Sie war sehr blaß, ihre Augenliber dick, aber ihr Mund lächelte tapfer. In der Hand hielt sie ein kleines Paket, das sie vor dem Vater auf den Tisch legte.

„Da. Es sind seine Briefe drin und das Ringel, das er mir an dem Abend geschenkt hat, bevor er abgereist ist. Schick's ihm zurück und schreib ihm, daß ich alles längst geahnt hab', daß ich ihm nicht bös bin und daß ich ihm alles Gute wünsch'. — Und jetzt komm, Marie, wir müssen 's Nachtmahl herrichten. Es is schon spät."

In dieser tapferen Haltung blieb das Mädchen sich so treu, daß Meister Weinzierl nach einigen Tagen, an denen Pepi ihre Schuldigkeit nach wie vor gethan, mit den anderen bei Tisch gesessen und sich an den Gesprächen beteiligt hatte wie vordem, zu seiner Frau in zweifelndem Tone sagte: „Du, Mutter, mir scheint doch, sie wird's verschmerzen. Und schneller, als man's glauben sollt'."

Jetzt war es die Frau, die widersprach. „I weiß nit —! Sie hat so was Traurig's in die Augen, so was . . . das arme Kind is verschlossen wor'n durch ihr Unglück."

„Verschlossen? Die Pepi? Aber geh, Mutter! Wenn's no' die Große wär'! Aber die Pepi, die nie kein Geheimnis g'habt hat vor ihre Eltern!"

Frau Weinzierl seufzte. „Das is wahr, Vatter. Aber das war früher. Das Herzleid ... die Kränkung ... Da ändert sich der Mensch manch's Mal, rein nit zum Glauben." — —

Des anderen Morgens hatte Weinzierl einen heftigen Auftritt mit dem Briefträger. Der Alte, den der Meister, seitdem er den Unglücksbrief gebracht, sonderbarerweise „auf dem Zug" hatte, wollte ihm durchaus eine Zeitung, den „Berliner Börsenkurier", einhändigen, den Weinzierl doch gar nicht bestellt hatte.

„Und i sag' Ihnen, i hab' die Zeitung nit abonniert, und will nix davon wissen, und nimm s' nit an. Nehmen Sie s' nur wieder mit."

„Aber Herr Meister, Ihr Nam' steht do' da aufg'schrieben, fürs ganze Vierteljahr is s' zahlt, die Zeitung, und 's Bestellgeld."

„I hab' nix zahlt und weiß nix und nimm s' nit."

Der Beamte wollte sich gerade kopfschüttelnd entfernen, als Pepi herauskam und ihm das Blatt ruhig abnahm. „Die Zeitung hab' i b'stellt," sagte sie.

(Fortsetzung folgt.)

Ein sonderbarer Zweikampf.

Aus den Erinnerungen eines Ingenieurs.

Von Ulr. Myers.

Mit Illustrationen
von Willy Stöwer.

1.

„Wie viel Faß Pökelfleisch haben wir noch?"

„Ungefähr dreißig."

„Damit langen wir vierzehn Tage, wenn die chinesischen Kulis mitessen."

„Wenigstens diejenigen, die bei uns geblieben sind, und die nicht schon gestern fortliefen, als die erste Unglücksnachricht kam."

„Die sind Goldgräber geworden, meine Herren, und auch uns wird nichts anderes übrig bleiben. Unglaublich, dieser Bankerott! Schade um das schöne Geld!"

„Kinder, laßt uns nicht um das Geld klagen, es war nicht das unsere, und die Leute, die es verloren haben, besitzen mehr. Denken wir an uns selbst und daran, daß wir bei diesem Bankerott die Hauptleidtragenden sind."

„Ja, es ist eine niederträchtige Geschichte, mit einer Eisenbahnstrecke von zehn Kilometer, die nirgends An=

schluß hat, mitten in der australischen Wildnis zu sitzen."

„Die Wildnis ist nicht so schlimm. Das Goldgräber=lager von Turumba ist kaum ein Kilometer entfernt."

„Und da geht's hoch her. Drüben in der Kneipe „Zum Känguruh" ist seit heute früh wieder einmal eine Fünfzigpfundnote *) an die Wand genagelt worden mit der Unterschrift: „Zum Vertrinken!" Die Kerle gaben sich, als ich vorhin drüben war, schon in frühester Morgenstunde alle mögliche Mühe, die Note klein zu kriegen, und der Wirt ermunterte fleißig zum Trinken."

„Wer war denn der Spender?"

„Ein glücklicher Goldgräber, der ein großes Stück Gold nebst mehreren kleinen Stücken gefunden und seine Grube glänzend verkauft hat."

„Wir sollten eben auch Goldgräber werden."

„Wenn wir das nötige Geld hätten! Aber soviel ich weiß, lieber Freund, besitzen wir alle zusammen nicht so viel, wie nötig ist, um einen Berechtigungsschein und die erste Einrichtung der Grube zu bezahlen."

„Die Schufte von Unternehmern sind uns unser ganzes Monatsgehalt schuldig geblieben; wir müssen uns nun an den vorhandenen Sachen schadlos halten."

„Der reine Hohn. Das ganze Zeug ist wertlos."

„Ich wollte die Schienen verkaufen, aber die Kerle im Goldgräberlager lachten mich aus und sagten, sie wären Narren, etwas zu bezahlen, das sie umsonst haben könnten. Niemand könne sie verhindern, sich die Schienen zu holen, wenn sie dafür Verwendung hätten."

Dieses Gespräch fand zwischen drei Männern in einer hölzernen Baracke statt, die mit mehreren anderen zusammen die australische Eisenbahnstation Turumba bildete. In

---

*) Tausend Mark.

ben anderen Baraden lagerte Arbeitsgerät und einiger Proviant. In brei großen Hütten waren chinesische Kulis untergebracht. Die Eisenbahn selbst lag in Queensland in Nordostaustralien und war von einer englischen Gesellschaft auf Spekulation in der Goldgräbergegend zwischen den Städten Potsdam und Jericho erbaut worden. Die Bahn führte birekt von Süd nach Nord, hatte nirgends an eine andere Bahn Anschluß und nur eine Verbindung mit dem Waregofluß im Süden. Die Unterhandlung der Gesellschaft mit den Anschlußbahnen und der australischen Regierung hatte sich zerschlagen, die Londoner Unternehmer daher plötzlich die Sache aufgegeben, und so war der Bau eingestellt worden.

Die drei Männer hatten allen Grund, verstimmt zu sein, denn es waren die Ingenieure der Bahn, die nun ohne Mittel in der australischen Wildnis saßen. Geld könne nicht mehr geschickt werden, stand in dem Briefe, der gestern anlangte, die Ingenieure sollten sehen, wie sie mit den chinesischen Kulis, die als Arbeiter beim Bau beschäftigt waren, fertig würden, und sich am vorhandenen Inventarium schablos halten.

Nun hielten sie im Bureau Kriegsrat: ein Deutscher, Erich Bischof, ein Engländer, Namens Clay, und ein Franzose, Anatole Charles. Die Unterhaltung wurde in englischer Sprache geführt.

„Laßt uns überlegen, was uns übrig bleibt," sagte Clay. „Nehmen wir das Inventarium auf, an das wir uns halten sollen. Da sind erstens die Baraden —"

„Halt!" unterbrach ihn Charles, „die große Barade der Kulis muß schon in Abzug gebracht werden. Die Kerle haben sie heute nacht abgebrochen und in der Nähe des Goldgräberlagers wieder aufgebaut. Außerdem waren sie so freundlich, das gesamte Arbeitsgerät mitzunehmen. Ihr schlieft noch heute früh, als ich bereits einen Spazier-

gang machte. Ich mußte unthätig zusehen, wie die Bande
mit den Sachen abzog."

„Gut, streichen wir diese Baracke und das Arbeitsgerät," sagte Bischof. „Zum Glück sind wir die edlen
Chinamänner los. Ich hatte eine gewaltige Angst, daß
sie ihre Bezahlung verlangen würden."

„Ungefähr dreißig Kulis sind noch in der zweiten
Baracke geblieben, und ich habe mit ihnen bereits verhandelt," fuhr Charles fort. „Sie sind bereit, uns beim
Abbruch der Gebäulichkeiten hier Hilfe zu leisten, wenn
wir ihnen dafür eine Baracke und verschiedenes Material
schenken. Dann spekulieren die Kerle wohl auch darauf, daß wir unsere Proviantvorräte nicht mitschleppen
können."

„Welche ungeheuerliche Idee," meinte Clay, „die Station hier abbrechen zu wollen! Was sollen wir denn mit
dem Material anfangen?"

„Wir können die Gebäulichkeiten nach dem Goldlager
transportieren und dort neu aufstellen. Käufer finden wir
sofort, und zwar zu ganz annehmbaren Preisen, wenigstens
bekommen wir so viel Geld zusammen, um bis Brisbane
zu gelangen."

„Und von dort — wohin? Die Ueberfahrt nach Europa
kostet gewaltiges Geld."

„Vorläufig sitzen wir fest, und es bleibt uns nichts
anderes übrig, als Arbeiter in den Goldgruben zu werden.
Zu selbständigen Unternehmungen fehlt uns das Anlage-
kapital."

„Meine Herren, ich denke, wir stellen das Inventarium
auf," mahnte Clay abermals. „Was ist also vorhanden?
Vier Baracken mit Einrichtung; zehn Kilometer Bahnbau,
für die uns kein Mensch etwas giebt, denn Schienen und
Schwellen sind wertlos, da Holz in den Eukalyptuswäldern
in unbegrenzten Massen zu finden ist. Es bleiben uns

ferner übrig bie Proviantvorräte, zwanzig gebeckte unb
zwanzig ungebeckte Wagen unb zwei Lokomotiven."

„Die gebeckten Wagen, wenigstens ben Oberteil, werben
wir los, ben kaufen uns die Goldgräber ab. Ein solcher
Wagenkasten läßt sich sehr gut als kleines Häuschen ein=
richten, bamit machen wir noch ein gutes Geschäft," meinte
Charles.

„Meine Herren, bürfen wir aber wirklich bas Inven=
tarium ber Eisenbahn in bieser Weise verschleubern?" fragte
Bischof.

„Ungeheuerliche Frage! Das ist wieder einmal echte
beutsche Gefühlsbuselei," spottete Clay. „Die Unternehmer
haben uns hier in ber Wilbnis sitzen lassen unb uns selbst
geschrieben, wir sollten uns an bas Inventarium halten.
Das ist also unser Recht. Unb bann, werter beutscher
Kollege unb Gemütsmensch, wenn wir hier fortgehen unb
bie Baracken stehen lassen, brechen sie morgen bie Chinesen
ab; also verloren sinb sie auf jeben Fall."

„Bleiben wir bei unserer Inventariumsaufstellung!"
erinnerte Charles. „Also zwei Lokomotiven. Was machen
wir mit ben Lokomotiven?"

„Wir nehmen sie mit zum Anbenken," lachte Clay.
„Jeber steckt sich eine in bie Westentasche."

„Keine Witze, Clay, bie Sache ist zu ernst. Was
machen wir mit ben Lokomotiven? Sie sinb boch bas
Wertvollste, was wir hier haben."

„Sie sinb bas Wert l o s e ste , wollen Sie sagen, werter
Freunb. Alles anbere ist mehr wert als bie Lokomotiven.
Die müssen wir stehen lassen, unb es wirb sich wahr=
scheinlich niemanb an ihnen vergreifen, benn kein Mensch
hat für Lokomotiven hier Verwenbung. Sie werben ver=
rosten, verfallen unb im Sanbe verweht werben, besonbers
wenn bas Golbgräberlager unb bie Ausbeutung ber Grube
aufgehoben wirb. Es giebt Unglücksraben, welche prophe=

zeien, das Goldgräberlager werde keine drei Monate mehr
bestehen, weil die Ausbeute immer geringer wird."

„Um so mehr müssen wir uns Geld zu verschaffen
suchen, um von hier fortzukommen. Was würde es uns
nützen, wenn wir die Goldgräberei anfingen? Dann sind

wir in brei Monaten in einer schlechteren Lage als jetzt."

Der chinesische Koch kam und fragte, ob das Mittag= essen auch für die dreißig noch auf der Station verbliebenen Kulis bereitet werden solle, wenn diese auch nicht arbeiteten.

„Koche nur für deine gelben Boxer," sagte Charles, der Chef der Station war, „wir können das Pökelfleisch nicht allein essen und schlecht genug ist es. Gieb den Leuten Pökelfleisch, so viel sie wollen, und Reis. Und auch uns koche eine ordentliche Portion."

2.

In dem „Restaurant zum Känguruh" ging es lustig her. Es bestand allerdings nur aus einer Bretterhütte mit etwas sehr luftigem Dach, durch welches man stellen= weise den Himmel sah, trotzdem machte der Wirt in dieser Schnapsbude — denn das war die einzig richtige Bezeich= nung — glänzende Geschäfte, viel bessere als die Gold= gräber. Die vertranken doch den größten Teil ihrer Aus= beute, und das Gold floß den Wirten zu, welche dafür ihren Fusel hergaben. Auch an der Fünfzigpfundnote, die zum Vertrinken an der Holzwand mit einem Nagel befestigt war, verdiente der Wirt doppelt und dreifach.

Dieser würdige Mann, ein Irländer Namens Macallan, stand hinter dem Schenktisch, überwachte die chinesischen Kulis, die ihm beim Einschenken halfen, und als jetzt die drei Ingenieure von der verkrachten Bahn eintraten, nickte er ihnen jovial zu.

„Holla, hierher," rief er, „frische Gläser für die Herren!"

Dann winkte er den Ingenieuren, sie sollten hinter den Verschlag kommen, was eine Ehre war, der nur wenige gewürdigt wurden.

„Meine Herren," sagte er, „ich freue mich, Sie zu sehen. Hätte Ihnen einen Vorschlag zu machen. Treten

Sie in dieses Zimmer." Er wies auf den kleinen, dürftig
möblierten Verschlag, der durch eine Bretterwand vom
Trinkraum getrennt war, und die drei Ingenieure traten
ein, neugierig darauf, was der Irländer wohl von ihnen
wolle.

Macallan entkorkte eine Flasche Whisky, füllte die
Gläser, stieß mit den Gästen an und sagte: „Einen Vorschlag, meine Herren. Ich möchte ein Theater errichten
hier im Goldgräberlager."

Die drei Ingenieure sahen sich an und brachen dann
in ein herzliches Gelächter aus.

„Hier im Lager ein Theater?" sagte Clay. „Den
Teufel auch, Macallan, Sie haben wunderliche Ideen!"

„Ideen, über die man gar nicht zu lachen braucht,"
versetzte der Irländer etwas gekränkt. „Sehen Sie, Gentlemen, die Sache ist folgende. Der Mensch sehnt sich nach
Vergnügen, besonders wenn es ihm gut geht, und mit
Ausnahme von ein paar armen Teufeln, die von Almosen
leben, geht es hier im Goldlager allen Leuten gut. Aber
worin besteht die einzige Unterhaltung? Im Trinken und
Spielen, und die einzige Abwechslung ist einmal eine herz-
hafte Schlägerei, bei welcher Revolver und Messer ihre
Rolle spielen. Die Jungens würden ein horrendes Geld
bezahlen, wenn sie ein anderes Vergnügen hätten, zum
Beispiel eine Theatervorstellung, und der Gastwirt, der
so etwas zu stande bringt, zieht seinen Konkurrenten un-
bedingt die Kunden fort. Nun, ich habe einmal Sie,
Mister Charles, sehr schöne Lieder vortragen hören, und
Sie, Mister Bischof, können sehr gut deklamieren. Ich
glaube, auch Mister Clay versteht sehr wohl auf einer
Bühne zu agieren, und da dachte ich, wenn Sie drei, die
Sie doch jetzt so wie so nichts anderes anzufangen wissen,
Theater spielen wollten und das Geschäft mit mir zusammen
machten, so könnten wir wohl damit zufrieden sein."

„Der Gedanke ist kühn, aber thöricht," sagte Bischof.
„Mann Gottes, wissen Sie denn nicht, was zum Theater-
spielen gehört? Kostüme, Dekorationen und vor allem
Frauenzimmer. Und Theaterstücke muß man doch auch
haben."

Der Irländer zuckte die Achseln. „Natürlich, wenn
Sie die Sache so auffassen, kommen wir zu nichts, aber
dann verhungern Sie vor einer reich besetzten Tafel. Wozu
Frauenzimmer? Einer von Ihnen, der windige Franzose
da, kann sich als Frauenzimmer verkleiden, wenn er sich
den Schnurrbart abrasieren läßt, und Frauenzimmerkleidung
bekommen wir drüben in Jericho, die besorge ich. Theaterstücke? Wozu? Die Stücke schreiben Sie sich selbst, und
recht kräftig müssen sie sein. Es können hier nur Scenen
aufgeführt werden, die den Jungens da draußen Spaß
machen, Goldgrabererlebnisse, Abenteuer und dergleichen.
Das können studierte Männer, wie Sie sind, aus dem
Kopf. Deshalb wende ich mich auch an Sie, alles andere
könnte ich schon allein machen."

„Nun," erklärte Clay nach einigem Nachdenken, „über
die Sache läßt sich immerhin reden. Es fehlt den Leuten
hier im Goldgräberlager in der That an Unterhaltung,
und ich bin überzeugt, wenn man ihnen etwas böte, das
interessant wäre, so kämen nicht nur die hiesigen Goldgräber, sondern auch die aus den Nachbarlagern als Zuschauer. Ich schätze die Leute, die hier auf Gold graben,
im Umkreise von fünf englischen Meilen auf zwölftausend
bis fünfzehntausend Menschen. Wir wollen uns also die
Sache überlegen, Macallan, obgleich ich noch nicht weiß,
wie meine Kollegen darüber denken."

„Aber Stillschweigen bitte ich mir aus," sagte Macallan.

„Selbstverständlich." Die Ingenieure gaben ihm ihre
Hand darauf, daß sie schweigen würden, tranken den Rest

ihres Whiskys und verließen voll neuer Hoffnung das
„Restaurant zum Känguruh".

Als sie draußen waren, sagte Bischof: „Kinder, wir
sind gerettet! Des Irländers Plan taugt nichts, aber er
hat mir eine kostbare Anregung gegeben. Ein Schau=
spiel machen wir, das noch nicht dagewesen ist. Kommt
in unsere Baracke; ich habe euch eine großartige Idee
mitzuteilen." — —

Eine Stunde später ertönte aus der Baracke, in welcher
sich das Bureau der Ingenieure befand, lautes Hochrufen.
Der Franzose und der Engländer waren die Rufer, und
Bischof stand in der Mitte des Zimmers mit der Miene
eines ruhmvollen Siegers. Seine Idee war in der That
großartig und hatte sofort seinen beiden Genossen ein=
geleuchtet.

3.

Nachdem die Ingenieure fünf Tage lang fleißig ge=
arbeitet hatten mit einer Ausdauer, die jedes Erfolges
wert sein mußte, machten sie sich auf den Weg, um in
den Goldgräberlagern Cloncurry, Ravenswood und Pots=
dam in den Kneipen eigenhändig auf starkes Zeichenpapier
gemalte und geschriebene Plakate auszuhängen. Natürlich
ging auch das Goldgräberlager in der nächsten Nachbar=
schaft in Turumba nicht leer aus. Diese Plakate zeigten
an der Spitze eine fürchterliche Eisenbahnkatastrophe, den
Zusammenstoß zweier Züge. Dann folgten in der kurzen,
sensationell gehaltenen Reklamemanier der englisch=ameri=
kanischen Zeitungen ein paar Dutzend Zeilen:

„Am 14. Mai 1874:

Großes, noch nie dagewesenes Schauspiel!

Zusammenstoß zweier Lokomotiven bei der Turumba=
Station. Die Lokomotiven fahren aus einer Meile Ent=
fernung mit voller Schnelligkeit gegeneinander.

Man versäume nicht die Gelegenheit, sich die furcht=
bare Katastrophe anzusehen.

Es sind Tribünen erbaut, von welchen aus das groß=
artige Schauspiel bequem betrachtet werden kann.

Eintritt zwei Pfund Sterling.

Plätze auf dem Zaun werden nur an Chinesen ab=
gegeben und kosten acht Schilling.

Der Beginn des Schauspiels ist um 10 Uhr morgens;
pünktlich um 10 Uhr 30 Minuten erfolgt der Zusam=
menstoß.

Wetten werden angenommen.

Auf Nichtzahlende, welche versuchen, sich in den um=
zäunten Raum einzudrängen, wird geschossen.

Die Unternehmer."

Das war die Idee Bischofs, und in der That konnte
man sich eine geschäftsmäßig wirksamere Verwendung der
beiden überflüssig gewordenen Lokomotiven kaum denken.
Das Schauspiel mußte Tausende heranlocken, und eine
glänzende Einnahme war sicher. Den Goldgräbern kam
es auf zwei Pfund absolut nicht an. Dann hatte der
schlaue Clay noch einen Geniestreich verübt, indem er in
das Programm die Mitteilung hineinbrachte, daß als
Zaungäste nur Chinesen gegen ein verhältnismäßig geringes
Eintrittsgeld zugelassen würden. Der Chinese steht in der=
artiger Verachtung, daß kein weißer Goldgräber sich neben
ihn auf den Zaun gesetzt hätte. Damit hielt man sich
alle anderen Zaungäste fern. Außerdem war es sicher, daß
die Chinesen, wenn sie acht Schilling für ihren Platz be=
zahlten, selbst mit Einsetzung des Lebens nichtzahlende
Zaungäste fernhalten würden. Der Chinese ist allerdings
sehr geizig, aber er ist ein leidenschaftlicher, ja toller
Spieler und Wetter, und daß bei diesem Zusammenstoß
ungeheuerlich gewettet werden würde, war selbstverständlich.

Noch hatten die drei verkrachten Ingenieure dreißig

Kulis zur Verfügung, welche sich gegen Ueberlassung von
zwei Baracken, des Restes des Proviants und andere Ver-
gütungen bereit erklärten, einen kolossalen Zaun aus Bret-
tern zu errichten, die man einfach von den Baulichkeiten
der Bahn nahm. Es wurde also ein rechteckiger Platz mit
einem Zaun umgeben, dergestalt, daß der Länge nach die
eingeleisige Bahn hindurchführte. Links oben und rechts
unten in der Ecke der Schmalseiten wurde je eine Tribüne
errichtet. In der Mitte des Rechtecks sollte der Zusammenstoß stattfinden. An dieser Stelle hatte man keine Tribünen errichtet, weil anzunehmen war, daß bei dem fürchter-
lichen Zusammenprall der Lokomotiven eine Explosion der
Kessel erfolgen, und Eisenstücke weit umherfliegen würden.
Dadurch wären die Tribünengäste gefährdet gewesen. Man
verlegte sie deshalb in die Ecken der Schmalseiten, wo
nach menschlicher Berechnung die Gäste sicher waren und
doch gut sehen konnten.

Die beiden Lokomotiven wurden auf das sauberste
herausgeputzt und mit großen Namensschildern versehen.
Eine Lokomotive bekam den Namen „Miner", die andere
den Namen „Digger", und mit roter Farbe waren diese
Namen auf weißen Holzplatten gemalt und an beiden
Seiten der Tender befestigt. „Digger" heißt Goldgräber,
man bezeichnet aber damit nur den, der oberflächlich und
ohne andere Werkzeuge als Hacke und Spaten die Erde
aufwühlt, um zu Gold zu gelangen; „Miner" dagegen ist
der Goldgräber, der mit bergmännischer Kunst in die
Tiefen der Erde eindringt.

In den acht Tagen bis zur Aufführung des sonderbaren Schauspiels gingen so zahlreiche Meldungen auf
Tribünenplätze ein, daß es kaum möglich war, allen Wünschen gerecht zu werden. Immer wieder mußte man sich ent-
schließen, die Tribünen noch um ein Stück zu erhöhen oder
zu verlängern. Fünftausend Sitzplätze wurden verkauft.

Die Chinesen, denen die Achtschillingplätze auf dem Zaun zugedacht waren, verhielten sich vorläufig noch ab= lehnend. Sie waren anscheinend noch nicht ganz fertig mit ihrer Ansicht über das Schauspiel; so glaubten wenig= stens die Ingenieure.

Besonders zahlreiche Meldungen waren aus Potsdam eingegangen, einem Orte mit wohlhabenden deutschen Ansieblern, die dort schon 1863 durch die australische Regierung Ländereien erhalten hatten. In der Nähe von Potsdam befand sich auch ein großes Goldsucherlager, und von dort, sowie aus allen anderen Lagern, selbst aus solchen, die nicht durch Plakate in Aufregung versetzt worden waren, durfte man Zuzug erwarten.

Auch ein Photograph aus Potsdam hatte sich angemeldet und eine besondere Gebühr zu zahlen versprochen, wenn ihm allein gestattet würde, den Zusammenstoß und die Scenen vorher und nachher zu photographieren. Auch dieser Mann konnte mit Sicherheit auf ein gutes Geschäft rechnen, denn für die Goldgräber war dieser Tag des Schauspiels ein höchst erinnerungsreicher, an den sie wahrscheinlich zeit ihres Lebens zurückdachten.

4.

„Brisbane, den 30. Mai.

Herrn C. Bischof in Magdeburg,

Deutschland.

Lieber Bruder!

Wie ich Dir in unserem letzten Briefe schrieb, planten wir drei Ingenieure zur Aufbesserung unserer Finanzen einen Zusammenstoß zweier Lokomotiven für den 14. dieses Monats. Dieser merkwürdige Zweikampf ist glücklich vorübergegangen, und ich will Dir in aller Geschwindigkeit heute die Vorgänge bei demselben schildern, welche sich dramatischer und bewegter gestaltet haben, als wir geglaubt hatten.

Daß die Chinesen uns Europäern in Bezug auf List, Schlauheit und Geschäftstüchtigkeit „über" sind, haben sie auch diesmal bewiesen. Auf geheime Verabredung haben sie gar keine Plätze gekauft, und erst am Tage vor der

Kataftrophe kam eine Deputation von ihnen zu uns und erklärte, sie beabsichtigten sämtliche Pläte auf dem Zaun — es waren nicht weniger als zehntausend Stück — zu vier Schilling das Stück zu nehmen. Wir handelten noch eine Zeitlang mit ihnen; als wir aber sahen, daß sie fest entschlossen waren, nicht nachzugeben, und da ja die Kerle unter sich geheime Gesellschaften haben, gegen die man nicht auffommen kann und die eine Macht sind, mit welcher man auch in Amerika und Australien rechnen muß, so gaben wir schließlich nach, und sie erhielten sämtliche Zaunbillets für den halben Preis. Es war ein ganz gutes Geschäft. Das beste Geschäft aber machten die Chinesen. Diese hatten sich durch Herumfragen überzeugt, daß nicht nur die fünftausend Leute zu dem Schauspiel kommen würden, die Tribünenbillets gelöft hatten, sondern die doppelte Anzahl noch außerdem. Für diese Leute waren Pläte nicht vorhanden. Die schlauen Chinesen gaben die Zaunpläte auf der rechten Seite nun mit ungeheurem Aufschlag an die Weißen ab. Wie wir später erfuhren, waren an dem Geschäft die gesamten Chinesen in allen Lagern beteiligt. Sie hatten ihre Ersparnisse zusammengeschossen, um uns in Bausch und Bogen und für den halben Preis die Zaunbillets abzukaufen. Nun sage noch einer, daß diese gelben Kerle nicht wunderbare Geschäftsleute sind!

Am Morgen des 14. Mai war alles für das Schau= spiel fertig. Aber es wurde meinen Kollegen Clay und Charles, sowie mir selbst doch etwas unheimlich, als wir die Völferwanderung sahen, die sich zu Fuß, zu Wagen, zu Pferd, zu Maulesel nach Turumba in Bewegung setzte. Bis aus Brisbane sind einzelne Leute gekommen, ja auch oben aus Rockhampton, ferner aus allen Ortschaften in der Nähe, aus der Entfernung von zwanzig und dreißig Meilen haben sie sich auf den Weg gemacht und selbst eine mehrtägige Reise nicht gescheut, um dem Schauspiel

beizuwohnen. Dem Irländer Macallan, der das Verdienst
hat, uns auf die Idee gebracht zu haben, hatten wir gegen
verhältnismäßig billige Pacht die Erlaubnis gegeben, auf
den Tribünenplätzen Getränke zu verkaufen. Er hat dabei
einen schönen Schnitt gemacht und hat sich uns dadurch
dankbar erwiesen, daß er meine Kollegen und mich mit
Reitpferden, Packpferden und Dienerschaft ausrüstete, um
uns glücklich bis nach Brisbane bringen zu lassen. Die
anderen Gastwirte aus dem Lager zu Tuwumba, die außerhalb der Umzäunung Schankstellen aufgeschlagen hatten,
haben ebenfalls genug Geld verdient. Schon in der Nacht
kamen Zuschauer an, welche außerhalb der Umzäunung
biwakierten.

Wir hatten die Lokomotiven mit Blumen, Fahnen,
Laubgrün ausgestattet, und die Wetten, welche auf die
beiden Kämpfer gemacht wurden, waren fabelhaft. Wir
ließen schon eine Stunde, bevor das Schauspiel stattfand,
die beiden Lokomotiven, die natürlich von früh an unter
vollem Dampf waren, hin und her fahren, und zwar
stellenweise in schärfster Gangart, um den Wettenden zu
zeigen, was sie leisten könnten. Eine Viertelstunde vor
der Katastrophe hatten wir alle Leute glücklich auf der Tribüne untergebracht, und auch die Zaungäste hatten sich
einigermaßen eingerichtet. Es wurden zwar bei der Gelegenheit zwei Mann erschossen, aber nicht etwa von uns,
sondern von ihren guten Freunden; ohne Messerstechen
und Schießen geht es nun einmal in australischen Goldgräberlagern nicht ab.

Die beiden Lokomotiven wurden endlich unter Aufsicht
eines Ausschusses, der aus Goldgräbern von Tuwumba
bestand, je eine englische Meile von dem Punkte, an dem
sie zusammenstoßen sollten, zurückgebracht, noch einmal nach-
gesehen, geölt, und die Kessel mit frischen Kohlen versehen;
dann wurde an den Hebel, der den Dampfzufluß in das

Gangwerk der Lokomotive regelt, ein Strick gebunden, so daß ein Mensch, der neben der Lokomotive stand, durch Anziehen des Strickes den Hebel herumreißen und das Ventil öffnen konnte.

Genau fünf Minuten vor halb Elf wurden die Loko= motiven von beiden Enden losgelassen und rasten nun mit stetig zunehmender Schnelligkeit zischend und fauchend aufeinander los.

Ich befand mich mitten auf dem Platz innerhalb der Umzäunung, natürlich in gehöriger Entfernung von der Stelle des Zusammenstoßes. Ich habe da in wenigen Minuten Höllenangst ausgestanden und erkläre hiermit feier= lich, daß ich mich nie mehr als Arrangeur von derartigen tollen Unternehmungen aufspiele. Entweder war die Loko= motive „Miner" zu spät abgelassen worden oder beim An= ziehen des Strickes hatte sich das Ventil nicht genügend geöffnet; kurzum, sie fuhr nicht so schnell wie der „Digger", und so mußte denn unausbleiblich der Zusammenstoß nicht an der geplanten Stelle stattfinden, sondern die schnellere Lokomotive fuhr über diese Stelle hinaus und traf die lang= samere Lokomotive, bevor diese den Mittelpunkt erreicht hatte. Der Punkt aber, an dem sie sich jetzt treffen mußten, lag unmittelbar vor der südlichen Tribüne. Ich sah ein furchtbares Unglück kommen und war einen Augenblick wie gelähmt. Dann rannte ich zu der gefährdeten Tribüne und schrie den Leuten zu, sie sollten sich retten. Auch auf der Tribüne selbst hatten verständige Beobachter bereits gemerkt, wie die Sache gehen würde, und gaben das Alarm= zeichen. Es war ein großartiges Schauspiel, als die Tri= bünengäste um ihr Leben flüchteten und sich auf den Platz retteten. Die Leute betrachteten übrigens den Zwischenfall sehr humoristisch; es war für sie ebenfalls ein Vergnügen besonderer Art. Die tolle Flucht vollzog sich binnen wenigen Sekunden; dann ertönte ein fürchterlicher Krach, ein Zischen,

ein Klingen und Klirren, und die beiden Lokomotiven
waren genau vor der eben geräumten Tribüne zusammen-

gerannt. Natürlich waren die Aussichten des Sieges für
die beiden Maschinen sehr ungleich. Die schneller laufende

wurde weniger beschädigt als die langsamer laufende.
Stücke von Rädern, Nieten, Nägel, abgebrochene Hebel
flogen in der Luft herum und schlugen die Tribüne, auf
der wenige Sekunden vorher noch Tausende von Menschen
gesessen hatten, zum Teil in Trümmer.*) Der Photograph,
der noch im letzten Augenblick mit seinem Apparat herbei=
geeilt war, entging mit knapper Not dem Tode, denn un=
mittelbar zwischen ihm und seinem Apparat schlug ein
fußlanger eiserner Nagel in den Boden.

Ich schicke Dir beifolgende Bilder. Auf dem ersten
siehst Du, wie die Maschinen sich begrüßen, bevor sie zum
Zusammenstoß sich auf ihre Plätze begeben. Das zweite
Bild zeigt den Zusammenstoß selbst. Die gefährdete Tri=
büne ist rechts auf der Photographie. Das dritte Bild
zeigt die Lokomotiven einen Tag nach dem Zusammenstoß,
und es ist eigentlich merkwürdig, wie wenig ihnen pas=
siert ist. Eine Kesselexplosion fand nicht statt. Die vorn
zusammengebrochene Maschine ist die langsamer laufende
gewesen.

Die herumfliegenden Eisenstücke sind von den Teil=
nehmern gesammelt worden, und ein Chinesenkomitee, das
uns dreihundert Pfund für die alten Maschinen bot, machte
noch ein glänzendes Geschäft, indem es davon auf dem
Platze selbst sofort Stücke als Andenken verkaufte.

Das Volksfest, das sich nach dem Zusammenstoß rund
um den Zaun und innerhalb der Umzäunung entwickelte,
war großartig. Und amüsiert haben sich die Leute über
alle Maßen. Sie wollten uns sogar zureden, zwei neue
Lokomotiven kommen zu lassen, um das Schauspiel zu
wiederholen. Wir haben aber dankend abgelehnt.

Die Tribünen und der Rest der Gebäude in Tuwumba
sind wahrscheinlich jetzt schon abgetragen. Die Chinesen

---

*) Siehe das Titelbild.

und die Goldgräber haben alles davongeschleppt, was nicht niet= und nagelfest war.

Für jeden von uns drei Teilnehmern ist bei der Ge= schichte die Summe von zehntausend Dollars herausgekom= men. Damit läßt sich schon etwas anfangen. Ich aber bin der australischen Verhältnisse überdrüssig und komme nach der Heimat zurück. Vierzehn Tage nach diesem Briefe gedenke ich bei euch einzutreffen. Clay bleibt hier und will mit seinem Gelde ein Geschäft anfangen. Charles geht mit dem nächsten Dampfer nach Südamerika. Wiedersehen werden wir drei Kollegen uns wohl nicht, aber jedenfalls haben wir eine schöne Erinnerung als ge= meinsame Unternehmer eines Schauspiels, wie es wohl zum zweitenmal weder uns noch unseren Gästen vom 14. Mai geboten werden wird.

Mit herzlichen Grüßen

Dein Bruder E. Bischof,

australischer Eisenbahningenieur a. D."

Gesicht und Haartracht.

Physiognomisch-modische Studie.   Von Fred Carpenter.

Mit 18 Illustrationen.   (Nachdruck verboten.)

Bei dem Besuche von Bildergalerien oder alten Schlös-
sern, in denen sich Porträts aus früheren Jahr-
hunderten vorfinden, ja selbst bei der Betrachtung historischer
Porträts in Holzschnitt, wie sie heutzutage in populären
Geschichtswerken zahlreich zu finden sind, hat wohl jeder
schon einmal die Bemerkung gemacht, daß die Gesichter
unserer Vorfahren zum Teil etwas Fremdartiges, von dem
gegenwärtigen Typus Abweichendes haben, und bei sich
die Frage aufgeworfen, worin es liegt, daß die Menschen
früherer Zeiten anders aussahen, als die jetzt lebenden,
oder ob dies vielleicht nur auf Täuschung beruhe.

Obgleich nicht in Abrede gestellt werden kann, daß veränderte Lebensverhältnisse, Klima und Sitten auch das
Aeußere des Menschen zu beeinflussen vermögen, so kann
deren Einwirkung auf die Europäer im letzten Jahrtausend
doch nur sehr unwesentlich gewesen sein. Und trotzdem
erscheinen uns bereits Gesichter aus dem vorigen Jahrhundert fremdartig.   Wie kommt das?

Wir glauben nicht fehl zu gehen, wenn wir sagen, daß

es sich hier größtenteils um eine durch die veränderte Tracht bewirkte Täuschung handelt. und zwar ist es einer-

1. Miss Moore in ihrer gewöhnlichen Tracht.

seits der An-
zug, in viel höhe-
rem Maße aber
die Tracht des
Bartes und der
Haare, die dem
Gesicht einen ver-
änderten Aus-
druck geben. Bei
den Frauen
kommt noch der
Kopfputz hinzu,
der stetig wechselt
und von dem
einfachsten
Schmuck bis zu
den phantastisch-
sten Gebilden
einer ausschwei-
fenden Mode-
laune alle nur
möglichen For-
men durchläuft.
Ein sehr in-
teressantes Ex-
periment, das
den engen Zu-
sammenhang

zwischen Gesichtsausdruck und Haartracht beweist, hat kürzlich eine bekannte englische Schauspielerin, Miß Moore, gemacht, indem sie durch einen geschickten Fri-seur ihre Haartracht nach vorhandenen historischen Por-

träts verändern ließ. Ein Photograph nahm dann jedesmal ihr Bild auf, und so entstand eine Reihe von Photographien, auf denen Miß Moore, trotz der natürlich
ausschlaggebenden Aehnlichkeit mit sich selbst, stets ein ver-
ändertes Aussehen darbietet, und zwar nicht nur äußerlich,

2 Miss Moore als moderne Amerikanerin.

was ja selbstverständlich wäre, sondern auch im Ausdruck
des Gesichtes. Sogar die Züge scheinen anders zu sein,
und bei manchem der Bilder wäre man leicht versucht,
an der Identität der Person zu zweifeln. Und das macht
offenbar allein die veränderte Haartracht.

Damit sich unsere Leserinnen von dem Gesagten überzeugen, bringen wir hier jene Reihe von Photographien,

die einen gelungenen Beweis für das im Eingang Ge-
sagte liefern.

Das erste Bild zeigt uns Miß Moore in ihrem gewöhnlichen Winteranzuge. Das Gesicht ist hier das einer
hübschen jungen Dame mit nicht sehr hervortretendem, aber

3. Miss Moore als Königin aus dem 14. Jahrhundert.

für den feineren Beobachter deutlichem englischen Typus.
Bereits das nächste Bild, auf dem Haartracht und Hut
gewechselt und nach modern-amerikanischer Mode
geordnet sind, giebt eine entschiedene Aenderung im Gesichtsausdruck. Wir glauben jetzt eine echte Amerikanerin vor
uns zu haben, wie die Fremdenkolonien unserer Groß-
städte sie uns zu Dutzenden zeigen. Das in der Mitte ge-

scheitelte Haar und der breite Hut mit der großen Flügel=
schleife sind für die Veränderung verantwortlich.

Diese wird noch bedeutend auffälliger in dem folgenden
Bilde, und zwar etwa
in dem Maße, als die
Mode des 14. Jahr=
hunderts sich von
der heutigen entfernt.
Fräulein Moore als
Königin aus jener mit=
telalterlichen Periode
paßt ganz vortrefflich
unter die uns von da=
her noch erhaltenen
Bildwerke, die dem
Haarkünstler als Muster
dienten. Zuerst wur=
den die beiden gewal=
tigen Puffen, welche
die Ohren und einen
Teil der Wangen ver=
decken, angelegt und
mit einem Bande aus
Filigranschmuck um=
wunden. Der mit
Edelsteinen und Per=
len geschmückte Kron=
reif vollendete dann
den Eindruck.

4. Miss Moore als Hofdame
aus dem Ende des 14. Jahrhunderts.

Noch interessanter ist das vierte Bild, das eine Hof=
dame aus dem Ende des 14. Jahrhunderts wieder=
giebt. Die Schönheiten aus den Kreisen der hohen Aristo=
kratie scheitelten damals das Haar in der Mitte, legten es
rechts und links in Puffen aus und ließen es lang herunter=

hängen. Damit es ſich nicht regellos ausbreite, wurde es
locker mit einem Bande umwunden. Zwei bünne Flechten
zogen ſich vom Hinterkopf über die Schläfen und vereinigten ſich auf der Stirn. Sie bienten einem ſie ver-
deckenden Kranze von Gänſeblumen — bamals der Mode-

5. Miss Moore als Burgfrau aus dem 15. Jahrhundert.

blume — als Halt. Den Kopf aber bedeckte ein runder
Wulſt aus koſtbarem Stoff, beſetzt mit Edelſteinen. Man
nannte dieſe geſchmackvolle Zier Escoffion oder Bourrelet.
Sie hat die größte Aehnlichkeit mit den in Südbeutſchland
noch heute üblichen Polſtern, welche die Bauersfrauen auf
ben Kopf legen, um ben Druck ihrer Marktkörbe, bie ſie
auf bem Kopfe zu tragen pflegen, weniger fühlbar zu
machen.

Auch ſpäterhin wurde dieſer Kopfputz in etwas ver-

änderter Form noch getragen, wie wir aus dem Bild er=
sehen, das Miß Moore als eine Burgfrau aus dem
15. Jahrhundert darstellt. Als Vorbild diente ein
altes Manuskript mit sehr schönen bunten Illustrationen und
Porträts; die Burgfrau hat ihr Haar in schweren Flechten

6. Miss Moore als Königin Margarete von Frankreich.

rechts und links niederhängen, über den Bourrelet geht
eine breite Gazebinde, die unter dem Kinn ihre Stütze
hat und auf dem Kopf verknüpft ist. Die Enden hängen
hinten herunter. Besonders auffallend ist die Veränderung,
welche diese Tracht auf das Gesicht hervorzubringen scheint.
Man vergleiche diese Burgfrau mit dem Porträt der Miß
Moore auf Bild 1. Man kann kaum glauben, daß beide

ein und dieselbe Person sind. Und doch besteht der ganze
Unterschied in Haartracht und Kopfputz. Ins Gewicht
fällt allerdings auch noch bei der „Burgfrau" die ernste
und würdige, bei der modernen Miß Moore die freundlich=
lächelnde Miene. Diese entspricht der gegenwärtigen, wie

7. Miss Moore als Infantin Maria von Spanien.

jene der damaligen Sitte. Auch die Miene, die der Mensch
bei feierlichen Gelegenheiten, zu denen doch immerhin das
Abgemalt= oder Photographiertwerden gehört, aufsetzt,
unterliegt der Mode. Das ist ebenfalls bei der Beurtei=
lung des physiognomischen Eindrucks früherer Porträts zu
berücksichtigen.

Von der ernsten und ehrbaren Burgfrau des 15. Jahr=
hunderts zu der anmutigen, aber zügellosen, stolzen und

ränkevollen Margarete von Frankreich, die als Tochter der Katharina von Medici am 17. August 1572 den damaligen König Heinrich von Navarra, späteren Heinrich IV. von Frankreich, heiratete, ist ein gewaltiger Schritt. Ihre Vermählung gab bekanntlich das Zeichen

8. Miss Moore als Königin Eleonore von Polen.

zum Ausbruch der Greuel der Bartholomäusnacht. Die damalige Haartracht am französischen Hofe war, wie unser Bild 6 zeigt, etwas pompös und üppig, aber geschmackvoll. In dicken Flechten wurde das Haar gleich einem Heiligenschein zur breiten Umrahmung des Kopfes verwendet, geziert mit wenigen, aber kostbaren Diamanten und Perlenschmuck. Das glatte Hinterhaupt bedeckte eine,

auf unserer Photographie nicht sichtbare, kleine Kappe von
Sammet oder Brokat.

Dieselbe Mode, nur dem spanischen Geschmack gemäß
etwas mobifiziert, sehen wir bei der **Infantin Maria
von Spanien**, der Tochter König Philipps III. Alles

9 Miss Moore als Marie Antoinette.

Haar ist auch bei ihr rund um den Kopf aufgebaut, nur
auf der linken Seite doppelt so breit als auf der rechten
und statt in Flechten in leicht gewelltem Zustande. Die
unerläßliche Kappe am Hinterhaupt, zu dessen Bedeckung
keine Haare übrig blieben, war steif und unschön, und
Kaiser Ferdinand III. (1608—1657), dem seine Braut, die
Infantin Maria, in dem auf unserem Bilde 7 dargestellten
Kopfputz vorgeführt wurde, soll nicht sehr entzückt gewesen

sein. Allerdings war die Infantin auch nicht halb so hübsch wie Miß Moore.

Die Kappe, als unerläßlicher Kopfputz der Damen, regierte übrigens in wechselnden Formen bis tief ins 17. Jahrhundert hinein, nachdem längst die Haartracht zu einer

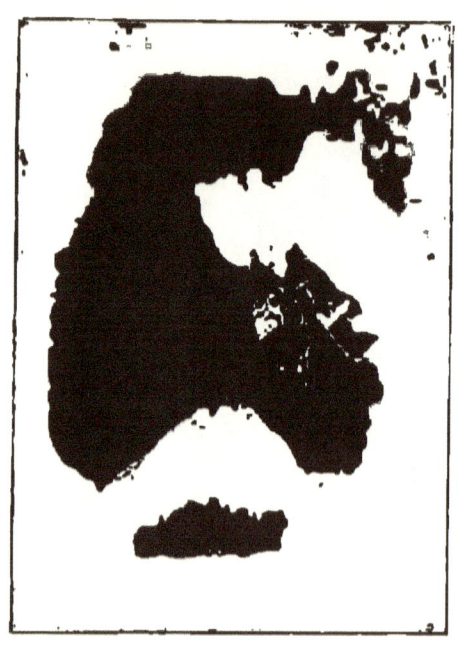

10. Miss Moore, Zeit Ludwigs XVI. Frisur à la Saporité.

natürlicheren Form zurückgekehrt war. Auch Königin Eleonore von Polen, Tochter des Kaisers Leopold I. und Gemahlin des Königs Michael von Polen (1638—1673), trug sie, wie unser Bild 8 zeigt. Statt der Umlagerung des Gesichtes mit breiten Puffen fielen ihr die Haare in wohlgeordneten Locken auf die Schultern und in die Stirn herab. Das macht sich recht liebreizend und verführerisch, und dazu paßt eine etwas sinnige, träumerische Miene, die

damals von den Schönheiten auch mit Vorliebe angenom=
men wurde.

Das wahre „goldene Zeitalter" der Damenfrisuren war
das der Regierung Ludwigs XVI. von Frankreich. K ö n i g i n

11. Miss Moore, Zeit Ludwigs XVI Frisur à la Clorinde.

M a r i e A n t o i n e t t e liebte es, neue Frisuren zu er=
finden, und die Damen der Hofkreise eiferten ihr natür=
lich nach. Die Arbeit des Friseurs wurde eine Kunst und
eine Wissenschaft. Marie Antoinettes Leibfriseur Léonard
war eine ebenso wichtige als unentbehrliche Person bei
Hofe, und die Phantasie, selbst die ausschweifendste, hatte
freien Spielraum. Jeder Tag schuf neue Frisuren, jede

Dame hatte das Recht, sich eine eigene zu ersinnen, oder sie überließ es dem erfindungsreichen Kopfe ihres „Akademikers" aus dem Friseurstande, dies zu thun. Und wie Frisuren, so erfand man auch immer neue Namen. Es mußte sozusagen eine tiefere Idee dabei sein, die

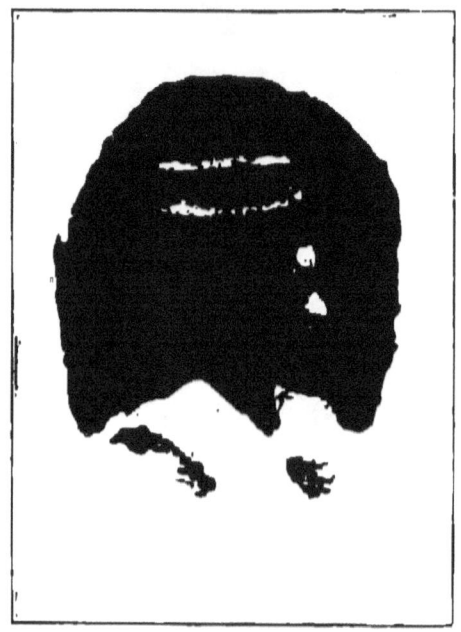

12. Miss Moore, Zeit Ludwigs XVI. Frisur à la Cerf volant.

Frisur war kein bloßer Schmuck, sondern eine symbolische Darstellung. Man plünderte um Namen und Formen die Mythologie, die Geschichte und verwendete die Ereignisse oder die Berühmtheiten des Tages. Die Dame setzte zum Beispiel einen Korb mit natürlichen Blumen auf die hoch= getürmten Haare und nannte das à la Flore; legte sie Obst hinein, so hieß das Frisur à la Pomone; breitete

ſich ein Aehrenfeld auf dem Haupte aus, ſo war das
à la Ceres; ſaß ein Helm darauf, à la Minerva. Es gab
Köpfe, die trugen einen Blumengarten, andere ſchmückten
ſich mit Lorbeer und Eichen, das wurde à la Victoire

13. Miss Moore, Zeit Ludwigs XVI.
Friſur Britannia rules the waves.

genannt; andere hatten einen Tempel oder ein Zelt auf
dem Kopfe. Wählte man einen einfachen Stil, ſo war das
à la Saporité (zum Anbeißen; ſiehe Bild 10). Es gab
Friſuren à la Hamlet, à la Figaro, à la Clorinde
(Bild 11), à la Cerf volant (Bild 12); oder Caprice
de Voltaire, Consideration, Inclination, auch à la Philo-

sophie. Die Aufzählung und Beschreibung aller dieser Modenarrheiten würde ein dickes Buch füllen.

Natürlich blieb diese Sucht, sich durch eine möglichst

14. Miss Moore, Zeit Ludwigs XVI.
Karikatur der Frisur einer Modedame.

phantaſtiſche Friſur auszuzeichnen, keineswegs auf Paris beſchränkt. Die Damen in London, Berlin und Wien machten es nicht beſſer, ſondern wetteiferten mit denen des

Pariser Hofes. In England setzte sich eine ein Schiff mit
britischen Flaggen auf das hoch aufgepuffte Haar; das war
die Frisur Britannia rules the waves (England be=
herrscht das Meer). Miß Moore hat aus der überreichen
Fülle der bamaligen Modefrisuren nur jene herausgewählt,

15 Miss Moore, Frisur à la Grecque.

die sich heutzutage noch ohne allzu große Mühe und Kosten
nachahmen lassen. Viele bieser Kunstwerke erforderten aber
ein kleines Vermögen und viele Stunden Zeit, so daß sie
in Wirklichkeit kaum noch herstellbar sind. Natürlich fanden
die Karikaturenzeichner bamals ein reiches Feld für ihren
satirischen Stift. Nach einer solchen zeitgenössischen Kari=
katur hat sich Miß Moore die Frisur auf Bild 14 her=
stellen lassen. Es erforderte keine geringe Kunstfertigkeit

ihres Friseurs und nicht wenig Geduld ihrerseits, diese Frisurkarikatur fertig zu bringen.

Nach der großen Revolution, die große Verwilderung in der Frisur aufbrachte, kehrten die Damen zur Einfach= heit zurück. Griechische Kleidung und griechische Haar=

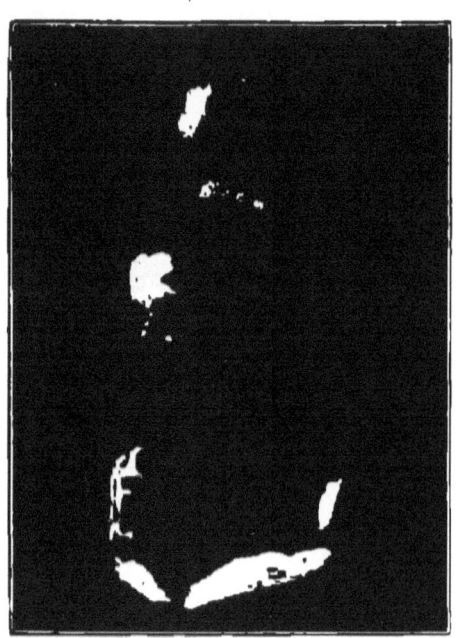

16 Miss Moore als Malibran.

tracht wurde Mode, und der Ausdruck der Gesichter änderte sich infolgedessen auffallend, wie die Porträts aus jener Zeit beweisen; à la Grecque (Bild 15) war die Mode des Direktoriums und auch noch des Konsulats. Natür= lich wurden die Gesichter der französischen Damen dadurch nicht griechisch, aber der physiognomische Ausdruck gewann eine andere Nuance, als er unter Ludwig XVI. und wäh=

rend der Revolution gehabt hatte. Uebrigens war es gar
nicht ſo leicht, dieſe antiliſierenden Friſuren mit ihren
vielen Löckchen in allen Formen und Größen herzuſtellen,
weshalb viele Damen es vorzogen, Perücken zu tragen.

Auch aus dem 19. Jahrhundert hat uns Miß Moore

17. Miss Moore als Grossherzogin Maria Anna von Toscana.

drei charakteriſtiſche Haartrachten nach vorhandenen Por=
träts hochgeſtellter und berühmter Damen vorgeführt. In
den dreißiger Jahren tobte ein heftiger Kampf zwiſchen
den Anhängern zweier Moderichtungen in der Haartracht.
Hier waren die ſogenannten Bandeaur, dort die Touffes
das Feldgeſchrei, je nachdem man vorzog, die Haare glatt
anzulegen oder ſie in lockigen Puffen zu ordnen. Da
brachte die berühmte Sängerin Malibran eine neue Mode

auf, die eine Vereinigung der beiden einander befehdenden Stile war. Als Desdemona in Rossinis „Othello" er= schien sie zuerst in dieser Frisur, rechts und links je vier lange, wagerecht angesteckte Locken, welche das Ohr be= bedien, während die Haare vom Vorder= und Hinterkopf

18. Miss Moore als Königin Viktoria von England,
vor ihrer Chronbesteigung.

auf dem Scheitel in einen Phantasieknoten gewunden waren, den ein juwelengeschmücktes Band festhielt und oben eine Rose krönte.

Diese Malibran=Frisur (Bild 16) wurde schnell Mode, verfiel aber natürlich alsbald mannigfachen Aus= artungen. In pompöser, aber plumper und steifer Aus= gestaltung sehen wir die Malibran=Frisur auf dem Haupte

der Großherzogin Maria Anna von Toscana.
Die lockigen Seitentouffen sind beträchtlich vergrößert,
wozu man natürlich Füllmaterial brauchte. Statt des
Phantasieknotens aus eigenem Haar prangt auf dem Haupte
ein wahrer Berg von künstlichen Flechten, umwunden mit
Diamantschmuck, während ein prächtiges Diadem auf der
Stirne den fürstlichen Kopfputz vollendet. Ein solches
Monstrum von Frisur eignete sich natürlich nicht zur täg-
lichen Haartracht, oder überhaupt für bürgerliche Kreise.
Es verlangte, daß die Trägerin sich wenig oder gar nicht
bewege, konnte daher nur für Hofempfänge oder ähnliche
steifzeremonielle Feierlichkeiten in Frage kommen.

Diesem geschmacklosen Pomp gegenüber berührt um so
angenehmer die einfache und kleidsame Frisur der j u n g e n
K ö n i g i n V i k t o r i a von England, die sie vor ihrer
Thronbesteigung trug (Bild 18). Sie giebt dem Gesicht
etwas Stilles und Sanftes, echt Weibliches und beschließt
daher mit Recht nicht nur vom chronologischen, sondern
auch vom ästhetischen Standpunkte unsere Reihe. Denn
was immer die Mode unseren Frauen für eine Haartracht
aus dem unerschöpflichen Füllhorn ihrer phantastischen Erfindungen bringen mag — eines müssen wir von ihr verlangen: daß sie den Reiz holder Weiblichkeit erhöhe, aber
nicht beeinträchtige, verzerre oder entstelle. Gesicht, Haartracht und Kopfputz stehen in einer innigeren Verbindung,
als man für gewöhnlich glaubt, jede Dame von Geschmack
thut gut, nicht nur die herrschende Moderichtung, sondern
auch die Anforderungen ihrer individuellen Natur zu berücksichtigen, wenn sie gefallen will. Nur eine den Regeln
der Schönheit entsprechende Mode hat Anspruch darauf, vor
einem feineren Beurteiler zu bestehen, und geschmacklose
Auswüchse vermögen vielleicht Aufsehen, nicht aber Wohl-
gefallen zu erregen.

Das Todesgeheimnis.

Ein kleiner Roman aus dem slowenischen Bauernleben.

Von Paul Maria Lacroma.

1.

Jn den Alpen des österreichischen Küstenlandes — den Julischen nach topographischer Benennung — haust ein slawischer Menschenschlag, so wild und rauh, wie der Windesodem, der die zerklüfteten Zinnen seiner Bergheimat umtobt. Von der allumfassenden Kultur des verflossenen neunzehnten Jahrhunderts sind zwar die größeren Marktflecken der Thalgründe etwas beleckt, allein bis ihr Segen in die Ansiedelungen der schroffen Alpenriesen zu bringen vermag, muß wohl erst das heißersehnte Dampfroß als Vorspann in die allerdings prächtige, doch weltentrückte Gegend einziehen.

Menschliches Empfinden findet sich aber allenthalben auf der Erde, folglich auch in den wenig bekannten Alpendörfern der stolzen Bergkette, die zwischen Welsch und Windisch ebenso trotzig aufragt, wie der Starrsinn beider Nationen.

Die Gefühle der menschlichen Brust äußern sich, wie

männiglich bekannt, in erster Linie durch Lieben und Hassen. Elegische Empfindungen jedoch mit all ihrem bethörenden Gefolge sanfter Regungen und süßer Liebkosungen sind unter dem rauhen Bauernvolk dort so selten, wie die weißen Gemsen des Hochgebirgs. Die Liebe, mit welcher der Kulturmensch, der nach Gold und Reichtum fahndende, trotz aller Gier und allem Ehrgeiz noch rechnet, ist den rohen Gesellen ein unbekannter Standpunkt; bei den Slowenen der Berge wird fast nur gefreit und geheiratet, wenn die betreffenden Felder und Waldkomplexe zum Arrondieren sich eignen. Auch der Viehstand ist oft maßgebend, und manch ein Bauer führt ein Dirnlein heim, weil die Kühe ihres Vaters ihm ins Auge gestochen haben. Im übrigen weiß sich der vermeint= lich „dumme Bauer" ebenso wie der Städter zu trösten und zu helfen.

Die Branntweinflasche ist gar oft die Auserlesene, und so macht sich der Alkoholismus breit, zieht immer größere Kreise und erstickt die Regungen besserer Gefühle. Leider nur zu oft auch im Weibe, das sich ebenso wie der Mann betrinkt.

Trotzdem, oder vielleicht gerade des Schuldbewußtseins halber, sind die Leute ungemein fromm, und die Bevölkerung strömt von nah und fern an Sonn= und Feiertagen in die jeweilige Ortskirche. Die Gefühle, die ihre Brust schwellen, sind aber nicht immer fromm; denn die bösen Leiden= schaften: Haß, Neid und Jähzorn beherrschen die rohe Masse weit mehr, als die veredelnde Liebe, die sich am allerwenigsten in der durch christliche Gebote vorgeschriebenen Nächstenliebe äußert.

Löbliche Ausnahmen giebt es wohl überall. Gospod Miha *) Krojač jedoch, der reiche Bauer aus Zabče, der

------

*) Michael.

so hoffärtig war, daß er den Herrentitel beanspruchte und durchaus nicht schlechtweg Miha genannt sein wollte, zählte gewiß nicht hierzu. Dies bewies der Zornesblick, den er dem Bauern Ivan Mobreji zuschleuderte, als dieser, der einen langjährigen Prozeß gegen ihn gewonnen hatte, ihm versöhnlich die Hand darreichte, während die beiden in der großen Tolmeiner Kirche beim Hochamte zusammentrafen.

Jahrelang waren sich die grimmen Feinde sorgfältig im Wirtshaus sowohl als in der Kirche ausgewichen, und nun waren sie doch durch die Konfusion, die eine ohn= mächtig gewordene Städterin hervorgerufen hatte — sie konnte offenbar die keineswegs angenehmen Düfte der voll= gepfropften Kirche nicht ertragen — nahe aneinander ge= raten.

Ivan war sehr abergläubisch. So hatte er es denn als einen Fingerzeig Gottes angesehen, daß er mit Miha im Kirchengewühle zusammengetroffen war, und bot daher seinem Todfeind angesichts des Hochaltars mit dem sanft= blickenden Madonnenantlitz zum zweitenmal die Hand. Allein ein furchtbarer Fluch, der zischend wie das Fauchen einer giftspeienden Schlange den zornbebenden Lippen Gos= pod Mihas entfuhr, war der einzige Lohn seines Ent= gegenkommens. Da aber im selben Augenblick der Priester das Allerheiligste erhob, um unter Weihrauchwolken und erhebendem Orgelklang den Segen zu verteilen, beugte Ivan Mobreji nicht allein sein Knie in Demut, sondern auch seinen harten Bauernsinn und bot dem unversöhn= lichen Feinde zum drittenmal die Hand, indem er ihn zu= gleich durch einen Glückwunsch zur Geburt seines Knaben milde zu stimmen trachtete.

Das brachte jedoch den anderen erst recht in Wut. Hatte er doch kaum vor Jahr und Tag als reifer Fünfziger geheiratet, weil Ivan einst seine Braut heimgeführt hatte! Daher datierte auch die ganze Feindschaft.

Gospod Miha schob dem Glückwunsch einen beleidigen=
den Sinn unter und geriet in solchen Zorn, daß er, der
geheiligten Stätte ungeachtet, den armen Ivan anspie
und mit einem gewaltigen Fußtritt von sich stieß. Wut=
schnaubend murmelte er dabei: „Hudič te ozemi — hol
dich der Teufel samt deinem Glückwunsch! Daß es mein
Sohn ist, der mir geboren ward, wird dich die Zukunft
lehren, und der Haß, den ich gegen dich und deine ver=
dammte Sippe in ihm großziehen werde. Bevor er Vater
und Mutter auszusprechen vermag, soll er es lernen, dir
zu fluchen, du Elender!"

Blitzschnell hatte sich die widerliche Scene abgespielt.
Zum Glück war das Allerheiligste bereits im Tabernakel,
und der Dekan samt den assistierenden Kaplänen in der
Sakristei verschwunden, sonst würde der zügellos Erregte
auch noch ein Sakrileg begangen und die Kirche entweiht
haben. Aber Ivans maßvolles Benehmen beugte zum
Glück solch gräßlichem Skandal vor.

Im Anblick des Gekreuzigten, den eine gleichsam war=
nend ausgestreckte Hand von der Kanzel herab aller Augen
vorhält, wußte sich Ivan zu fassen. Er beugte sich in
Demut vor dem Erlöser, der die Sünden der Welt auf
sich genommen und tausendmal mehr gelitten hatte als
er, und ließ sich sowohl den Fußtritt als den Fluch ge=
fallen, ja, selbst das drohende Schlußwort: „Wir treffen
uns noch!" das ihm sein Todfeind zuschrie, als er die
Kirche auf dem kürzesten Wege, durch die Sakristei, verließ.

Ohne den üblichen Gang ins Wirtshaus zu machen —
die Bauern gehen, außer am Ostersonntag und ersten
Weihnachtstage, von der Kirche direkt in ihre Stamm=
gostilna —, schlich Ivan Modrej tiefsinnig und beküm=
merten Herzens nach Hause.

Es war ein langer, mühseliger, wenn auch herrlicher
Weg, der ihm bevorstand. Für die Schönheit der Natur

hat der Bauer jedoch kein Auge, und die vielen Marsch=
stunden in das hochgelegene, von üppiggrünen Bergwiesen
gekrönte Cabradorf galten ihm stets mehr als Zeitverlust,
denn als erhebender Genuß.

Stumpfsinniger denn je wanderte Jvan dahin, nicht
achtend des Sonnenbrands, der prächtigen Fluren, der schäu=
menden Tominskawasser. Immer und immer wieder dachte
er nur an Cospod Miha und an seine Todfeindschaft. —

Die beiden Männer, die in der Kirche so hart anein=
ander geraten, waren sich bereits als junge Burschen feind=
lich gesinnt gewesen, da beide die schöne, blonde Anza*)
vom Plattenwirt umwarben. Jvan aus Liebe und Gos=
pod Miha von wegen der Aussteuer und der angeblich vollen
Geldtruhe des alten Vaters. Dieser hatte nur drei Kinder.
Dem ältesten Sohne gebührte das Anwesen samt Wirts=
haus; den zweiten hatte er studieren lassen und in solcher
Weise auf eigene Füße gestellt. So blieb denn das Bar=
geld für die einzige Tochter.

Der Plattenwirt hatte 1809 in den Franzosenkriegen mit=
gethan, ja, er sollte sogar zu jenen tapferen Bauern zählen,
die dem Helden des Predilbenkmals, dem als leuchtendes
Beispiel mutiger Soldatentreue gefallenen Hauptmann Her=
mannsdorf, geholfen hatten, die gähnende Flitscherklause
mit Reisig zu maskieren, so daß eine große Schar stür=
misch einhersprengender französischer Kavalleristen spurlos
in dem furchtbaren Schlund verschwand.

Die That, deren sich der alte Plattenwirt seinen Gästen
gegenüber so gerne rühmte, war allerdings nicht historisch
nachweisbar, wie der Heldentod des Fortverteidigers, ge=
wiß war es aber, daß der Alte das angeblich dazumal ein=
gebüßte Auge noch immer betrauerte, und daß man ihn
allgemein den einäugigen Franzosenfresser nannte.

*) Anna.

Das Gebrechen des Vaters verlieh der blonden Anza
nach Gospod Mihas Ansichten einen doppelten Wert, in=
dem der verschmiste Bauer kalkulierte, daß der alte Platten=
wirt seiner Zeit nur e i n Auge zu schließen habe, mithin
ihm das Sterben leichter fallen würde. Die Erbschaft der
vielbesprochenen und vielgerühmten Geldtruhe deuchte ihm
dadurch nähergerückt, mithin die bralle Dirne um so be=
gehrenswerter.

Auch dem Plattenwirt war der reiche Bauer aus Zabče
als Eidam willkommen. Besaß er doch das einzige ziegel=
gedeckte Haus des Dorfes, was in jenen Zeiten ganz ge=
waltig imponierte. Die beiden verstanden sich daher prächtig
und wurden um ein paar stämmige Gebirgsgäule, die der
Plattenwirt beanspruchte, handelseinig. Allein die Haupt=
person des länblichen Romans, die verschacherte Bauern=
maid, wollte nicht.

Sie liebte den Juan Mobreji aus Čabra und erklärte
ihrem Vater, nicht etwa unter Thränen wie ein Stadt=
fräulein es gethan hätte, vielmehr unter derben Flüchen,
daß sie dem Juan und keinem anderen zum Altare folge
und ihr erstes Kind erdrosseln würde, wenn der Vater sie
zwänge, den verhaßten Miha Krojač zu heiraten.

Die schreckliche Drohung wirkte; denn leider grassiert
der Kindsmord in jenen Bergen so sehr, daß sich der
Bürgermeister einer größeren Ortschaft hinreißen ließ, einen
berühmten Görzer Rechtsanwalt ganz naiv zu bitten, er
möge doch um Gottes willen die Kindsmörderinnen nicht
gar so gut verteidigen, da die sünbigen Weiber sich allzu=
sehr darauf verließen.

Der Plattenwirt hätte zwar die Schande allenfalls
noch ausgehalten, aber des Studierten halber, des Sohnes,
der bei Gericht praktizierte, mußte solcher Greuelthat vor=
gebeugt werden. Gipfelt doch des Bauernvolks größter
Stolz in ihren bem Stubium gewidmeten Söhnen. Kein

Opfer und keine Entbehrung ist dem daheim darbenden Bauern groß genug, um seinen Sohn studieren zu lassen und ihm hierdurch den Weg zu Amt und Würden zu bahnen.

So opferte denn auch der Plattenwirt seinen Heirats=plan, und die blonde Anza schritt mit ihrem geliebten Ivan zum Traualtar.

Aber das Glück blieb ihr nicht treu. Ihr Mann war zwar nach bäuerlicher Ansicht und Sitte der liebevollste Gatte, allein die Ränke des verschmähten Bräutigams ver=gällten ihr das Leben.

Gospod Miha konnte die schroffe Abweisung des Mäd=chens weder verwinden noch verzeihen, nicht einmal als der Plattenwirt sein einziges Auge mühelos geschlossen, und man die famose Geldtruhe vergebens gesucht hatte. Das Ehepaar hoffte nun, wenigstens von nun an ein friedliches Dasein gewärtigen zu können, allein der unver=söhnliche Bauer haßte beide nach wie vor und rächte sich durch offene Fehde. Sein erster boshafter Streich war, daß er während eines Pirschganges den angeblich jagenden Herdenhund des verhaßten Ehepaares vor den Augen der jungen Frau erschoß und dadurch auch noch die prächtigsten Lämmer ihres Besitzes in einen Felsenschlund versprengte.

Ivan klagte zwar ob Gefährdung der öffentlichen Sicher=heit und ob des Schadens bei Gericht; doch vergebens, da Miha als Jagdherr den bestehenden Gesetzen gemäß in seinem Rechte war und durch Eid bekräftigte, daß der Her=denhund gejagt habe.

Der arme Ivan hatte kaum den einen Schlag ver=wunden, als Gospod Miha einen Grenzstreit vom Zaun brach und den großen Prozeß anstrengte, den Ivan in zwei Instanzen verlor.

Jahre und Jahre hatte der erbitterte Kampf gedauert. Die Advokaten wurden reich dabei, dem armen Ivan jedoch

schwand Hab und Gut dahin, und was das Aergste war:
es fraß ihm am Lebensmark. Seine Schaffenslust erlahmte,
wodurch Haus und Hof und sein ohnehin zusammen=
geschmolzener Besitz doppelt litt. Söhne hatte ihm das
Schicksal versagt. Seine beiden Töchter halfen zwar tüchtig
Feld und Flur bestellen, sowie das Vieh besorgen; dennoch
fehlte die männliche Kraft in seinem Bauerngehöft, und
einen Großknecht zu halten, langte es seit dem vielen Pro=
zessieren nicht mehr.

Als Jvan den Prozeß in zweiter Instanz verloren hatte,
wurde er tiefsinnig. Zum Glück für die Seinen war er
sehr fromm. Der Trost der Religion hielt ihn daher auf=
recht und nicht die in den Bergen so fatale Branntwein=
flasche. Den starken Mann dahinsiechen zu sehen ohne ein
ausgesprochenes körperliches Leiden — daß er nervenkrank
war, begriff weder seine Frau noch der zu Rat gezogene
Bezirksarzt — war aber so erschreckend für die arme Anza,
daß sie den heroischen Entschluß faßte, den Krieg gegen
den Todfeind auf eigene Faust fortzuführen.

Das treue Weib bedachte ganz richtig, daß vor allem
die Ursache der dumpfen Verzweiflung ihres Mannes be=
hoben sein müßte, damit er neuerdings zu Mut und Kraft
und der so notwendigen Lebenslust gelangen könne.

Anza beschloß also, sich des leidigen Prozesses halber,
der ja schließlich noch in dritter Instanz gewonnen werden
konnte, an einen besonders tüchtigen Rechtsanwalt zu
wenden. Daß dies ein schweres Stück Geld kosten würde,
verhehlte sich das brave Weib durchaus nicht. Aber Anza
besaß einen kleinen, stets geheim gehaltenen Schatz, den
sie für den teuren Mann gerne opfern wollte.

Die Bäuerin hatte nämlich nach dem Tode ihres Vaters
beim Aufräumen seiner Stube, deren Einrichtung ihr testa=
mentarisch zukam, unter einer hohltönenden Diele in einer
großen Ochsenblase eine Anzahl Münzen aufgefunden. Sie

schwieg wohlweislich den Brüdern und allen gegenüber und freute sich im stillen, daß die Geschichte der Geld- truhe doch nicht völlig aus der Luft gegriffen war. Selbst ihrem Ehegemahl sagte sie nichts hiervon, auf daß sie im Notfalle frei über ihr Eigentum verfügen könne. Und nun war der Augenblick hierzu gekommen.

Angeblich, um die Aussteuer für ihre Aelteste, die sich im Thale unten mit einem wohlhabenden Bauern ver- lobt hatte, zu besorgen, erklärte sie, in die Stadt gehen zu müssen. Der gute Ivan, der in seiner Schwermut zu allem: „Uže prav, uže prav — schon recht, schon recht," sagte, ließ sie willig ziehen.

Anza nahm ihren Schatz, ebenso etwas anderes höchst Wichtiges, das sie jetzt erst ins Treffen führte, verwahrte beides wohl und ging vor allem zu ihrem bisherigen Tol- meiner Advolaten, um sich die Akten des Prozesses heraus- geben zu lassen. Dieser meinte, die Eheleute seien ob der Fruchtlosigkeit ihres Prozessierens endlich des langen Haders müde. Da er stets gut bezahlt ward und sich für den Rest gedeckt mußte, gab er die Akten mit dem Bemerken zurück, daß gegen Gospod Miha nicht aufzukommen sei: er hätte zu viele gute Freunde bei Gericht.

Während der langen Fahrt in dem vollgestecken Post- wagen hatte Anza vollauf Zeit, über den Ausspruch ihres Rechtsrates gehörig nachzudenken. So aufrichtig war der gute Mann bisher niemals gegen sie gewesen. Um so fester stand ihr Entschluß, den Prozeß besseren Händen an- zuvertrauen.

Die Schönheit der Landschaft und der nahezu bis Görz den wildschäumenden, tiefblauen Fluten des Isonzo ent- lang sich schlängelnden Straße vermochte sie keinen Augen- blick zu fesseln. Nur als der vielbesuchte Wallfahrtsort Monte Santo erreicht ward, bekreuzigte sie sich und betete ein Ave, auf daß die Mutter Gottes ihr Vorhaben segnen

möge. Daß zugleich die Abendglocken von der Höhe des
heiligen Berges hernniedertönten, betrachtete Anza als gutes
Omen. Frohgemut fuhr sie kurz darauf in das von rei-
zenden Villen umkränzte Görz ein, dessen Wahrzeichen,
das alte, hochragende Grafenkastell, bereits zwischen dem
dunklen Geäst der hundertjährigen Cypressen von Salkano,
als blasser Schemen vergangener Herrlichkeit, auftauchte.

Fest schlief Anza die ganze Nacht hindurch in der be-
liebten Slowenenherberge am Cornoplatze. In aller Frühe
war sie aber schon auf den Beinen, um den erwünschten
Rechtsanwalt aufzusuchen. Sie erkundigte sich nicht etwa
nach dem besten oder teuersten oder gar meist beschäftigten
und angesehensten Rechtsanwalt, sondern nach dem jüngsten.
Das verschmitzte Bauernweib bedachte, daß ein junger
Advokat, der noch keine große Praxis hatte, sich ihr viel
besser zu widmen vermöchte und überdies viel größeren
Eifer entwickeln würde.

In der Herrengasse, in einer bescheidenen, im Hof-
raum gelegenen Kanzlei, fand sie den richtigen Mann.
Anza begann damit, daß sie dem im Vorzimmer faulenzen-
den Schreiber einen harten Gulden in die Hand drückte,
um sogleich vorgelassen zu werden. Das war eigentlich
überflüssig, denn die Konferenzen erdrückten den jungen
Doktor der Rechte durchaus nicht. Er empfing daher die
Klientin sofort. Anza, die von Welt und Menschen recht
praktische Begriffe hatte, begann auch bei dem Rechtsanwalt mit Geld herauszurücken, nur schätzte sie den so
hoch, daß sie ihren ganzen Münzenfund ihm vorlegte und
sagte: „Das alles schenke ich Ihnen, wenn Sie mir meinen
Prozeß gewinnen."

Diese Bekräftigung ihrer Worte entlockte dem jungen
Doktor ein schmunzelndes Lächeln. Vorsichtig erkundigte
er sich aber nach der Herkunft ihres Schatzes; denn ein
solcher war es, wenn die meisten Münzen auch außer Kurs

waren. Doch fanden sich auch mehrere zur Zeit des Napoleonischen Konsulats geprägte vollgültige Napoleons vor,
darunter ein merkwürdiges Stück aus dem Jahre 1808,
welches auf der Vorderseite das lorbeergekrönte Bildnis
Napoleons I. mit der Bezeichnung: „Empereur" aufwies,
während die Prägung der Rückseite „République française"
lautete. Auch vollwertige Kronenthaler aus Maria Theresias
Zeiten barg die Ochsenblase, ferner eine Menge alter
Münzen, die für Münzsammler einen großen Wert haben
mochten, vor allen eine goldene Dogenmünze. Diese Stücke
sind höchst selten, da bei der Thronbesteigung des jeweiligen
Dogen von Venedig nur elf Stück geprägt wurden; zehn
für den hohen Rat und eine für den regierenden Dogen.

Das Geschenk der Bäuerin, deren Erzählung ihr Ver-
fügungsrecht vollauf bekräftigte, wäre schon um der aus
dem Jahre 1752 stammenden Dogenmünze willen unbedingt annehmbar gewesen. Der junge Rechtsanwalt be-
sah sich das seltene Goldstück, das den Lagunenherrscher
Lorebano in Anbetung der Mutter Gottes darstellte, dann
kramte er den ganzen Schatz sorglich zusammen, that alles
wieder in die Ochsenblase, versiegelte diese vor den Augen
der staunenden Bäuerin und erklärte, ihr Geschenk nicht
früher annehmen zu können, als bis er es verdient habe,
doch vorläufig den interessanten Münzenschatz als Depot
verwahren zu wollen.

Den diesbezüglichen Empfangschein stellte er auch sofort aus und drückte ihn der Bäuerin in die zitternde
Rechte.

Wenn Anza das alles nicht selbst erlebt hätte, so hätte
sie nimmer daran geglaubt. Die gute Bäuerin durchschauerte
jählings der heillose Schreck, daß der junge Rechtsanwalt
vielleicht zu ehrlich sei, um seines Amtes gehörig zu
walten.

All die unzähligen Opfer, die ihnen der Prozeß an

Geld und Gut gekostet hatte, fuhren ihr so blitzartig durch
den Kopf, daß sie die einstürmende Gedankenflut kaum zu
fassen vermochte.   Hatte sie doch sogar mit Todesgefahr
ein Kalb — ein lebendes, auf daß man es nicht verendet
wähne — den gefährlichen, stellenweise kaum fußbreiten
Sadraweg hinabgetragen, um sich ihrem Rechtsvertreter
freundlich zu erweisen; denn dieser hatte bei Darbietung
von Obst und seltenen Alpenblumen für seine Gattin ganz
impertinent die Nase gerümpft.   Anzas gesunder Menschen-
verstand sagte ihr, daß ein imponierendes Geschenk am
Platze sei.   Deshalb brachte sie das Kalb dar, und deshalb rückte sie auch beim Görzer Advokaten sofort mit dem
schwersten Geschütz heraus, hatte aber offenbar einen Fehl-
schuß gemacht, der sie geradezu betäubte.

Der Rechtsanwalt mußte sie zweimal ersuchen, ihr den
Fall darzulegen und ihm einen Einblick in die Prozeßakten
zu gestatten, so traumverloren saß das Bauernweib da.

Endlich raffte sich Anza zusammen, übergab dem Rechtsanwalt die Akten und erzählte ihm die wunderliche Mär
eines sonderbaren, vor hundertfünfzig Jahren vereinbarten
Kontraktes.

Ivan Mobrejis Urahne, der Bargeld bringend be-
nötigte, verpfändete die strittigen Wiesengründe an Gospod
Mihas Urahnen gegen die Summe von blanken hundert
Dukaten.   Bis zur vollständigen, an keinerlei Termin ge-
bundenen Rückzahlung des Geldes hatte Gospod Mihas
Urahne, ebenso wie seine Erben respektive Rechtsnachfolger,
den Nießbrauch der Wiesen, deren reiche Ernte sowohl als
Pfand wie als Zinsen der geliehenen Summe ihm kon-
traktlich zugesichert wurde.   Da es in alten Zeiten noch
keinen Schulzwang gab, und die Bauern vom Lesen und
Schreiben absolut nichts verstanden, ward der Vertrag
mündlich verabredet, und als Urkunde diente — ein Stock.

Auf einer langen, starken und zugleich geschmeidigen

Weibenrute schnitten die beiden Kontrahenten vor sechs
Zeugen je ein Kreuz und nebenan einen Querschnitt ein.
Das Kreuz stellte die Unterschrift des Schreibunkundigen
und der Querschnitt das betreffende Pfandjahr, welches
von dem als Datum geltenden Sonnenwendtage an stets
durch einen neuerlichen, vor sechs Zeugen auszuführenden
Querschnitt zu bezeichnen war, dar. Der Stock blieb in Händen des Gläubigers, und der Schuldner mußte zu dessen
Rückgabe das Geld voll auszahlen, wonach der urkundliche
Stock in Gegenwart von Zeugen als Löschung der Schuld
entzweigebrochen werden sollte.

Dies ward im Jahre 1668 unter der Regierung des
deutschen Kaisers Leopold I., des Türkensiegers, vereinbart
und unter gegenseitigem Eide beschworen.

Jahrzehnt um Jahrzehnt schwebte diese Schuld wie
ein Damoklesschwert über der Familie Mobreji, da nur
der hochbetagte Urenkel des ersten Kontrahenten, Blasius
Mobreji, nach hundertsieben Jahren die Hälfte der für
damalige Zeiten enormen Summe zurückbezahlt hatte.

Das Datum bezeugte ein auf dem Stock nach Rastel-
binderart mit Draht befestigter Zwanziger, der das
Bildnis der dazumal regierenden Kaiserin Maria The-
resia trug, sowie die Prägung der laufenden Jahreszahl
1775. Nebenan reihten und häuften sich jedoch wieder
die Querschnitte von Jahr zu Jahr an, und erst der
Großohm Ivan Mobrejis, der seine Bergwälder zu ver-
werten gewußt und sie einem städtischen Spekulanten be-
hufs Abholzung verkauft hatte, vermochte es, die leidige
Schuld zu tilgen.

Dies geschah vor dem k. k. Notar des Tolmeiner Bezirkes, der eigenhändig den als Urkunde dienenden Stock
entzweibrach und die originelle Geschichte auch vielfach erzählte.*) Allein in aller Form Rechtens ward das Ge-

---

*) Thatsächlich.

schäft leider nicht abgethan, denn etwas Schriftliches be=
stand nicht hierüber, und da die beiden Bauern ihre Schuld
vor einer Amtsperson tilgten, so wähnten sie der obli=
gaten sechs Zeugen entraten zu können.

Und hierin lag der Haken.

Der Notar war tot, und nun behauptete Gospod Miha,
der Stock wäre seinem alten kindischen Großvater gestohlen
worden, die Schuld daher noch nicht getilgt, und das Heu
der verpfändeten Wiesen sei nach wie vor ein ihm zukom=
mender Schuldtribut.

Klagen und Prozessieren half nichts, denn alle hatten
nun merkwürdigerweise die vielbesprochene Geschichte ver=
gessen.

So erzählte Frau Anza und legte die Stücke des zer=
brochenen Stockes auf den Tisch.

Die Augen des aufs höchste interessierten Rechts=
anwaltes leuchteten ob des sonderbaren, ja einzig dastehenden
Falles, durch den sich der schaffenslustige Mann vor dem
höchsten Forum des obersten Gerichtshofes geradezu goldene
Sporen zu verdienen hoffte.

Er teilte dem bangenden Bauernweibe seine berechtigten
Hoffnungen kurz und bündig mit und hieß Anza getrost
von dannen gehen.

Der junge Rechtsanwalt, der so lange nach Klienten
geseufzt, mußte sich durch den Prozeß Mobreji gegen
Gospod Miha Krojač mit einem Schlage Namen, Ansehen
und eine gesicherte, sorgenfreie Existenz zu erwerben.

Sein Klageantrag an den obersten Gerichtshof war ein
Muster juristischer Tüchtigkeit und Gewandtheit. Er schil=
derte darin das merkwürdige Faktum des urkundlichen
Stockes, zog eine Parallele zwischen dem verbrieften Fidei=
kommiß des stolzen Adels und dem von Mund zu Mund
übertragenen Worte des Bauern, das dennoch durch Gene=
rationen hoch und heilig gehalten ward. Ein schönerer

Beweis, daß Manneswort und Mannesehre auch im un=
gebildeten Volke lebe, wäre gar nicht zu finden. Es sei
schon deshalb ausgeschlossen, daß der letzte Sprosse solch
biederen Bauerngeschlechtes, das so lange Jahre hindurch
die Schuld des Ahnen anerkannt, nun noch zum Spitz=
buben werde. Vielmehr müsse diese Behauptung ein Rache=
akt des Gegners sein, dessen Anspruch auf die Wiesen
überdies den bestehenden Gesetzen zufolge verjährt sei, da
die Familie Mobreji bereits mehr denn dreißig Jahre
abermals im Besitz der Wiesen gewesen sei.

Eine photographische Aufnahme des ehrwürdigen Stockes
mit dem alten Maria Theresia=Zwanziger und den hun=
dertsieben Einschnitten auf der einen und den dreiundvierzig
auf der anderen Seite war den Akten als Beleg bei=
geschlossen.

Die alten Hofräte des obersten Gerichtshofes steckten
die Köpfe ganz gewaltig zusammen. Dieser Akt blieb auf
keinem Schreibtisch unter den Restanten liegen, sondern
der oberste Gerichtshof sah sich bewogen, die Urteile beider
vorhergehenden Instanzen in schärfster Weise zu kassieren.

Wie ein Donnerschlag fuhr das in die Provinzial=
richterschar, um so mehr, als dem Urteile die Inspektions=
reise eines höheren Ministerialbeamten folgte. Der Prozeß
wurde in dritter Instanz zu Gunsten Jvan Mobrejis ent=
schieden.

Dem armen siechen Manne, dem der Jammer fast das
Herz gebrochen hatte, ward Leben und Gesundheit wieder=
geschenkt, als sein treues Weib ihm die Freudenkunde mit=
teilte. Und in der Freude seines Herzens hatte er dem
gehässigen Feinde im Gotteshause die Hand entgegen=
gestreckt.

Und was war die Folge davon?

Trübsinniger denn je, verflucht und beschimpft, ja aufs
tiefste in seiner Mannesehre gekränkt, wankte der arme

Jvan nun denfelben Weg hinan, den er fo freubefelig
herabgegangen war, um Gott für die günftige Wendung
feines Gefchickes zu danken.

2.

Am fchmucken Bauernhof feiner verheirateten Tochter
war Jvan Monbreji verftohlen wie ein Dieb vorbeige=
fchlichen. Sein Kind durfte ihm nimmer die Schande, an=
gefpieen worden zu fein, von der kummergefurchten Stirne
ablefen.

Erft die Kühle der Koritafchlucht mit der fchmalen
Holzbrücke über den wildfchäumenden Waffern der To=
minska und der nebenan aus ferner Bergwelt einherftür=
menden Zablaska ließ ihn aus feinem verzweifelten Ge=
dankengang auffchrecken. In feinem für Geräufche feit
feiner Krankheit ungemein empfindlichen Ohre wiederhallte
das Braufen und Toben der beiden Gießbäche in uner=
träglicher, finnverwirrender Art.

Wie von Furien gepeitfcht entfloh er dem Toben der
von Fels zu Fels brandenden Waffer und keuchte den
fteilen Pfad zur Dantegrotte hinauf, deren wildromantifche
Lage inmitten des finfteren Forftes dem italienifchen Dichter
die Idee zur Befchreibung des Hölleneinganges feiner
„Göttlichen Komödie“ eingeflößt haben foll.

Hitze, Durft, Schwindel, Entkräftung überkamen den
armen, nervenkranken Mann, während er in voller Mit=
tagsglut den fteilen Weg hinanklomm. Das einfam, wie
ein verlorener Poften an der Lehne des Berges gelegene
Bauerngehöft Na Lazn hätte Jvan allerdings auffuchen
können, um fich wenigftens durch einen kühlen Trunk zu
laben, doch er fcheute das menfchliche Angeficht und floh
von hinnen, mühfelig den von Schritt zu Schritt fteiler
werdenden Pfad verfolgend.

Die im Zenith ftehende Julifonne warf den Schatten

seines durch jahrelanges Leid abgezehrten Körpers kerzen=
gerade vor ihn hin. Urplötzlich deuchte es ihm, als ob sein
dünner Schatten, der bloß den schmalen Pfad einnahm,
merkwürdig anschwelle. Das entsetzliche Schattenspiel be=
ängstigte den durch all die traurigen Erlebnisse der letzten
Stunden aufgeregten Mann, der seit dem frühen Morgen
nichts genossen, in gräßlichster Art. Sein Atem stockte,
sein Herz klopfte, seine Schläfen hämmerten unter dem
überwältigenden Eindruck des ebenso schauerlichen als son=
derbaren Schattenspieles. Umdrehen konnte er sich nicht,
da er just die schlimmste Wegstelle an einer im steten Ab=
wärtsgleiten befindlichen Schutthalbe passierte, über welche
der kaum fußbreite Pfad oberhalb der tiefen Klamm ent=
langführte.

Angstbebend schritt er weiter. Sein sichtlich anschwellen=
der Schatten gaukelte in wahnsinnerregender Weise vor
ihm her. Aber die Hände, die sich im tollen Schattenspiel
so jählings, ja morbgierig nach ihm ausstreckten, konnten
doch unmöglich die eigenen sein!

„Herr im Himmel, steh mir bei!"

Mit diesem Schreckensruf sank Ivan Mobreji in die
Kniee. Zugleich fühlte er neben sich etwas durch die Luft
sausen und die Schutthalde ins Rollen geraten. Deren
Rand hatte er zum Glück fast erreicht, so daß seine Hände,
denen bloß das lockere Erdreich als Stützpunkt diente, sich
auch nach dem spärlichen Brombeergesträuch und den zäheren
Thymianwurzeln ausstrecken konnten, die als kümmerliche
Vegetationsvorläufer zwischen Sand und Geröll sproßten.
Trotzdem schwebte er aber jetzt über dem Abgrunde, aus
dessen Tiefe donnernde Laute zu seinem Ohre hinan=
drangen.

Eine Staubwolke aufwirbelnd, prasselte Stein und
Geröll in den Abgrund hinab. Dazwischen hörte man das
wiederholte dumpfe Anprallen von etwas Massigerem,

Schwerem und dennoch Elaſtiſchem, das zuletzt in den gur-
gelnden Waſſern des Schlundes ganz entſetzlich aufklatſchte.

Dann nichts mehr. — Wie lange Ivan Mobreji zwiſchen Himmel und Abgrund geſchwebt, wußte er nimmer zu ſagen. Er war ſich
nur bewußt, keinerlei Bewegung gewagt zu haben, ſolange
die greulichen Töne aus der Tiefe zu ihm heraufdrangen.
Endlich war der letzte der unheimlichen Laute verhallt,
und der Unglücksmenſch, der mehrere Meter abgeglitten
war, machte ſich zitternd und zagend an die Rettung ſeines
Lebens. Mit Füßen und Händen arbeitete er ſich hinauf,
rieb ſich die Kniee wund und ſchlug ſich die Nägel blutig
an dem ſcharfkantigen Kalkgeſtein. Auf dem Bauche krie-
chend, wand er ſich zwiſchen Wacholdergeſtrüpp, Zwerg-
kiefern, maſſenhaften Diſteln und ihm wie zum Hohne
prächtig blühenden und duftenden Steinnelken dahin.

Längſt ſchon hatte Ivan Mobreji den nach Čabra füh-
renden Fußſteig erreicht, doch kroch er noch immer einher,
ſo gänzlich von Sinnen war er. Erſt als er angeſichts
der Häuſer des Dorfes ſich befand, wollte er aufſtehen
und gehen, konnte es aber nicht mehr. Er fiel nach vorne
auf ſeine blutigen Hände zurück und vermochte es nur in
dieſer Weiſe, ſein Haus zu erreichen, an deſſen Schwelle
der Aermſte beſinnungslos zuſammenbrach.

3.

Die Wolken hingen ſo tief hernieder, daß nicht allein
die Sterbina mit der ſcharfen Spitze des Kuks, ſondern
auch die geſamte Kette der minder hohen Berge in dem
finſteren Gewölk verſchwanden. Selbſt der herrliche, kegel-
förmige Schloßberg, der wie ein verlorenes Spielzeug der
Alpenrieſen mitten im Thale aufragt, ſteckte in dem be-
drückenden Wolkenmeere, aus welchem nur ſein dunkler
Tannengurt auftauchte.

Der Dechant des Tolmeiner Pfarrsprengels, der sorgen-
schwer das bräuende Wolkenspiel verfolgte, schloß die
Fenster, damit die dunklen Massen ihm nicht auch noch in
die hellgetünchte, freundliche Stube drängen. Da klopfte
es an seine Thür, und zugleich trat auch schon Anza atem-
los herein und bat, ihren im Sterben liegenden Gatten
mit den Tröstungen der Religion zu versehen.

„Weib, in dem Wetter sollen wir mit dem Aller-
heiligsten nach Cabra?" entfuhr es dem Dechanten. „Unmöglich! Seht Euch doch die Wolken an, die über der
Sterbina und der ganzen Landschaft hängen."

„Hochwürden," rief Anza, „ich komme ja aus den
Wolken, weshalb sollte ich sie da noch ansehen?"

Das klang fast beschämend in seiner unleugbaren Wahrheit, da der Cabraberg gänzlich verdeckt war.

„Das Wetter ist durchaus nicht so drohend, als es
den Anschein hat," fuhr Anza bringender fort. „Es hält
sich gewiß noch einige Stunden. Die Sonne steht bis acht
Uhr am Himmel, auch wenn der graue Nebelmantel sie
unseren Augen entzieht. Schlimmsten Falles kann ja der
Herr Kaplan, dessen Beichtkind mein armer Mann ist, in
Cabra übernachten."

„Gut!" entschied der Dechant. „Euer Mann ist ein
zu guter Christ, um ihm die letzte Oelung zu versagen.
Aber seit wann steht es denn so schlimm mit ihm? Er
war doch heute in der Kirche, wo leider Gospod Miha
sich Gott und ihm gegenüber schwer vergaß."

„Das ist's, was ihm den Todesstoß gegeben hat!" jam-
merte Anza. „Er spricht Schreckliches durcheinander, er scheint
in seiner Verzweiflung abgestürzt zu sein und sagt fortwährend, er könne nicht sterben, ohne gebeichtet zu haben."

„Dasselbe sagt mir Eure Tochter," sprach der inzwischen
eingetretene Kaplan. „Ich denke, wir beeilen uns daher,
wenn Hochwürden glauben —"

„Mit Gottes Hilfe wollen wir es wagen!" entschied
der Dechant, der persönlich in die nahe Kirche ging und
dem jungen, kräftigen Kaplan, der dem Sturmesdrohen
leichter die Stirne zu bieten vermochte, das Allerheiligste
einhändigte.

Bis zur Ziegelbrennerei an der schäumenden Tominska
gab er ihm das Geleite, und überall, wo die kleine
Gruppe mit dem davor klingelnden Meßner vorbeiging,
lag die Bevölkerung auf den Knieen, sich andächtig be=
kreuzigend.

Die in Schmerz aufgelöste Anza und ihre Tochter riefen
die allgemeine Teilnahme hervor, und Lippe um Lippe
murmelte im aufrichtigen Bangen: „Gott gebe, daß alle
glücklich nach Čabra kommen!"

<hr>

Schreckliches mußte es gewesen sein, das der arme
Ivan gebeichtet hatte, da dem tieferschütterten Kaplan,
mehr noch als dem Todkranken, der kalte Schweiß von
der Stirne perlte. Und dennoch sprach sein Mund das
„Ego te absolvo in nomine Domini!" aus überzeugungs=
vollem Herzen und mit ganzer Seele.

<hr>

Das in den Abendstunden fast wunderbar hintan=
gehaltene Unwetter brach in der Nacht mit doppelter Heftig=
keit los. Seit Menschengedenken entsann man sich keines
so wildtobenden, verheerenden Sturmes. Die Ernte war
dahin. Der Blitz schlug mehreremal ein und entzündete
auch den großen Heuschober des Raunabauern, dessen Ge=
höft hoch oben über Polubino lag. Den hohen Berg, auf
welchen nur ein schmaler Ziegensteg und kein Weg hinauf=
führt, vermochte niemand mit Löschgeräten zu erklettern,
und so ließ man denn brennen, was brannte.

Im Thale unten war rasche Hilfe jedoch am Platz.
Es war gerade Triftzeit. Für hunderttausend Gulden

Schlagholz schwamm auf den tobenden Wassern. Das mußte geborgen werden.

Seit der Großohm Ivan Mobrejis seine Wälder zur Tilgung seiner Schuld verwertet, hatte sich nämlich der Holzhandel zur Hauptindustrie des Landes gestaltet. Die prachtvollen Waldungen wurden regelrecht abgetrieben, und zur Sommerszeit ward das Holz den teils bestehenden, teils künstlichen Riesen entlang von stolzer Bergeshöhe in die Tominsła hinabgeschleift und geschleudert. Dies billige Beförderungsmittel war jedoch ein großes Wagnis bei Hochwasser. Und ein solches trat ganz unerwartet infolge des nächtlichen Wolkenbruches ein. Das Holz ward trotz des schützenden Wehrs von der angeschwollenen Tominsła fortgeführt. Es galt daher, es zu bergen, bevor die schwimmenden, pfeilschnell einherschießenden Massen in den nahen Isonzo traten; denn in dem wildschäumenden Fluß wäre alles verloren gegangen.

Während daher die funkensprühende Lohe in Rauna oben sich in einer Weise entwickelte, daß der Berg einem feuerspeienden Vulkan glich, rannten alle, die nur stehen und gehen konnten, ans Tominsłaufer hinab, um sich an der Bergung des Holzes zu beteiligen.

Der besondere Eifer war auf den Umstand zurückzuführen, daß jeder sozusagen sein eigenes Kapital rettete, indem ein gewisser Prozentsatz dem glücklichen Berger des Schwemmgutes zukam.

Alt und jung, groß und klein machten sich folglich daran, das vorbeischießende Holz teils mit langen eisenbeschlagenen Stangen, den Grieshaken, teils mit den kürzeren Zapinen oder auch mit Rechen, ja, selbst mit den Händen einzufangen. Bis zu den Lenden standen die wetterharten Bergbewohner bei flackerndem Laternen- und Kienspanfeuerschein im Tominsławasser, doch meist vergebens. Das Holz schoß so blitzschnell dahin, daß es immer

und immer wieder im Wirbel der tosenden Wasser unter=
tauchte. Es regnete überdies in Strömen, wodurch die
Bergung sich endlich nahezu zur Unmöglichkeit gestaltete.

Auf der dazumal noch aus Holz bestehenden Tominska=
brücke standen die Weiber und Kinder von Tolmein, Zabce,
Zalog und anderen naheliegenden Ortschaften Kopf an
Kopf gedrängt und tauschten ihre Bemerkungen aus. Alle
waren der Meinung, daß das Unwetter kein natürliches,
und daß etwas Sündhaftes geschehen sein müsse, um sol=
chen Aufruhr der Natur hervorzurufen. Zu mindest hatte
sich jemand erhängt, da nur, wenn der Teufel mit einer
besonders schwarzen Seele zur Hölle fahre, Gott seinen
Zorn so gewaltig offenbare.

Mitten in solche Gespräche hinein, in das Heulen und
Schreien der Kinder, wie die Flüche der Männer, von
denen jedes entwichene Holzstück begleitet ward, tönte plötz=
lich ein wilder Schreckensruf. Es schien wirklich etwas
Furchtbares geschehen zu sein; denn anstatt des mühsam
mit eigener Lebensgefahr harpunierten Holzes zog ein stäm=
miger Bauer aus den schäumenden Fluten einen Leichnam
hervor.

Es war Gospod Miha Krojač. Die Füße der Leiche
waren merkwürdigerweise mit zwei Paar dicken Woll=
strümpfen bekleidet, wogegen die hohen, nägelbeschlagenen
Stulpstiefel des Toten, mit denen Gospod Miha stets so
gerne prahlte, am Hosengurt auf seinem Rücken hingen.

Dies mußte sich niemand zu erklären, und es erhöhte
noch das Rätselhafte des schauerlichen Leichenfundes, der
ungemeines Aufsehen hervorrief, um so mehr; als dem
mutmaßlichen Wassertode nach ärztlichem Befund eine andere
Katastrophe vorangegangen sein mußte, da Mihas Kopf
unförmlich zerschlagen war, und sein ganzer Körper Miß=
wunden und Prellungen aufwies.

Man schloß folglich auf einen Meuchelmord, und dessen

beschuldigte die öffentliche Meinung den armen Ivan
Mobreji.

Die langjährige Feindschaft zwischen ihm und dem
Verstorbenen rief den schrecklichen Verdacht hervor, der
auch in Erinnerung der widerlichen Scene in der Kirche
überall Glauben fand. Maßgebend war jedoch die Aus=
sage eines alten Weibes, die in den Mittagsstunden des
Sonntags den Beschuldigten so verstört an ihrer Hütte
vorbeigehen sah, daß er nicht einmal ihren Gruß vernommen
hatte. Kurz darauf sei ihm Gospod Miha gefolgt, und
zwar lautlos wie ein Geist dahinschwebend, so daß die
Alte nicht wenig darüber erschrak und auf seine Rückkehr
aufpaßte, um ihn ob seines sonderbaren Gebarens aus=
zuforschen. Sie wartete jedoch vergebens.

Die Alte galt zwar als kindisch, dennoch wurde ihr
Geschwätz so ernst genommen, daß sich die Behörde be=
wogen fühlte, eine Untersuchung des Falles vorzunehmen.
Ivan Mobreji wurde zu Gericht beschieden, allein er ver=
mochte der Vorladung nicht Folge zu leisten, da er zwar
dem Tode zunächst entronnen war, doch seit dem verhäng=
nisvollen Sonntag nicht mehr gehen konnte. Den großen
Mann in einer Butte — dem einzigen Beförderungsmittel
des Alpendorfes - - hinabzutragen, war aber unmöglich;
denn selbst die Toten konnten des schmalen Weges halber
nur an Balken befestigt zu Thale geschafft und dann erst
eingesargt werden.

Die Gerichtskommission mußte sich demnach hinauf=
bemühen. Sauer genug fiel es dem dazu beorderten Ad=
junkten und Protokollführer, und schließlich war der ge=
fährliche Gang vergeblich und brachte kein Licht in die
geheimnisvolle Todesgeschichte.

Das Verhör Ivan Mobrejis ergab keinerlei Resultat.
Das verstörte Aussehen, welches das alte Weib an ihm
bemerkt hatte, leugnete er durchaus nicht und erklärte es

als ganz natürliche Folge der für ihn so beschämenden, allgemein bekannten Kirchenscene. Doch seit jenem Augen= blick hatte er Gospod Miha nicht wiedergesehen. Dies beschwor er hoch und heilig.

An der Wahrhaftigkeit seines Schwures konnte bei dem guten Leumund Jvans nicht gezweifelt werden, um so mehr, als er den Eid in Gegenwart seines Beichtvaters geleistet hatte, der die Gerichtskommission freiwillig nach Cabra hinaufbegleitete und nach geschlossenem Verhör samt der gänzlich gebrochenen Anza das Krankenzimmer betrat.

Da geschah es, daß Jvan, der aschfahl in seinem Bette lag und mit unheimlich großen, tiefliegenden, doch offen und ehrlich blickenden Augen die Gerichtsdelegierten an= sah, nach dem Kruzifix verlangte und seine protokollierte Aussage bei dem dreieinigen Gotte beschwor.

Das Gesinde und verschiedene durch die Gerichtskom= mission neugierig gemachte Dorfbewohner drängten sich durch die offen gebliebene Küchenthür in die sauber ge= haltene Stube. Sie alle fielen auf die Kniee, als Jvan Mobreji mit hocherhobener Rechten und dem Ausdruck des Märtyrers in Miene und Gebärde seinen Schwur leistete. Daß seinen bebenden Lippen auch noch wie ein Hauch die Worte: „Mehr sag' ich nicht!" entglitten, vernahm nie= mand in der allgemeinen Ergriffenheit.

War doch sogar der Untersuchungsrichter tieferschüttert und von Jvans Unschuld überzeugt.

Es blieb also bei der Voruntersuchung, da keinerlei Schuldbeweis gegen Jvan erbracht werden konnte. Den Manen des Verunglückten wurde in der Tominslaschlucht ein Kapellchen mit entsprechendem Marterlbild gesetzt, und gar bald wuchs Gras über dem Todesgeheimnis Gospod Mihas. Nur ab und zu schwatzte irgend ein vollgetrunkener Bauer im Thale unten in seiner Stammgostilna darüber. Doch wehe ihm, wenn in jenem Wirtshause gerade ein

Cabrabewohner sich befand. Denn alle schworen auf Juans
Unschuld, und niemand ließ etwas über den „Ubogi starc —
den armen Alten" kommen, wie Juan allgemein genannt
wurde, obschon er ja noch in den besten Mannesjahren
stand.

Und wie rätselhaft sein Leiden war, mußte nur sein
treues Weib, das ihn hegte und pflegte und sich nicht
genug über den Heißhunger des Unglückseligen wundern
konnte, der doch weder zu gehen noch zu stehen vermochte
und dennoch so furchtbar viel verzehrte und trotzdem täglich an Körperfülle abnahm.

Juans Seelenleben entfaltete sich aber ganz merkwürdig
dabei. Unter der rauhen Bauernhülle barg er ein ungemein zartes Empfinden. Sein Denken, Sinnen und
Trachten war total verändert. Für die Schönheit der
rings prangenden Alpenwelt waren ihm jetzt erst die vorher so stumpfsinnigen Augen aufgegangen. Stundenlang
vermochte er vom Fenster oder vom Schubkarren aus, mit
dem ihn Anza ins Freie führte, des Himmels wunderbare
Bläue zu betrachten und der hehren Sonnenuntergänge sich
zu erfreuen, welche die Spitzen des Bogatin, des Hahnen-
kammes und der ganzen Julischen Bergkette entflammten.

Die Bauern lachten nicht über den wie verzückt Drein-
schauenden, und wenn die lose Dorfjugend seiner spottete,
gab es derbe Ohrfeigen, da die Leute die Majestät des
Unglücks in ihrem „Ubogi starc" achteten.

4.

Mehr als zwei Jahrzehnte waren verflossen, deren
wohlthätige Spuren sich Land und Leuten aufprägten. Die
stets größere Dimensionen annehmende Mode des Landauf-
enthaltes der Städter zog ihre Kreise bis in das abgelegene
Bergthal des Tolmeiner Bezirkes. Die landschaftlichen
Reize entschädigten für die einfache Unterkunft, und die

Fremden ergötzten sich an der Schönheit der Natur, trotz=
dem die Einheimischen sich nicht besonders entzückt über
die „Städtler" zeigten. Kollisionen gab es aber dennoch
bloß mit Hornvieh.

Dies wußte und fürchtete die lustige Gesellschaft, die
in den kühleren Spätnachmittagsstunden einen Ausflug zur
Dantegrotte unternommen hatte; doch vertrauten sie ihrem
guten Stern und den tüchtigen Stöcken, mit denen die
Herren bewaffnet waren.

Es ging auch alles famos. Von des Weges Mühe und
der erschlaffenden, selbst in den Bergen fühlbaren Juli=
hitze ausruhend, hatten sich's die fröhlichen Ausflügler auf
einer prächtigen Wiese vor einem einsam gelegenen Bauern=
hof bequem gemacht und harrten der guten Dinge, die der
mitgenommene Eßkorb barg. Vorher wollten sie aber an
der frischgemolkenen Milch sich gütlich thun, welche die
freundliche Bäuerin des Gehöftes in einem großen weißen
--- Waschbecken brachte.

Das Entsetzen über diesen Milchbehälter war ein ebenso
gerechtes als allgemeines.

„Wir wollen hoffen," beschwichtigte ein optimistisch
angelegter Herr, „daß es kein ausgedientes oder noch im
Gebrauch befindliches Waschbecken ist, sondern das unbenutzte
Parabestück des Hauses."

Doch schon rief eine junge Dame empört dazwischen:
„Ums Himmels willen, die Milch wimmelt ja von Fliegen!"

„Ja, ja, Gospiza moja," *) unterbrach sie die Bäuerin,
„aber ich habe mir gedacht, die Herrschaften werden schon
hinauswerfen, was Ihnen nicht recht ist."

Das Grauen, das die Fliegen eingeflößt hatten, ver=
flog in dem Gelächter über die echt ländliche Erklärung der
guten Alten.

---

*) Mein Fräulein.

Man überließ die Milch den verschiedenen Lieblings-
hunden, welche die Partie mitgemacht hatten, und hielt sich
wohlweislich an den Eßkorb, dessen Inhalt geleert wurde.

Doch plötzlich schlugen die Hunde an, und gleichzeitig
ertönte der Alarmruf: „Stiere · · Stiere! Rette sich, wer
kann!"

Eine heillose Konfusion entstand. Die armen Rinder,
die ja nur ihrem Stall zustrebten und gewiß niemand ein
Leid zugefügt hätten, wurden dermaßen seitens der schreien-
den Damen, der kläffenden Hunde und der ritterlich ver-
teidigenden Herren erschreckt, daß sie natürlich wild werden
mußten und mitten in die Reste der auf dem Rasen auf-
gedeckten Speisen sprangen.

Die Kampfeslust und der Mut der Herren würde einem
mittelalterlichen Turnier alle Ehre gemacht haben. Doch
den hornbewaffneten Gegnern waren sie · nicht gewachsen.
Unter dem Schutze der Sonnenschirme der Damen, von
denen mancher, speziell die roten, gespießt wurde, retirierten
alle miteinander in die verschiedenen Gelasse des Bauern-
gehöftes.

Während der verschiedenen dabei vorkommenden, mit
Blitzesschnelle sich abspielenden tragikomischen Scenen stand
die junge Bäuerin, welche das Vieh heimgeleitet, sprachlos da.

Die blonde Reza *) war eine bekannte Schönheit der
Berge. Sie trug sich halb bäuerisch, halb städtisch. Das
lichtblaue Tuch, das ihren blondgelockten Kopf umrahmte,
huldigte der ländlichen Sitte, ebenso wie die weiß- und
blaugestreifte Kattunschürze; doch Rock und Taille des
dunkelblauen Kleides waren modisch gemacht. Reza war
mehrere Jahre bei einer Tante in Villach zu Besuch gewesen und liebte es daher, dies hervorzukehren.

––––––––––

*) Agnes.

Die Erscheinung der derb-schönen Dirne war eine so prächtige Staffage des bergumkränzten Landschaftsbildes, daß die Herren gewiß minder eilig davongerannt wären, wenn sie die Hüterin der gefürchteten Kühe erblickt hätten, wie sie mit Spott in Miene und Gebärde dastand und die Städter weiblich ob ihres Schreckens auslachte. Allein der Schreck schien in dieser Stunde ansteckend wie die Pest zu sein, da Neza plötzlich in heller Verzweiflung von hinnen rannte.

Ihr kleiner Liebling, ein halbwüchsiges Kalb, das zur Zucht großgezogen werden sollte, erschrak so entsetzlich über die „Kuhhatz", daß es scheu wurde und den steilen Wiesen= abhang zur Tominska in ungeschlachten Sätzen hinabsprang. Es drohte in den schäumenden Bach zu fallen.

Ein junger Bauer, der vom jenseitigen Ufer die Ge= fahr gewahrte, in welcher sowohl das Tier als dessen Hüterin schwebte, stürzte sich mutig in die Tominska, durchkreuzte die schäumenden Wasserwirbel und kam denn auch noch zurecht, um das Kalb, das die steile Uferböschung hinabkollerte, aufzufangen und obendrein das schöne Mäd= chen, unter deren Gewicht die überhängenden Weidenbüsche sich gebogen hatten. Trotz der kühnen That lagen aber nun alle drei süß vereint im Flußbett. Und merkwürdiger= weise entflammten sich im kalten Tominskawasser die Herzen der jungen Leute, die sich fest umschlungen hielten, in solch intensiver Art, daß seit jenem Augenblick das Liebesfeuer der beiden schier unauslöschlich wurde.

Der Retter der blonden Neza Bohinj, deren Augen mit des Isonzos vielbewundertem und staunenswertem Lazurblau wetteiferten, war Josip Krojac, genannt Dol= golin — der lange Lümmel —, wie man den außergewöhn= lich großen Menschen bereits als vierzehnjährigen Jungen zu seiner nicht geringen Verzweiflung schimpfte.

Er war erst vor kurzem vom Militär heimgekommen.

Seine Größe war sein herbster Schmerz, hauptsächlich weil
er deshalb kein Weib bekam. Er wollte sich, dem Brauch
und der Sitte gemäß, nun er militärfrei war, mit oder
ohne Liebe verheiraten, um seiner alten Mutter, der Witwe
des so rätselhaft ums Leben gekommenen Gospod Miha,
eine junge Kraft ins Haus zu schaffen. Doch in der Hei=
mat wollten die Bäuerinnen nichts von ihm wissen, er
war ihnen allen zu lang.

Das Schicksal hatte ihm nun eine gar prächtige Dirne
buchstäblich in die Arme geworfen, aber ob sie ihn wollte,
war die große Frage, die ihm Schlaf und Appetit raubte.

Die jungen Leute sahen sich zwar täglich — Josip mußte
sich doch nach dem geretteten Kalb erkundigen —, allein
ein entscheidendes Wort auszusprechen, wagte der baum=
lange Mensch nimmermehr.

Da kam das Kirchweihfest, das mit allerlei Belustigungen
und öffentlichem Tanz am Tolmeiner Hauptplatz gefeiert
wurde. Bei dieser Gelegenheit wollte sich Josip Krojač
ein Herz fassen und mit seiner Werbung herausrücken.
Ein Strauß frischer Genzianen und schneeigen Edelweißes,
das er auf der Berghöhe für Neza gepflückt, sollte ihm
den Weg bahnen. Sie hatte sich auch die seltenen Blumen
vorgesteckt und sah entzückend aus in ihrem Tanzstaat.
Neza war minder bunt als die anderen Bauerndirnen er=
schienen, aber immerhin auffallend genug, um aller Augen
auf sich zu lenken, in ihrem grellblauen Kleid und gelben,
lang befransten Halstuch, samt steifer, gelb= und blau=
schillernder Seidenschürze. Eine dicke Goldkette schlang sich
zweimal um den Hals der koketten Bauernmaid, die recht
gut wußte, daß keine andere Bäuerin mit solch einer
prächtig großen, nach ländlichen Begriffen wunderschönen,
wenn auch höchst plumpen Brosche samt dazu passenden
Ohrgehängen stolzieren konnte. Das Liebste war ihr aber
doch der Alpenblumenstrauß ihres Josip. Deshalb trat

fie benn auch freudig mit ihm zum Tanze an, was fofort
ben Neib eines dickköpfigen Burfchen hervorrief, der fchon
lange ein Auge auf Neza und auf ihre Bazen geworfen
hatte.

Aber auch die „Städtifchen“ blickten dem blonden Bauern=
mädel, das fich fo rafch und fefch im Tanze drehte, be=
gehrungsvoll nach.

„Eine Tour könnte man ja allenfalls riskieren,“ meinte
ein junger Referendar und that der Bauernbirne die Ehre
an, fie zum Tanze aufzuforbern.

Der ländlichen Sitte gemäß gebührt dem jeweiligen
Tänzer der ganze Tanz, der eben gefpielt wird. Der junge
Herr fchien dies nicht zu wiffen ober nicht zu beachten,
und da Neza es bereut hätte, fich den feinen Tänzer ent=
gehen zu laffen, nahm fie den Antrag an, während Jofip
fich gerabe die trockene Kehle mit dem famofen Wein des
Krajnerwirtshaufes labte.

Der Dickköpfige, dem Neza die nächfte Polka abge=
fchlagen hatte, fah fie die ungehörige Tour tanzen und
eilte fofort zu Jofip, um feine Eiferfucht gründlich zu ent=
fachen.

Jofip war ein gutmütiger Menfch und befaß durchaus
nicht den Charakter feines toten Vaters, doch deffen Jäh=
zorn hatte er leider geerbt. Er fühlte den Schimpf dop=
pelt, da die Burfchen ihn damit neckten, daß ihm nun die
letzte Hoffnung, ein Weib in der Heimat zu finden, ver=
loren ginge.

„Die Neza nimmt dich auch nicht!“ fpöttelten fie. „Bift
halt der — Dolgolin!“

Dies Wort, das ihm fchon in den Kinderfchuhen ein
Greuel gewefen, traf ihn wie ein Fauftfchlag. Ueberdies
vermochte der großmächtige Menfch nicht viel mehr als ein
Kind zu trinken. Der Dickköpfige forgte jedoch hierfür,
daß Jofips Glas, nach welchem er in der Hitze des Ge=

spräches mehr denn ratsam gegriffen, stets gefüllt war.
Wie Feuer stieg ihm die Wein= und Zornlohe zu Kopf.

Inzwischen war es dunkel geworden, und die farbigen
Lampions, durch welche der etwas erhöhte, mit Fahnen
und Tannenreisig geschmückte Tanzboden beleuchtet wurde,
flammten, von hurtigen Händen entzündet, urplötzlich aller=
seits auf und beleuchteten den Tanzboden samt all den
vielen im Reigen sich drehenden Paaren.

Durch das vergitterte Fenster der Wirtsstube sah Josip,
wie Neza, die vergebens auf ihren Tänzer gewartet, sich
anschickte, auch eine zweite Tour mit dem Stadtherrn zu
tanzen. Das durfte sie aber nun und nimmermehr!

Einem Rasenden gleich stürzte Josip hinaus und stand
in wenigen Sätzen seiner langen Beine hinter dem ahnungs=
losen Herrn. Neza, die ihren Tänzer kommen sah, wollte
den Usurpator auf gute Art los werden und sprach in
schämiger Verwirrung, ohne Hintergedanken, die geheimen
Regungen ihrer Mädchenseele verratend: „Mit Verlaub,
Herr, da kommt mein Dolgolin!"

Dies furchtbare Wort aus Nezas Munde raubte dem
Armen schier den Verstand und ließ ihn das verheißungs=
volle „mein", das der fatalen Benennung vorangegangen,
gänzlich überhören.

„Gieb ihr's ordentlich!" raunte ihm der Dickköpfige,
der Josip gefolgt war, ins Ohr. „Weißt du denn nicht,
daß sie die Enkelin des Mörders deines Vaters ist?"

Ein furchtbarer Wut= und Wehescherei zugleich tönte von
Josips Lippen. Auch Neza schrie beim Anblick Josips,
dessen Augen erschreckend rollten, entsetzt auf und stützte
sich unwillkürlich auf ihren galanten Stadttänzer. Doch
schon schlug ihm Josip den seinen Strohhut ein und riß
mit der anderen Hand Neza von ihm los. Die Flut von
Schimpfworten, die von des Rasenden Lippen floß, endete
damit, daß er die heißgeliebte und nun doppelt verhaßte

Neza vor all ben vielen Menschen als treulose Mörder=
brut verfluchte und ber rohen Bauernsitte gemäß vor ihr
ausspie.

Der Dickköpfige legte sich nun ins Mittel, um sich die
geschmähte Dirne zu verpflichten, was Josip jedoch auch
nicht bulbete.

Eine Balgerei und Schreierei entstand, bie sogar bie
ohrenzerreißende ländliche Blechmusik übertönte, und so arg
warb bie Rauferei, baß sich bie Genbarmerie ins Mittel
legen mußte. Und so enbete bas Fest mit einem grellen
Mißklang.

5.

Was ber boshafte Bauer seinem glücklichen Nebenbuhler
verraten, war nur zu wahr. Neza war Jvan Mobrejis
Enkelkind.

Daburch, baß Josip so lange und zwar freiwillig, um
bem Gespött über seine lange Gestalt auszuweichen, beim
Militär gewesen, waren ihm bie Verhältnisse ber Heimat
ziemlich fremb geblieben. Auch verkehrte er nach seiner
Rückkehr wenig mit ben jungen Burschen, benen er ben
„Dolgolin" noch immer nachtrug.

Neza hielt sich als halbe Städterin, bie besseren Ver=
kehr genossen, ziemlich fern von ihresgleichen, so baß beiden
ihre Abkunst und bas damit verbundene grausam trennende
Schicksal nicht bekannt war. Erblich schien aber ber Haß
nicht zu sein, benn bie beiden jungen Leute liebten sich
aufrichtig und litten weit mehr unter bes Schicksals Tücke,
als in Erinnerung bes häßlichen Auftrittes auf dem Tanz=
platz.

Am zweiten Morgen banach wurde Josip burch ein
starkes Pochen an seiner Kammerthür erweckt. Als er bie
Augen öffnete, stand ber ehemalige, nun zum Pfarrer vor=
gerückte Kaplan bes Tolmeiner Sprengels vor ihm und

forberte ihn auf, unverzüglich mit ihm nach Cabra hinauf-
zugehen, da der greise Ivan Mobreji ihm Wichtiges zu
sagen habe.

„Wie, ich sollte zum Mörder meines Vaters gehen?"
rief Josip in zornigem Staunen.

„Du mußt!" beschwichtigte seine alte Mutter, die durch
eine andere Thür eingetreten war, um dem Sohne einen
Morgenimbiß zu bringen. „Der Starc steht in zu großem
Ansehen, um seinem Rufe nicht zu folgen. Auch glaubte
ich niemals recht an die Mordgeschichte. Eher — eher —"
das Weib schien etwas hinunterzuwürgen, das sie offenbar nicht aussprechen wollte.

„Recht so, Ursa," half ihr der Pfarrherr aus der Klemme.
„Man darf seine Nebenmenschen nicht grundlos beschul-
digen. Und du, Josip, folgst mir auf dem Fuße!"

Dies ward so streng ausgesprochen, daß Josip Krojač
unverzüglich seine langen Beine in Bewegung setzte und
mit dem energischen Priester nach Cabra ging.

Zitternd und zagend trat er vor den als Mörder seines
Vaters verrufenen Greis.

Ivan Mobreji hub ohne jegliche Einleitung sofort an:
„Man sagte mir, Josip Krojač, daß du an meinem armen
Enkelkind dich schwer vergangen hast. Weswegen?"

„Weil — weil —" stotterte der Riese, „weil Neza
meinen Tanz mit — mit einem anderen getanzt hat."

„So? Man sagte mir aber, daß ein anderer, schreck-
licher Grund dich dazu bewog!"

„Nein, o nein!" entquoll es Josip aus aufrichtigem
Herzen, „Neza ist doch unschuldig an dem Morde, der
mich verhindert, sie zu heiraten, aber nicht, sie zu lieben!"

„Bist ein braver Bursche!" sagte Ivan Mobreji, und
nach einem verständnisinnigen Blick mit seinem Beicht-
vater fuhr er enthusiastisch fort: „Dies edle Wort aus
deinem Munde löst das Siegel meiner Lippen: Wisse, daß

dein Vater mein Todfeind war, und nicht ich der seine.
Er wollte morden, der Schatten seiner Hände verriet es
mir, und ich fiel im Schreck auf meine Kniee, worüber er
das Gleichgewicht verlor. Gott gebe, daß der Höllenschlund
ihn nicht ebenso sicher verschlungen hat, wie der gähnende
Abgrund. Täglich bete ich für sein Seelenheil und stiftete
auch eine Messe zum Todestag seines schrecklichen Endes.
Auf daß die Schande seine arme Witib und dein unschul-
diges Haupt nicht treffe, schwieg ich. Nur Hochwürden
hier wußte darum."

„O Starc, Starc, guter, lieber Starc!" schluchzte Josip
zu des Greises Füßen, ohne recht zu wissen, daß er dem
hochherzigen Manne den Spitznamen seines Unglücks gab.

In seiner Ueberschwenglichkeit überhörte er auch die
feierliche Wahrheitsbekräftigung des Gesagten seitens des
Pfarrherrn, der nicht minder erregt war, als in jener un-
vergeßlichen Stunde, in welcher Jvan Mobreji ihm unter
dem Siegel der Beichte das Schreckliche anvertraut hatte.
Der Pfarrherr selbst hatte damals dem Unglücklichen geraten, seinem edlen Vorsatz gemäß den Mordanschlag zu
verschweigen.

Der treuen Anza Verwunderung ob der Wendung der
Dinge raubte ihr die Sprache. Sie fand keine Worte
für das Martyrium, dem sich ihr Gatte ob des un-
bescholten zu erhaltenden Andenkens eines Ruchlosen unter-
zogen.

„Steh auf, Josip, und freie nun um Neza, denn es
besteht kein Hindernis zwischen euch," schloß Jvan Mobreji
mit patriarchalischer Würde.

„Sie nimmt mich nicht, sie nimmt mich nicht!" jam-
merte Josip, den diese verheißungsvollen Worte empor-
schnellen ließen.

„Weshalb sollte sie dich nicht nehmen?"

„Erstens, weil mich die Weiber nicht wollen, weil —

weil ich ihnen zu groß bin; und hauptsächlich, weil ich sie töblich beleibigt habe. Sie kennt städtische Sitte und weiß, was Ehre ist. Ich Unglücksmensch habe sie aber auf öffentlichem Platze verflucht. Dies verzeiht sie mir noch vielleicht; aber — aber — ich habe auch vor ihr ausgespieen."

„Dies scheint eine üble Familiengewohnheit zu sein," unterbrach ihn Ivan; „denn ich mußte dasselbe seitens beines Vaters erbulben und hab' ihm doch als Christ verziehen. Neza ist Blut von meinem Blut, und ein gutes frommes Ding: sie wird auch verzeihen."

„Niemals! Außer — außer Ihr legt unsere Hände ineinander, Ivan Mobreji."

„Das soll geschehen, mein Sohn. Ruft mir die Neza, damit ich euch segne und der einstige Haß zwischen unseren Familien auf ewig begraben werde."

Und so geschah es. Ivan Mobreji lebte noch lange genug, um Urenkel, die Kinder Josips und Nezas, um seinen Rollstuhl spielen zu sehen.

Aus den Reichslanden.

Zwei Elsässer Städtebilder.   Von Gustav Mayfeldt.

Mit 17 Illustrationen.   (Nachdruck verboten.)

Das seit nunmehr dreißig Jahren als deutsche Grenzmark wiedergewonnene Elsaß ist nicht nur eines der schönsten und fruchtbarsten Länder Deutschlands, sondern auch reich an bedeutenden geschichtlichen Erinnerungen, an Kunstdenk= mälern und interessanten Städten.   In dem reichen Kranze der letzteren steht obenan S t r a ß b u r g , die „wunder= schöne Stadt", die Königin des Oberrheins, durch deren Straßen wir den geneigten Leser zunächst im Geiste einen Rundgang machen lassen wollen.

Die Hauptstadt von Elsaß=Lothringen, die zugleich auch eine Festung ersten Ranges ist und nach der jüngsten Volkszählung 150,268 Einwohner hält, liegt 45 Kilometer östlich von der französischen Grenze, an der unterhalb der Stadt in den Rhein mündenden Jll im tiefsten Teil der Rheinniederung.   Mit dem Rhein steht Straßburg durch den Rhein=Marne=Kanal in Verbindung.   Von welcher Seite wir auch uns der Stadt nähern, überall winkt schon aus der Ferne uns die herrliche Pyramide des Münsters entgegen, wie auf der Ansicht S. 137 S t r a ß b u r g   v o n

Strassburg von der oberen Jll.

der oberen Jll, wo links von ihr die romanischen
Türme der Thomaskirche emporragen.

Dem Münster gilt auch in erster Linie unser Besuch,
nachdem wir auf dem 1883 eröffneten Hauptbahnhofe im
nordwestlichen Stadterweiterungsgebiet dem Zuge entstiegen
sind, um nun unsere Wanderung durch die Stadt anzu=
treten, die sich in die Altstadt und die Neustadt gliedert.
Die Kunst der Jahrhunderte hat an dem erhabenen Münster
gebaut, so daß sich an ihm nach den verschiedenen Ab=
stufungen im Baustil die Entwickelung der mittelalterlichen
Baukunst vom frühromanischen bis zum spätgotischen Stil
verfolgen läßt.

In der Krypta, deren Ostteil aus dem Anfang des
11. Jahrhunderts stammt, im Chor und Querschiff zeigen
sich noch romanische Formen. Das 1275 vollendete Lang=
haus gehört dem frühgotischen Stile an, die westliche
Vorderseite, 1277 bis 1365 bis zum zweiten Stockwerk unter
Meister Erwin von Steinbach aufgeführt, und der 142 Meter
hohe, 1439 vollendete Turm, dessen schlanke Steinpyramide
so leicht und luftig himmelwärts emporsteigt, gehören
der Blütezeit gotischer Baukunst an. In den Jahren
1772 bis 1778 wurden die an das Langhaus angebauten
Verkaufsbuden durch spätgotische Arkaden ersetzt; 1878
ward die romanische Vierungskuppel ausgebaut.

Das Innere des Münsters ist 110 Meter lang
und 41 Meter breit, das von zwei Seitenschiffen flankierte
Mittelschiff 30 Meter hoch und der innere Flächenraum
4087 Quadratmeter groß. Es enthält schöne Glasmalereien
und außerdem als besonders hervorragende Kunstwerke den
Taufstein von 1453, die Kanzel von 1485 und an der
Ostwand des Querschiffes die berühmte astronomische Uhr,
die bereits in der Mitte des 14. Jahrhunderts vorhanden
war und 1839 bis 1842 durch den Straßburger Mechaniker
Schwilgué erneuert wurde.

Das Innere des Münsters.

Wenn wir das Münster, an der einst zu den „sieben
Wundern Deutschlands" gezählten Uhr vorübergehend, durch
das Südportal verlassen, so stehen wir dem um 1581 ent=
standenen Frauenhause gegenüber. Sein Name deutet dar=
auf hin, daß es das Archiv und die Verwaltungsräume
des Münsters „Unserer lieben Frau" enthält. Nachdem
man nun um das Gebäude herumgeschritten ist, gelangt
man durch eine enge Gasse auf den malerischen F e r k e l =
m a r k t mit seinen altertümlichen Häusern. Mit ihrer hin=
teren Ecke stößt an den Ferkelmarkt d i e G r o ß e M e t z i g,
in deren Erdgeschoß ehedem die ehrsamen Frauen und
Töchter der Metzger ihre Stände hatten; jetzt dient es als
Markthalle. Unser Bild auf S. 142 zeigt den Bau vom
anderen Ufer aus aufgenommen im winterlichen Kleide;
über dem Haupteingang sieht man die vereinigten Wappen
der Stadt Straßburg und des Kunstgewerbes, seitdem in
den oberen Räumen die Kunsthandwerkerschule und das
neue Kunstgewerbemuseum Unterkunft fanden.

Auf dem Fischmarkt befindet sich das durch ein treff=
liches Bronzemedaillon gekennzeichnete G o e t h e h a u s, in
dem der junge Goethe, dem nun in der elsässischen Haupt=
stadt auch ein Denkmal errichtet werden soll, während
seiner Straßburger Studienzeit (1770—1771) gewohnt hat.
Wenige Schritte bringen uns auf den G u t e n b e r g p l a t z,
auf dem sich vor dem Renaissancebau der Handelskammer
das D e n k m a l G u t e n b e r g s, von David d'Angers
entworfen und 1840 gegossen, erhebt. Der Erfinder der
Buchdruckkunst hat von 1434 bis 1444 in Straßburg ge=
weilt und dort vermutlich die ersten Versuche in der neuen
Kunst angestellt, die er dann in Mainz zur Vollendung
brachte. Durch die an der Handelskammer vorüberführende
Schlossergasse gewahrt man den stumpfen Turm der prote=
stantischen St. Thomaskirche (1273—1290 an Stelle einer
älteren Kirche aufgeführt). In ihrem Chor befindet sich das

Der Ferkelmarkt.

schöne Denkmal, das Ludwig XVI. dem Marschall Moritz
von Sachsen († 1750) errichten ließ, eine Marmorgruppe

Die Grosse Metzig.

von Jean Baptiste Pigalle (1776), woran der Künstler
fünf Jahre lang gearbeitet hat.
    Auf öffentlichen Plätzen aufgestellt sind unter anderen

das Kleberdenkmal
und das Denkmal
des Generals De-
saix, das Krieger-
denkmal und der
Brunnen zur Erin-
nerung an die An-
kunft der Züricher
zum Freischießen
von 1576, mit Erz-
büste Fischarts von
Bergmann. Endlich
das Stöber-
denkmal, dem
Andenken an die
„drei Stöber" (den
Vater Daniel Stö-
ber, 1779—1835,
und die Söhne
August, 1808 bis
1884, und Adolf
Stöber, 1810 bis
1892) gewidmet,
die für die ganze
neue litterarische
Entwickelung des
Elsasses von größ-
ter Bedeutung ge-
wesen sind. Ent-
worfen wurde es

Das Goethehaus.

von den Straßburger Architekten Berninger und Krafft.
Die hohe Säule aus weißem Vogesensandstein trägt am
Sockel die nach Modellen des Ziseleurs Eberbach geschaffe-
nen Bronzemedaillons der drei Elsässer Schriftsteller.

Ungemein malerisch ist die Partie an der Ill von
der Rabenbrücke aus. Wenn wir diese überschreiten
und flußaufwärts gehen, so gelangen wir in den Teil der

Gutenbergplatz mit dem Gutenbergdenkmal.

Altstadt, wo einstmals der Handels- und Fremdenverkehr
seinen Mittelpunkt hatte. Namentlich das sogenannte
Kleine Frankreich und die kleinen Gäßchen gegen
die Langstraße hin weisen noch ganz den Charakter der
Mitte des 15. Jahrhunderts auf.

Einen durchaus anderen Charakter wie die Altstadt, deren Straßen mit Ausnahme der längs der Wasseradern sich hinziehenden meist eng sind, hat die Neustadt mit

Das Stöberdenkmal in Strassburg.

ihren zahlreichen prächtigen Monumentalbauten aufzuweisen. Gerade zwischen Alt= und Neustadt erhebt sich das statt= liche neue Reichspost= und Telegraphengebäude. Unweit davon der Kaiserpalast und ihm gegenüber die Gebäude des Landesausschusses und der Universitäts= und Landes=

bibliothek. Ein hervorragend schöner Monumentalbau ist auch der neue Justizpalast.

Die 1884 eingeweihten Bauten der Kaiser Wilhelms-Universität liegen zum Teil vor dem ehemaligen Fischer-thor und zum Teil (die medizinischen Bauten) beim Bürger-spital. In der hintersten Ecke des Universitätsgartens befindet sich ein zwar nur kleiner, trotzdem aber bemerkens-werter Bau: nämlich die nach den Vorschlägen des Straß-burger Geographen Professor Gerland von dem Deutschen Reiche eingerichtete Hauptstation für Erdbeben-forschung. Sie bildet den wissenschaftlichen Mittelpunkt für ein über die ganze Erde ausgedehntes Netz solcher Beobachtungsstationen, die alle ihre Ergebnisse nach Straß-burg einsenden, wo alsdann die einheitliche wissenschaft-liche Verarbeitung stattfindet.

Von der Hauptstadt Elsaß-Lothringens bitten wir den geneigten Leser, uns nunmehr nach dem am Fuße des Vogesengebirges gelegenen Kolmar zu folgen. Diese Stadt ist nicht nur der Mittelpunkt des elsässischen Wein-baues und Weinhandels, sondern ihre Straßen bieten gleich denen von Alt-Straßburg auch in reicher Fülle jene unser Gemüt anheimelnden Bilder, wie sie allen ehemaligen deutschen Reichsstädten eigen zu sein pflegen.

Die Hauptstadt des Bezirks Oberelsaß, die gegenwärtig über 30,000 Einwohner zählt, liegt am Ausgange der gewerbfleißigen Thäler von Sulzmatt, Münster und Kaysers-berg und an der Lauch, die hier den von der Fecht ab-geleiteten Logelbach aufnimmt. Mit dem Rhein-Rhone-Kanal steht sie durch einen Zweigkanal in Verbindung.

Urkundlich kommt Kolmar zuerst in einer Schenkung Ludwigs des Frommen aus dem Jahr 823 vor. Ganz in der Nähe liegt das „Lügenfeld", auf dem jener un-glückliche Kaiser mit seiner Gemahlin Jutta am 29. Juni

Partie an der Jll von der Rabenbrücke aus.

888 in die Hände seiner feindlichen Söhne Lothar und
Pipin fiel, die sein Heer zum Abfall verleitet hatten und
den Vater dann in ein Kloster nach Soissons bringen
ließen. 884 hielt Karl der Dicke einen Reichstag in Kol-

Aus dem alten Strassburg: Partie im Kleinen Frankreich.

mar ab, das 1220 durch den hohenstaufischen Landvogt
Wölfelin Stadtrechte und Mauern erhielt und 1226 durch
Friedrich II. freie Reichsstadt wurde. Es bekam ein Rats=
kollegium, und neben den königlichen Schultheiß trat im
14. Jahrhundert ein Bürgermeister. Sein Stadtrecht empfing
Kolmar im Jahre 1278 von Rudolf von Habsburg, und
jenes wurde dann ein Muster für viele andere Städte;

1285 wurde die Stadt aber von demselben Herrscher be=
lagert, weil sie sich weigerte, die geforderten Steuern zu
zahlen. Desgleichen sah sich Adolf von Nassau 1293 durch
die Feindseligkeit des Schultheißen Röffelmann und seines
Verbündeten Anselm v. Rappoltstein zu einer längeren Be=
lagerung genötigt, die mit der Einnahme der Stadt endete.

Der neue Justizpalast in Strassburg.

Im 14. Jahrhundert trat Kolmar dem Bunde der zehn
elsässischen Reichsstädte bei und gedieh zu solcher Macht,
daß es 1447 dem gefürchteten Herzog Karl dem Kühnen
von Burgund, der durch Kauf Herrscher des Elsaß ge=
worden, trotzig und mit Erfolg seine Thore verschließen
konnte; auch an den Schlachten gegen Karl in den Jahren
1476 und 1477 nahm es tapferen Anteil. In der schlim=
men Zeit des Dreißigjährigen Krieges eroberten 1632 die
Schweden unter General Horn die Stadt, mußten sie

jedoch wieder räumen. 1635 fiel fie in die Hand der
Franzofen, die nach dem Weftfälifchen Frieden indeffen
wieder abzogen. 1673 befetzten fie Kolmar unter Louvois
von neuem und fchleiften die jetzt in hübfche Promenaden
umgewandelten Feftungswerke. Der Friede von Nim=
wegen (1678) beftätigte die Abtretung der deutfchen Reichs=
ftadt an Frankreich, bei dem es fortan bis 1871 verblieb.
        Nach diefer kurzen gefchichtlichen Rückfchau kehren wir
nun zur Gegenwart zurück und beginnen unfere Wan=

Die Strassburger Hauptstation für Erdbebenforschung.

berung. Am Bahnhof ift ein ganz neuer Stadtteil ent=
ftanden; dort befinden fich auch das ftattliche Gebäude des
Bezirkspräfidiums (die ehemalige Präfektur), der Waffer=
turm und das Marsfeld, das nicht mehr militärifchen
Zwecken dient, fondern mit herrlichen Bäumen bepflanzt
und mit fchönen Anlagen gefchmückt ift. Hier erheben fich
auch die Denkmäler des Generals Rapp und des Admirals
Bruat, die beide aus Kolmar gebürtig waren. Die feine
Welt wohnt natürlich in den Villen, die an der Peripherie
der Stadt fich hinziehen; die „große Allee" des Marsfeldes
aber geleitet uns in das „Gewinkel", das im Inneren vor=
herrfcht.

Kolmar: Scenerie an der Lauch.

Das eigenartigſte Bild des alten Kolmar gewährt die
Scenerie an der Lauch, neben der ſich ein ſteinerner
Gang hinzieht, an deſſen Rande gewöhnlich Wäſcherinnen

am Werke sind; sodann der **Kornmarkt**, auf dem
im Schatten des hohen Chores von St. Peter die mit
Getreidesäcken beladenen Wagen abgeladen werden. Hinter
den altertümlichen Häusern im Hintergrunde ragt der ganz
eigenartig gestaltete Turm des Münsters oder der katholischen Pfarrkirche zu St. Martin empor. Der imposante
Bau, an dem man die ganze Entwickelung der Gotik verfolgen kann, stammt aus dem 14. Jahrhundert. Herrlich
ist die Aussicht vom obersten Gange des St. Martinturmes,
der „Hexenplatz“ geheißen, weil auf ihm nach dem Volksglauben ehedem die Hexen des Landes in der Walpurgisnacht ihre Versammlung abhielten.

Schön ist das Portal des alten Gotteshauses, das
Innere aber sehr einfach, denn auch hier hat einst der
Bildersturm gewütet und in den stürmischen Zeiten der
großen französischen Revolution eine „Göttin der Vernunft“
auf dem Altar gethront. Damals schrieb der Dichter Gottlieb Konrad Pfeffel (1736—1809), auch ein Kolmarer
Stadtkind, dessen Andenken ein Denkmal gewidmet ist:

„Ein Tempel der Vernunft soll unsre Stätte zieren?
    Recht schön; doch macht' ich gern in Unterthänigkeit
    Die kleine Motion, eh' man ein Haus ihr weiht,
    Erst die Vernunft zu betretieren.“

Der neue Hochaltar in gotischen Formen ist ein Meisterwerk der Holzschnitzerei von dem Kolmarer Klem, und die
Sakristei enthält einen der edelsten Schätze altdeutscher
Kunst: die sogenannte „Maria im Rosenhag“ von Martin
Schongauer, der in Kolmar gelebt hat und hier auch am
2. Februar 1499 gestorben ist. Man hat ihn oft den
größten deutschen Maler des 15. Jahrhunderts genannt,
dessen Ruhm sich weit über die Grenzen seines Vaterlandes
hinaus verbreitete.

Bis zum Anfange unseres Jahrhunderts vollzog sich
der Kolmarer Getreidehandel in der an anderer Stelle im

Kolmar: Der Kornmarkt.

Jahre 1480 errichteten, nun verschwundenen Korn= oder
Fruchtlaube, an deren Ecke auch der Pranger für die Misse=
thäter errichtet war. In dem gleichen Jahre wie die
Kornlaube wurde das schöne Kaufhaus aufgeführt, eine

Renaissanceportal am Hause der „Ackerleutzunft".

der hervorragendsten Profanbauten der Stadt, in dem massige Kraft sich mit großer Zierlichkeit verbindet. Das Kaufhaus diente zuerst als Zoll- und Niederlagstätte, später

Der Kamin des Wagkeller.

hielt der Rat der Stadt seine Sitzungen darin ab, bis er
1532 diese in den neuerbauten Wagkeller verlegte, über
dessen Eingang das Sinnbild der Gerechtigkeit, die Justitia
mit der Wage, zu sehen war. Im Erdgeschoß des Kauf=
hauses wurde dann die Folterkammer eingerichtet; gegen=
wärtig dient es als Turnsaal.

Hinter dem Kaufhaus steht der **n e u e S c h w e n d i =
b r u n n e n**, ein Werk des aus Kolmar gebürtigen Pariser
Bildhauers Fr. A. Bartholdy, von dem die Kolossalstatue
der Freiheit in New York herrührt, und der auch das Rapp=
monument und die später zu erwähnende Schongauerstatue
in seiner Vaterstadt geschaffen hat. Auf einem Unterbau
von steinernen Bogen erhebt sich das einfache Postament,
und darauf steht ein gewappneter Ritter mit einer Traube
in der Hand: Lazarus v. Schwendi (1522—1584), einer der
hervorragendsten Kriegs= und Staatsmänner des 16. Jahr=
hunderts. Seit 1546 in den Diensten Kaiser Karls V.,
zeichnete er sich durch Tapferkeit wie durch diplomatische
Tüchtigkeit so aus, daß er bei der vergeblichen Belagerung
von Metz vom Kaiser zum Ritter geschlagen und gleich=
zeitig auch mit dem kaiserlichen Hofratstitel und den Ehren=
rechten des Palatinats (Amt und Würde eines Pfalz=
grafen) ausgestattet wurde. Von 1564 bis 1568 stand
Schwendi an der Spitze der deutschen Streitkräfte in Ungarn,
und von dort soll er die ersten Tokayertrauben nach dem
Elsaß gebracht und diese fremden Reben hier angepflanzt
haben.

Nicht fern von der jetzt zur Kornhalle eingerichteten
frühgotischen ehemaligen Dominikanerkirche befindet sich
das ehemalige, 1232 bis 1239 erbaute Dominikanerkloster
Unterlinden, neben dem das erwähnte Denkmal des Fabel=
dichters Pfeffel von Friedrich steht. Die teils wohl=
erhaltenen, teils wiederhergestellten Räume des Klosters
bilden das Museum der Stadt mit ausgezeichneten Samm=

lungen und der 80,000 Bände umfassenden städtischen
Bibliothek. Hinter seinen Mauern fließt der Logelbach

Der neue Schwendibrunnen in Kolmar.

vorüber, der sich mit der Lauch vereinigt. Höchst malerisch
wirkt der Kreuzgang, der einen alten Friedhof umschließt,
mit der Statue Schongauers.

Das Museum birgt außerordentlich reiche Schätze an

Pergamenten und Büchern, Malereien und Skulpturen, darunter mehrere große Gemälde von Schongauer, Bilder von Dürer, und den herrlichen St. Antoniusaltar aus dem Kloster Isenheim. Bemerkenswert ist auch der Kamin des oben genannten Wagkellers mit dem Schmucke seiner Fürstenbilder, Wappen und symbolischen Gestalten.

In der mittelalterlichen Zeit scheint die enge Krämer-gasse mit ihren in jedem oberen Stockwerk weiter vor-gebauten Häusern die Hauptverkehrsader der Stadt gewesen zu sein. Ein wahres „Schatzkästlein“ ist das Pfisterhaus an der Ecke der Krämer- und Goldschmiedegasse mit seiner lauschigen Galerie und dem kecken Türmchen mit seiner Wendeltreppe und seinem Helm, der fast einem Eisenhute gleicht. Nicht minder anziehend wie dieses altdeutsche Wohn-haus ist ein altfranzösisches, das Eckhaus an der Schädel- und Schongauerstraße, das dort im Jahre 1538 ein Ein-wohner aus Besançon sich hat erbauen lassen.

Prächtig ist das Renaissanceportal am Hause der „Ackerleutzunft“ mit der kecken Inschrift:

„Eh' veracht,
Als gemacht.
1626.“

Von außerordentlicher Zierlichkeit sind Portal und Erker des nunmehrigen Polizeikommissariats, das, nach dem Wappenschild zu urteilen, ehedem das Heim einer kolmarischen Patrizierfamilie gewesen sein muß. So viel Malerisches auch infolge von Straßendurchbrechungen und Abbrüchen bereits aus der Stadt verschwunden ist, so bietet eine Wanderung durch ihre Straßen doch noch immer des Anziehenden und Anmutenden aus alter Zeit genug.

Zum Schluß sei noch erwähnt, daß das Kolmar der Gegenwart infolge seiner günstigen Lage der Stapelplatz eines außerordentlich regen Binnenhandels ist; ferner be-

Polizeikommissariat in Kolmar.

steht bedeutender Gemüse-, Hopfen- und Weinhandel, sowie
Ausfuhr von Gänseleberpasteten. Unter den weinbau-
treibenden Gemeinden von Elsaß-Lothringen steht die Stadt
bezüglich des Umfangs der bebauten Fläche (1100 Hektar)
sogar an allererster Stelle. Ganz passend steht daher
auf dem Springbrunnen der städtischen Markthalle als
modernes Symbol der alten Reichsstadt ein Winzer mit
seinem Hündlein, der fröhlichen Mutes sein „Weinlegel"
zum Trunke erhebt.

Nicht bei Stimme.

Hygieinische Winke für Gesangsfreunde.

Von Dr. Fr. Parkner.

(Nachdruck verboten.)

Singe, wem Gesang gegeben!" Dieser Aufforderung des Dichters dürfte wohl nirgends eifriger Folge geleistet werden als in Deutschland, wo in Tausenden von Vereinen die edle Sangeskunst liebevolle Pflege findet. Im geraden Gegensatz zur Verbreitung der Gesangspflege steht aber die Kenntnis der mannigfachen Gefahren und Schädlichkeiten, welche die Leistungsfähigkeit der Gesangsorgane mehr oder weniger beeinträchtigen, und so kommt es denn häufig, daß ein Sänger gerade an dem Abend, an dem er vor seinen Freunden und Bekannten eine Probe seines Könnens ablegen will, scheinbar unerklärlicherweise von dem Mißgeschick befallen wird, daß er nicht bei Stimme ist. Unter diesen Umständen dürfte es für alle Freunde der Gesangskunst von Interesse sein, darüber hygieinische Fingerzeige zu erhalten, welche Einflüsse Schädigungen der Stimme herbeiführen und wie diese zu vermeiden sind.

Zunächst äußert schon die Ernährungsweise eine Rückwirkung auf die Beschaffenheit der Stimme. Denn wenn die eigentlichen Gesangstöne auch im Kehlkopf durch das

Schwingen der Stimmbänder erzeugt werden, so sind doch
auch diejenigen Organe, welche das Ansatzrohr des mensch=
lichen Stimmapparates darstellen, der über den Stimm=
bändern befindliche Kehlkopfraum, die Nachen= und Mund=
höhle, insofern an der Hervorbringung des Gesanges be=
teiligt, als hier die sogenannten Obertöne entstehen, die
dem Gesang seine Klangfarbe verleihen. Erleiden diese
Organe Störungen, so muß daher auch dem Wohlklang
der Stimme Abbruch gethan werden. Die Störungen, die
hier in Betracht kommen, beziehen sich in der Hauptsache
auf Veränderungen der Schleimhaut, mit der diese Körper=
teile und besonders die Nachenhöhle bekleidet sind. Da
die Nachenhöhle auch als Durchgang für die Nahrungs=
mittel dient, so kann ihre unzweckmäßige Beschaffenheit
auch einen schädigenden Einfluß auf die Nachenschleimhaut
ausüben.

Die Schädigung, welche die Nachenschleimhaut durch
die Nahrungsmittel erfährt, äußert sich zumeist in der
Form eines Katarrhs. Es ist bekannt, daß sehr kalte
Speisen und Getränke einen Katarrh der Nachenschleim=
haut hervorzurufen vermögen. Daher hat diese der Sänger
oder die Sängerin, wenn nicht immer, so doch wenigstens
einige Zeit vor der Gesangsaufführung zu meiden. Aber
nicht nur kalte, sondern auch heiße Speisen und Getränke
sind, was meist unbeachtet bleibt, geeignet, einen Katarrh
entstehen zu lassen, ja, man kann behaupten, daß diese weit
häufiger die Ursache eines Katarrhs sind, als zu kalte
Nahrungs= und Genußmittel. Denn die Gesangsabende
finden ja meist im Winterhalbjahr statt, und die niedrige
Temperatur, die sehr oft in den Räumlichkeiten herrscht,
in denen die Proben abgehalten werden, wird dann leicht
die Veranlassung, den Körper durch zu heißen Grog oder
Kaffee zu erwärmen. Die hohe Temperatur derartiger Ge=
tränke zieht aber eine sehr bedeutende Blutüberfüllung des

Rachens nach sich, durch die, wenn sich die Reizwirkung öfters wiederholt, die Rachenschleimhaut außerordentlich empfindlich gemacht wird, so daß schließlich ein Katarrh entsteht.

Nicht weniger schädlich für die Stimme ist die Verwendung von scharfen Gewürzen, wie Pfeffer, Paprika, Mostrich, Zwiebeln und Essig, bei den Speisen. Ebenso sind alle stark gesalzenen und scharf geräucherten Nahrungsmittel der Stimme unzuträglich. Der Gesangsfreund, der die Gesangskunst nur aus Liebhaberei ausübt, wird zwar, wenn er bei seiner täglichen Nahrung scharfe Gewürze bevorzugt, diese nur aus Rücksicht auf seine Stimme nicht vollständig von seiner Tafel entfernen wollen. Das ist aber auch nicht nötig. Vielmehr wird es für ihn genügen, wenn er wenigstens eine Woche vor dem Vortragsabend eine starke Würzung der Speisen vermeidet, damit sich die Rachenschleimhaut nicht gerade zur ungelegensten Zeit in einem Reizzustand befindet, durch den die Schönheit und Reinheit des Gesanges leiden. Erwähnt sei schließlich noch, daß auch Mandeln und Nüsse wegen des scharfen Oeles, das sie enthalten, nachteilig auf die Rachenschleimhaut einwirken.

Es ist bekannt, daß viele Berufssänger und Berufssängerinnen vor dem Auftreten das eine oder andere Mittel zu sich nehmen, von dem sie glauben, daß dadurch der Wohllaut ihrer Stimme verbessert wird. Auf die Stimmbänder, die eigentlichen Erzeuger der Töne, üben derartige Mittel einen Einfluß entschieden nicht aus, da sie mit ihnen nicht in Berührung kommen. Dagegen ist es immerhin möglich, daß sie auf die Rachenschleimhaut günstig einwirken und sie, wie es in der Fachsprache heißt, glätten. Sicher tragen sie aber zur Steigerung des Selbstvertrauens des Sängers bei, da er eben überzeugt ist, daß das von ihm erwählte Mittel die Stimme in der That verbessert.

Daher sagt auch der bekannte englische Arzt Morell Mackenzie,
eine Autorität auf dem Gebiete der Hygieine der Hals=
organe, von den stimmverbessernden Mitteln: „Sehr viele
dieser Dinge sind nichtig, aber es wohnt ihnen doch oft
eine Kraft inne, mit der der erfahrene Praktiker rechnen
wird. Ich rate deshalb stets den Sängern, bestimmte
Dinge, von denen sie glauben, daß sie ihrer Stimme nütz=
lich seien, ruhig weiterzugebrauchen, vorausgesetzt natür=
lich, daß es sich nicht um Stoffe handelt, die mittelbar
oder unmittelbar Schaden stiften können."

Am gebräuchlichsten ist zur Verbesserung der Stimme
unter den Berufssängern das Kauen getrockneter Pflaumen
oder das Verspeisen einer Apfelsine, der Genuß von rohen
Eiern oder der Gebrauch von Honig, Tragant, Obstgelees
und Bonbons. Einer gewissen Berühmtheit erfreut sich,
wie Professor Mandl vom Konservatorium der Musik zu
Paris mitteilt, unter den Opernsängern die Jenny Lind=
Suppe. Diese besteht aus Bouillon mit Sago, wozu man
vor dem Anrichten auf einen Liter zwei Eidotter und ein
viertel Liter Sahne einrührt und einen halben Theelöffel
Zucker und, wenn man will, etwas Gewürz hinzusetzt.

Von den Getränken wurde bereits erwähnt, daß hohe
Temperaturen schädlich sind. Aber auch ihr Gehalt ist
nicht gleichgültig. So üben starke alkoholische Getränke,
wie Liköre, schwere Weine und Biere, erfahrungsgemäß
einen sehr nachteiligen Einfluß auf die Halsorgane aus.
Weniger schädlich sind leichte Weine und Biere, wenn sie
mäßig genossen werden. Bei reichlichem Genuß sind aber
auch sie im stande, die Leistungen des Sängers zu ent=
werten, indem sie nicht nur Heiserkeit nach sich ziehen,
sondern auch Unsicherheit des Einsatzes und Fehlgreifen
in der Tonhöhe verursachen, da die Stimmbänder in ähn=
liche zitternde Bewegungen geraten, wie sie sich sichtbar
an den Händen und Fingern starker Trinker einstellen.

Das beste Getränk für den Sänger zu der Zeit, wo er sich vorbereitet und seine Tüchtigkeit erweisen will, ist reines Wasser. Daneben kann er aber auch natürliche Mineral= wässer, die nur einen geringen Kohlensäuregehalt haben, Fruchtsäfte, Milch, schwachen Thee und Kaffee, sowie Kakao genießen.

Was von den alkoholischen Getränken gesagt wurde, gilt im allgemeinen auch vom Tabakrauchen. Mäßiges Rauchen wird dem Sänger kaum schaden, ja, von mancher Seite wird es sogar als vorteilhaft erachtet. So äußerte sich der bekannte Tenor Albert Niemann, der stets ein Freund des Tabaks war, dessen herrliche Stimme aber bis ins Alter Glanz und Kraft bewahrte: „Es giebt kein besseres Mittel, die trockene Kehle leicht anzufeuchten, als einige Züge Tabak im Zwischenakt." Stärkeres Rauchen ist aber ohne Zweifel einem Gesangsfreund unratsam, zu= mal wenn er einen empfindlichen, leicht reizbaren Hals besitzt. Eine besonders große Reizwirkung auf die Schleim= häute üben das Zigarettenrauchen und das Rauchen durch die Nase aus. Jedenfalls sollte man stärkeres Rauchen unmittelbar nach einer Gesangsübung unterlassen, da der Stimmapparat zu dieser Zeit infolge der angestrengten Thätigkeit, die vorausging, sehr leicht schädlichen Ein= flüssen unterliegt.

Bezogen sich die bisherigen Verhaltungsmaßregeln dar= auf, wie im allgemeinen die Diät zu gestalten, und von den Genußmitteln Gebrauch zu machen ist, so mögen jetzt noch einige diätetische Winke folgen, die besonders für den Tag, an dem die Gesangsaufführung stattfindet, Geltung haben. Bei der Atmung wird bekanntlich nicht nur der Brustkorb erweitert und darauf wieder verengert, sondern auch das Zwerchfell, das die Scheidewand zwischen der Brusthöhle und der Bauchhöhle bildet, senkt sich nach unten oder rückt nach oben, je nachdem die Lunge Luft einzieht

ober ausstößt. Wird nun aber das Zwerchfell in seiner
Bewegungsfreiheit nach unten beschränkt, so leidet dadurch
die Ergiebigkeit der Atmung, da sich jetzt die Lunge nicht
genügend ausdehnen und hinreichend Luft aufnehmen kann.
Der Sänger muß aber, soll seine Stimme die gewünschte
Kraft haben, über eine kräftige Atmung verfügen, denn
durch die Luft, die aus der Lunge ausgestoßen wird, wer=
den ja die Stimmbänder des Kehlkopfes in Schwingungen
versetzt und die Töne erzeugt.

Zur Beschränkung der Bewegungsfreiheit des Zwerch=
fells trägt nun die Aufnahme von solchen Speisen bei,
welche wegen der ihnen eigentümlichen Gasentwickelung
die Baucheingeweide auftreiben. Sind die Därme stärker
aufgetrieben, so kann sich das Zwerchfell nicht nach unten
senken, und die Einatmung fällt unzulänglich aus. Zu den=
jenigen Speisen, die eine solche Auftreibung veranlassen,
gehören die Kohlarten und von den Hülsenfrüchten nament=
lich solche, die nicht enthülst sind. Bei manchen Personen
wirken auch Schwarzbrot, Mehlspeisen und Kartoffeln in
derselben Weise. Wer an sich eine derartige Erfahrung
gemacht hat, hat dann auch diese Nahrungsmittel an dem
Tage des Gesangsvortrages zu meiden.

Eine allgemein anerkannte Regel ist es ferner, daß der
Sänger nicht kurz vor dem Auftreten essen soll. Denn
wie zu jedem arbeitenden Organ, so wird auch zu dem
verdauenden Magen der Blutstrom in vermehrtem Maße
hingelenkt, und dieser Blutzufuhr zum Verdauungsapparat
entspricht eine gewisse Blutentblößung der übrigen Organe,
die sich namentlich beim Gehirn geltend macht. Aus diesem
Grunde ist der Mensch nach einer größeren Mahlzeit geistig
weniger regsam, eine Erscheinung, die sich beim Sänger
durch Mangel an Frische und Lebhaftigkeit des Vortrages
ausdrückt.

Am zweckmäßigsten ist es für den Sänger, wenn zwischen

der letzten größeren Mahlzeit und dem Singen zwei bis
drei Stunden Pause liegen. Unmittelbar vorher soll man
nach dem Rat des bereits erwähnten Lehrers am Kon=
servatorium von Paris, Mandl, nur ein paar Bissen Brot
oder ein Stückchen Schokolade genießen und den Mund
mit frischem Wasser ausspülen. Auch in den Gesangspausen
sollen nur kleine Mengen frischen Wassers genommen
werden, die vor dem Hinabschlucken einen Augenblick im
Mund behalten werden können, damit sie die erhitzte
Schleimhaut etwas abkühlen.

Daß auch diese Regel ihre Ausnahmen zuläßt, beweist
das Beispiel einer berühmten Sängerin der Neuzeit, die
gewohnt war, in ihrer Garderobe eine halbe Stunde vor
dem Auftreten zu Abend zu speisen. Sie aß in dem Kostüm,
das ihre Rolle erforderte, Hammelkotelettes und trank fast
jedesmal eine halbe Flasche Weißwein dazu. Darauf folgte
meist eine Zigarette, die erst im Augenblick des Auftretens
weggeworfen wurde. Allein für die große Mehrzahl der
Gesangsfreunde wird es besser sein, dieses Beispiel nicht
nachzuahmen, sondern die oben dargelegte Regel zu be=
folgen.

Eine große Gefahr für alle Sänger und Sängerinnen
bilden Erkältungen, da sie sehr leicht einen Kehlkopfkatarrh
mit größerer oder geringerer Heiserkeit nach sich ziehen.
In den meisten Fällen beruht der Katarrh auf einer starken
Abkühlung des Halses, wenn es auch möglich ist, daß eine
übermäßige Abkühlung der Füße oder eines anderen Körper=
teiles rückwirkend den Katarrh verursacht. Es muß daher
einem jeden Gesangsfreund daran liegen, namentlich einer
Halserkältung vorzubeugen. Die Gefahr einer Erkältung
des Halses wird aber wesentlich verringert werden durch
eine methodische Abhärtung des Halses. Sie hat, wie
alle Abhärtungsversuche, im Sommer zu beginnen, und
zwar damit, daß der Hals und die benachbarten Teile der

Bruſt und des Rückens tagtäglich mit Waſſer von mitt=
lerer Temperatur gewaſchen und darauf tüchtig trocken ge=
rieben werden.   Mit der fortſchreitenden Gewöhnung iſt
dann immer kälteres Waſſer zu nehmen, bis man endlich
bei einer Temperatur von 12 bis 10 Grad Reaumur an=
langt.   Hat man mit dem Abhärtungsverfahren den An=
fang im Sommer gemacht und es den Herbſt hindurch
regelmäßig fortgeſetzt, ſo wird man auch im Winter es
beibehalten können.   Dann wird die Haut des Halſes im
ſtande ſein, den Kälteeinwirkungen zu widerſtehen und den
inneren Halsorganen einen Schutz zu verleihen, durch den
eine Erkältung verhütet wird.

Alle die Geſangskunſt Ausübenden haben dieſen Schutz
um ſo nötiger, als ſie an dem Vortragsabend gezwungen
ſind, längere Zeit ſingend auf der kühlen und oftmals zugigen
Bühne zu verharren.   Härtet ein Geſangsfreund in der er=
wähnten Weiſe ſeinen Hals ab, ſo wird er auch nicht der
Verſuchung ausgeſetzt werden, ſeinen Hals zum vermeint=
lichen Schutze der Stimme ſtetig mit einem Halstuch zu
umgeben.   Denn ein ſolches Verhalten wird den Hals nur
verweichlichen.   Wird der Hals fortwährend, alſo auch
dann, wenn es eigentlich nicht nötig iſt, durch ein Tuch
geſchützt, ſo iſt gerade in dem Falle, wo er wirklich einer
wärmenden Hülle bedarf, kein weiteres Schutzmittel vor=
handen, und es wird bei der geringſten Unachtſamkeit
unfehlbar eine Erkältung eintreten.   Für einen abgehärteten
Hals dagegen kann das Halstuch zu den Gelegenheiten
aufgeſpart werden, wo in der That eine Erkältungsgefahr
vorliegt, und nun wird es vom größten Nutzen ſein.

Eine ſolche Gelegenheit bietet ſich dem Geſangsfreunde
dar, wenn er nach der Geſangsleiſtung in einem kalten
Raum oder ins Freie tritt.   Das Singen bringt wegen
der damit verbundenen Anſtrengung eine ſtarke Blutüber=
füllung des Kehlkopfes und namentlich der Stimmbänder

mit sich. Unter diesen Umständen genügt schon eine ge=
ringe, unvermittelte Abkühlung, um eine Erkältung her=
beizuführen, und darum wird hier das Umlegen eines Hals=
tuches erforderlich sein. Beobachtet dann der Sänger noch
die Vorsicht, durch die Nase zu atmen und nicht zu sprechen,
so wird er den Temperaturwechsel zumeist ohne Schaden
überstehen.

Hat sich auf Grund einer Erkältung aber dennoch ein
Katarrh entwickelt, so ist die Schonung der Stimme das
erste Gebot. Eine Schwitzkur, das Trinken von warmer
Milch mit einem Zusatz von Emser= oder Apollinariswasser,
sowie das Umlegen eines feuchtwarmen Umschlages um den
Hals wird den Katarrh bald beseitigen und die frühere
Reinheit der Stimme zurückkehren lassen. Ganz verfehlt
ist dagegen die in Sängerkreisen vielfach verbreitete An=
sicht, daß man sich durch einen Katarrh hindurchsingen
müsse. Denn ein solches Verfahren wirkt durchaus nicht,
wie man annimmt, stimmabhärtend. Es mag sein, daß
die Stimme zuweilen trotz des erzwungenen Durchsingens
keine erhebliche Einbuße erleidet, viel häufiger aber wird
eine Verschlimmerung des Reizzustandes eintreten.

Der einfache Kehlkopfkatarrh stellt nur eine oberfläch=
liche Schleimhautentzündung dar, wird nun aber der Kehl=
kopf trotz der Erkrankung überangestrengt, und geschieht
dieses namentlich wiederholt, so können sich jetzt tiefein=
greifende Veränderungen der Kehlkopfschleimhaut und Be=
wegungsstörungen der Kehlkopfmuskeln entwickeln. Die
Veränderungen der Kehlkopfschleimhaut treten auf als Ver=
dickungen der Stimmbänder und Hervorragungen an ihren
freien Rändern, eine Erscheinung, die man als Sänger=
knötchen bezeichnet. Die Sängerknötchen verhindern nicht
nur das dichte Aneinanderschließen der Stimmbänder, son=
dern sie setzen auch ihre Schwingungsfähigkeit herab, so
daß dadurch die Stimme dauernd an Wohllaut und Schmelz

verliert. Noch bedeutsamer sind aber die Bewegungsstörungen der Kehlkopfmuskeln, die auf Dehnungen, Zerrungen und Zerreißungen der Stimmbandmuskulatur infolge unzweck= mäßiger Anstrengungen beim Gesang zurückzuführen sind. Ist es zu solchen Dehnungen und Zerreißungen gekommen, so ist der Sänger nicht mehr im stande, die Stimmbänder dem jeweiligen Ton entsprechend einzustellen, so daß ein kunstgerechter Gesang vollständig unmöglich wird.

Aber nicht nur zu der Zeit, wo ein Katarrh sich ein= gestellt hat, soll der Sänger sich Schonung auferlegen, son= dern auch schon dann, wenn sich nur eine Ermüdung und Abspannung des Stimmapparates bemerkbar macht. Sind diese doch die Anzeichen dafür, daß eine Ueberanstrengung stattgefunden hat. Als ein vortreffliches Mittel bei Er= müdungszuständen der Gesangsorgane empfiehlt ferner Doktor Ephraim die Halsdusche. Am besten wird sie mit Benutzung eines nicht zu kleinen und in beträchtlicher Höhe aufgehängten Irrigators, der bekanntlich aus einem Blech= gefäß besteht, von dem unten ein Gummischlauch abgeht, vorgenommen. Man füllt das Gefäß mit zwei Liter kühlen Wassers von 12 bis 15 Grad Reaumur. Der aus dem Schlauchende hervorschießende Wasserstrahl wird bald gegen die vordere, bald gegen die seitlichen Flächen des Halses gerichtet. Natürlich darf die Dusche nicht bei erhitztem Körper angewendet werden.

An die Dusche kann man dann sehr vorteilhaft die Massage des Halses anschließen. Für den Gesangsfreund genügen Streichungen der Kehlkopfgegend mit der Hand in der Richtung von oben nach unten, die jedoch mit einem gewissen Kraftaufwand ausgeführt werden müssen. Sowohl durch die Dusche als auch durch die Massage wird die Blutüberfüllung der überangestrengten Gesangsorgane herabgesetzt und zugleich ein Gefühl wohlthuender Frische im Hals hervorgerufen.

Die Singstimme ist ein kostbares Gut, das wohl be=
hütet sein will. Einmal ernstlich geschädigt, ist seine Wieder=
herstellung mit großen Schwierigkeiten verknüpft, wenn
nicht gänzlich unmöglich. Wenn daher auch die Erfüllung
der hygieinischen Forderungen einige Unbequemlichkeiten
mit sich bringt, so bietet sie doch dafür auch die Gewähr,
daß die Stimme dem Sangeskundigen in voller Frische
und Schönheit erhalten bleibt, ihm und seinen Zuhörern
zum Genuß und zur Freude.

Moderne Windmühlen.

Technische Skizze von E. O. Hopp.

Mit 8 Illustrationen.

Wann die Windmühlen zuerst erfunden und in Gebrauch gekommen sind, ist unbekannt. Vor Beginn unserer Zeitrechnung gab es wahrscheinlich keine Windmühlen. Mommsen und Gibbon, zwei der berühmtesten Altertums= forscher und Geschichtsschreiber, erzählen, daß die Kreuz= fahrer in den Hochländern Kleinasiens zum erstenmal Wind= mühlen erblickten und nach ihrer Rückkehr in die Heimat dort ebenfalls welche zu erbauen anfingen; ob sie aber in Kleinasien erfunden worden sind, steht nicht fest. Ein alter böhmischer Schriftsteller will wissen, daß um das Jahr 718 n. Chr. eine Wassermühle in seinem Lande auf= gestellt wurde. Vor dieser Zeit, sagt er, gab es in Böhmen nur Windmühlen, die auf den Gipfeln der Berge auf= gestellt wurden. Danach wären also die Windmühlen schon lange vor den Kreuzzügen in Europa bekannt gewesen.

Im westlichen Europa wurden die Windmühlen im 12. Jahrhundert eingeführt; man schließt dies daraus, daß um die erwähnte Zeit den Klöstern gestattet wurde, auch Windmühlen zu errichten. In einer Urkunde vom Jahre 1198 kommt die Bewilligung zuerst vor und wird als etwas

Befonderes angeführt. Dreißig ober vierzig Jahre fpäter waren die Windmühlen bereits fo allgemein in Gebrauch, daß die Päpfte befondere Steuern von benen einzogen, die fie errichteten unb benutzten. Oefters erhob fich zwifchen

Eine 1746 erbaute alte Windmühle (Bockmühle).

ber Geiftlichkeit unb ben Lanbbefitzern ein Streit barüber, wem der Winb gehöre. Aus Holland, das heute noch vielfach als das Land der Windmühlen bezeichnet wirb, erzählt man in einer alten Klofterurkunde: „Wir hatten keine Kornmühle unb befchloffen baher, eine folche zu er= bauen. Als der Landesherr dies vernahm, verfuchte er alles, was in feiner Macht ftanb, um diefen Plan zu ver=

eiteln, indem er behauptete, der Wind in Seeland gehöre
ihm, und niemand dürfe ohne seine Einwilligung eine
Mühle im Lande bauen. Da wir Klosterleute nun also hieran ver=
hindert wurden, wandten wir uns an den Bischof von Utrecht, der über
diese Anmaßung des Regenten in hellen Zorn ge=
riet; er erließ ein Edikt, in seiner Diözese dürfe nie=
mand den Wind benutzen, außer mit seiner Er=
laubnis und der=jenigen der Kirche zu Utrecht, und
erteilte uns sofort ein Privileg, Windmühlen zu
bauen, wo wir nur wollten, und so viele, als uns
beliebte."

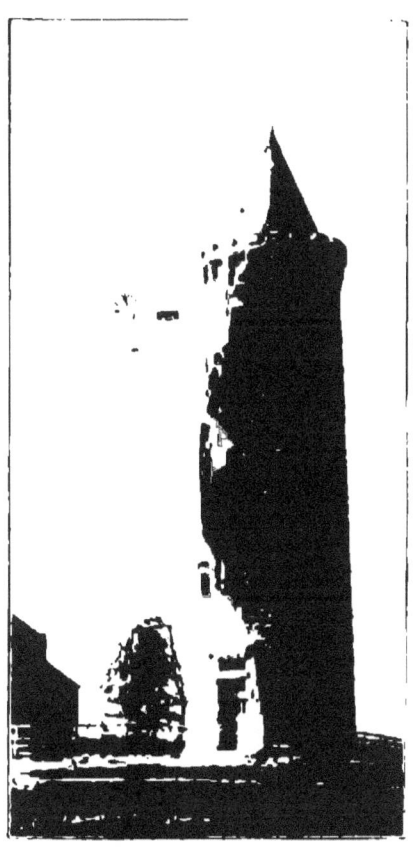

Moderne Mühle neben einer alten Curmmühle.

Diese merk=würdige und interessante Urkunde stammt aus dem
Jahre 1391.

Obschon in älteren Zeiten und Jahrhunderte hindurch
die Windmühlen sehr wichtige und fast die einzigen Quellen

für mechanische Kraftentwickelung waren, baute man sie doch sehr roh und ungeschickt. Der Wind bläst bekannt=

„Der kleine Brite", in England verbreitete Pumpmühle.

lich abwechselnd von allen Seiten, aber die ältesten Mühlen waren nur für den Wind berechnet, wie er meistens am Orte wehte, zum Beispiel für den Westwind oder Ostwind; war indes Südwind, so arbeiteten sie nicht, die Segel konnten

nicht gestellt werden, man konnte die Flügel nicht nach einer anderen Seite bewegen. Dieser große Mangel er= fuhr erst dann eine Aenderung, als man anfing, auf dem Wasser schwimmende Mühlen, besonders auf Kanälen, zu errichten, so daß man die Stellung der Flügel durch Um= drehung der schwimmenden Unterlage nach Bedarf und mit leichter Mühe ändern konnte. In Deutschland baute man später die ganze Mühle auf einem dicken Pfosten, dem Hausbaum, und vermittelst eines starken Pfahles, der als Hebel diente, ließ sich dann die Bockmühle, so genannt wegen der bockartigen Absteifung des Hauptbaumes mit= tels starker Streben, leicht umdrehen. Mühlen, welche diese Konstruktion zeigen, finden sich noch hie und da bei uns, wenngleich die neueren Bauten entweder meist sogenannte „Holländermühlen" sind, bei denen das Ge= bäude feststeht, die Haube, das Dach mit den Flügeln, aber gedreht werden kann, oder auf dem englisch= amerikanischen Prinzip beruhen. Oft wurde die große Stange, mit der man die Mühle bewegte, auch mit treppenartigen Absätzen und mit einem Geländer ver= sehen, so daß man auf dieser etwas verbreiterten Stange in die obere Thür der Mühlen gelangen konnte.

Die Ausbildung der älteren Systeme datiert aus dem 18. Jahrhundert, in welchem sich außer den praktischen Mühlenbauern auch hervorragende Gelehrte, wie Smeaton, Euler und Coulomb, ein Schotte, ein Deutscher und ein Franzose, mit der Theorie der Windmühlen und Wind= räder beschäftigten.

Da es bei uns im Binnenlande durchschnittlich nur 150 Windtage im Jahre giebt, ist der deshalb un= regelmäßige Betrieb nur da lohnend, wo eine Ruhe= pause keine erheblichen Nachteile mit sich führt. An den Küsten sind die Windtage häufiger, daher auch dort die

Mühle mit einem Eklipsewindrad.

meisten Windmühlen zu finden sind. Im Observatorium
zu Falmouth im südwestlichen England hat man die Windstärke eines Jahres genau gemessen; dieselbe betrug:

6—7	engl. Meilen die Stunde	769	Stunden lang
8—9	„ „ „ „	816	„ „
10—11	„ „ „ „	1228	„ „
12—13	„ „ „ „	814	„ „
14—15	„ „ „ „	724	„ „
16—17	„ „ „ „	635	„ „
18—19	„ „ „ „	568	„ „
20—21	„ „ „ „	525	„ „
22—24	„ „ „ „	609	„ „
25 u. mehr	„ „ „ „	1334	„ „

Der Engländer Cubitt erfand schon im Anfange dieses
Jahrhunderts eine Mühle, bei der auf gänzlich automatischem
Wege die Flügel stets von selbst die Windrichtung ein=
nehmen. Erst weit später allgemein bekannt und ver=
breitet wurden aber die englischen und amerikanischen
Windräder, von denen wir eine Reihe von Abbildungen
beifügen. Diese Windmotoren, wie man sie auch wohl
genannt hat, können infolge einer wesentlichen Reduktion
des Gewichtes der arbeitenden Teile bei genügender Wider=
standsfähigkeit derselben, sowie infolge geschickter, die Rei=
bung erheblich vermindernder Lagerung der Achse bei
erheblich geringerer Geschwindigkeit der bewegten Luft, wo
bei den älteren Windmühlen der Betrieb und die nutzbare
Arbeit nicht möglich war, noch durchaus vorteilhaft arbeiten,
wenn auch hierbei die Leistung niedriger ausfällt, als bei
günstiger Windstärke. Ferner gestatten diese neuesten eng=
lisch=amerikanischen Windräder eine Fortsetzung des Be=
triebes bei viel stärkerer Windgeschwindigkeit, als dies bei
den alten Windmühlen möglich ist, weil sie mit zunehmender
Stärke des Windes selbstthätig die dem Winde ausgesetzte
Fläche derart verringern, daß ihre Umdrehungszahl für
verschiedene Windgeschwindigkeiten dieselbe bleibt.

Die englisch=amerikanischen Windräder, für deren prak=
tische Verwendbarkeit es spricht, daß alljährlich mehrere

Zehntausende hergestellt und verkauft werden, lassen sich
bei äußerer Ansicht kaum voneinander unterscheiden, in=
dem die Eklipsewindräder fast genau so wie die Halladay=
motoren aussehen. Ersteres besteht aus einer kreisrunden
Scheibenfläche, die aus dicht nebeneinander in schräger

Halladaymühle bei Hartford.

Richtung gestellten hölzernen oder ganz dünnen stählernen
Brettchen gebildet wird. In der Mitte ist ein freier Raum
von etwa einem Drittel des Nabdurchmessers, welcher dem
Winde freien Abzug gestattet. Durch eine in sehr großen
Abmessungen ausgeführte Windfahne, deren Ebene recht=
winklig gegen die Fläche der Scheibe steht, stellt sich letztere
mit ihrer Fläche stets derartig, daß der Wind direkt auf
die Scheibe trifft. Die Regulierung erfolgt durch eine

Mühle, die eine Pumpe treibt zur Entwässerung eines Moors.

zweite kleine, dem Rad parallele und auf einer Seite über dasselbe hervorragende Windfahne, die bei zu starkem Druck das Rad von der für den Normaldruck vorteilhaftesten Stellung ablenkt.

Das Hallabaywinbrad hat eine Scheibe, die aus sechs, zuweilen auch aus acht Sektoren besteht, welche um je eine in der Ebene des Rades liegende und in dem Gerippe

Windmühle zum Betrieb eines Dynamos.

besselben gelagerte Achse drehbar sind. Die Drehung der Sektoren hat zur Folge, daß das Rad eine Stellung annimmt, wodurch dem Winde die Arbeitsfläche genommen wird. Die Brettchen, welche in ihrer ursprünglichen Stel-

lung den Wind auffangen, stehen dann in der Richtung
des Windes, so daß keine Drehung des Rades erfolgen

Windmühle zur Entwässerung eines Steinbruchs.

kann. In der Mitte eines jeden Sektors befindet sich eine
kleine eiserne, radial zum Rad angeordnete Stange, auf
welcher je ein kleines, also in radialer Richtung verstell=
bares Gewicht vorhanden ist. Bei der Umdrehung des

Rades üben diese Gewichte infolge der Zentrifugalkraft
eine derartige Pressung aus, daß die Sektoren sich zusam=
menfalten und in Ruhestellung übergehen. Zunächst werden
sie, sobald die Geschwindigkeit eine gewisse Grenze über=
schreitet, eine geneigte Lage annehmen und somit dem Wind
eine geringere Druckfläche darbieten. Verringert sich die
Geschwindigkeit, so stellen sich die Sektoren mit Hilfe eines
Hebelmechanismus wieder in die ursprüngliche Ebene. Soll
der Betrieb gänzlich aufhören, so wird das Rad mittels
einer Zugvorrichtung zusammengeschoben.

Windmotoren dieser Art kann man natürlich überall
anbringen, wo sich eine Gelegenheit bietet. In England
und Amerika sind hohe eiserne Gerüste am beliebtesten,
deren Spitze die Mühle krönt. Die Form „der kleinen
Briten" ist zum Zweck, Wasser zu pumpen, in ganz Eng=
land und Schottland weit verbreitet und bekannt. In
Amerika werden die oben beschriebenen Hallaaymühlen
vielfach verwandt. Eine Mühle dieser Art, die für die
Herstellung von Kleie, Maismehl u. s. w. gebraucht wird,
steht beispielsweise bei Hartford im Staate Connecticut, sie
sieht wie eine Holländermühle mit einem amerikanischen
Motor aus. Besonders in solchen Gegenden, in denen
Kohlen teuer sind, hat man in diesem Jahrzehnt ange=
fangen, immer größere Windräder dieser Art aufzustellen,
mit Durchmessern bis zu 11 Meter, die in Moorländereien
zum Beispiel Entwässerungspumpwerke treiben. In Teutsch=
land zählte man 1894 im ganzen 14,301 Windmühlen.
Auch die englisch=amerikanischen Windräder oder Wind=
motoren sind seit dem Ende der vierziger Jahre bei uns
in immer steigender Zahl und in allen Größen verbreitet.

Der dunkle Punkt.

Humoreske von Teo v. Torn.

Frau Alice v. Henzenberg hatte es sehr eilig. Ihre
Wangen waren gerötet, und das kleine rosa bebänderte
Häubchen saß ihr schief auf dem dichten Blondhaar.
Eigentlich trug man heutzutage solche Häubchen gar nicht
mehr, aber Frau Alice war schon seit vier Monaten verheiratet und fand es schauderhaft, in ihrem eigenen Hause
noch gelegentlich mit „gnädiges Fräulein“ oder gar „Frei-
leinchen“ angeredet zu werden.

Uebrigens wußte sie auch, daß sie sehr niedlich darin
aussah. Heute aber hatte sie noch keine Zeit gehabt, sich
durch einen Blick in den Spiegel davon zu überzeugen.
Ihr Gatte hatte ihr durchs Telephon mitgeteilt, daß er
ein paar Freunde zum Frühstück mitbringen werde. Ein
paar! Nach Adam Riese sind das zwei. Für ihren Gatten
aber waren ein paar ein sehr unbestimmter Begriff; es
waren schon acht Mann gewesen, mit denen er sie überfallen hatte zu einer Zeit, da sie knapp so viel zu Hause
gehabt, um ihren ewig löwenhungrigen Mann allein zu
sättigen.

Aber sie hätte nicht Alice v. Henzenberg heißen müssen, wenn sie durch dergleichen ernstlich irritiert werden sollte. Sie war die gelehrige Tochter einer energischen Mutter, die ihr als obersten Lehrsatz in die Ehe mitgegeben hatte: Laß dich nicht verblüffen — am wenigsten aber von deinem Mann!

Diesem Grundsatze getreu, versparte sie es sich für später, dem Herrn Gemahl ob des heimtückischen Ueberfalles ihre Meinung zu sagen, schickte ihre Köchin eilends auf Einkauf aus und setzte sich selbst in einen rasenden Betrieb. Und als Marie mit einem großen Korbe vom Delikatessenhändler ankeuchte, war der Eßtisch bereits so wundervoll hergerichtet, daß sich nicht bloß die paar Freunde ihres Gatten, sondern eine ganze regelrechte Hochzeitsgesellschaft daran niederlassen konnte.

Das fand auch der Assessor Fritz v. Henzenberg, welcher gegen alle Verabredung soeben eintrat, und zwar o h n e Freunde.

„Alle Wetter, Schnuckchen, das ist aber fein!" rief er, indem er einen bewundernden Blick auf den Tisch warf und sich dabei seiner Handschuhe entledigte.

„Na und —?" fragte die kleine Frau gedehnt und sah, mit einer Schüssel voll Preißelbeeren in der Hand, ihren Gatten mit großen Augen und offenem Mündchen einen Moment sprachlos an.

Der Assessor barg umständlich seine Handschuhe in einer der hinteren Rocktaschen, zog ein paarmal seinen sorgfältig aufgebürsteten Schnurrbart durch die Finger und ließ sich mit einer Art geflissentlicher Behaglichkeit, welche Frau Alice längst als Maskierung seiner Verlegenheit kannte, in einem Sessel nieder.

„Ja, sieh' mal, Schnuckchen," sagte er dann gedehnt, „— aber der Tisch ist wirklich reizend hergerichtet, das muß man sagen!"

„So laß doch den dummen Tisch! Wo sind denn
beine Freunde?"

„Meine Freunde, hm — jetzt ist es eigentlich bloß
ein Freund."

„Einer?" Frau Alice stellte die Schüssel mit einem
hörbaren Ruck auf den Tisch und zerrte heftig an den
Achselbändern ihrer Schürze, was ein absolut sicheres
Sturmzeichen war.

„Ja, sieh mal, die anderen wollten nämlich nicht."

„Wollten nicht?!"

„Nein, ich kann wirklich nichts dafür, Kindchen," entgegnete der Assessor mit der Hand auf dem Herzen. „Zuerst war die ganze Bande Feuer und Flamme dafür,
hierher zu gehen, und da habe ich dir telephoniert, wie du
das für solche Fälle wünschtest. Hinterher haben sie es
sich aber wieder anders überlegt. Sie meinten, da sie ja
nur auf einen Tag hier wären, sei es im Grunde stumpfsinnig, Familie zu simpeln."

„So!" rief die junge Frau empört. „Und was sind
denn das für Herren, die sich so benehmen?"

„Gott, du weißt doch, Corpsbrüder, die zu dem Fest-
kommers heute abend gekommen sind."

Frau Alice warf das Köpfchen auf und verschränkte
die Arme. „Da hat Mama also wieder recht, wenn sie
sagt, daß der studentische Verkehr sich für dich nicht mehr
schickt!"

„Wenn Mama das sagt — Mama hat ja immer recht,"
erwiderte der Assessor mit einer etwas unklaren Nuance
im Ton, welche er aber sofort durch doppelte Herzlichkeit
korrigierte. „Sieh mal, Schnuckchen" — er erhob sich
und legte seinen Arm um sie — „ich weiß, worauf du
bei dieser Gelegenheit wieder hinaus willst: ich soll nicht
zum Kommers, nicht wahr? Aber das geht nicht. Ich
muß!"

„Unsinn!" erwiderte die kleine Frau kurz und achsel-
zuckend. „Kein Mensch muß müssen."

„Wer dieses Wort erfunden hat, ist ein Heupferd gewesen, Kindchen, glaube mir. Ich muß, weil ich es fest
versprochen habe. Großmann hat mir mein Wort abgenommen, daß ich komme."

„Großmann! Natürlich! Das konnte ich mir ja
benken. Wenn du irgend etwas thust oder sagst, was
mir nicht gefällt, dann kann ich darauf schwören, daß
dieser gräßliche Mensch im Spiele ist."

Sie sagte das mit zuckenden Lippen und tastete in dem
Morgenrock nach ihrem Taschentuch. Feuchte Niederschläge!
Der Assessor kannte das, und er beugte vor.

„Jetzt willst du wieder weinen," sagte er, indem er
sich resigniert abwandte und mit dem Zeigefinger an der
Innenseite seines Hemdkragens entlang fuhr, „und in
längstens drei Minuten wirst du mir sagen, daß ich dich
nicht liebe, daß ich dich nie geliebt habe, daß ich nur
den dicken Großmann liebe und alle anderen Menschen,
bloß einzig und allein dich nicht. Nicht wahr? Das
willst du sagen —"

„Nun sagst du es ja selbst, daß du mich nicht liebst,"
schluchzte die kleine Frau.

„Nein, zum Kuckuck noch einmal! Das sage ich nicht!
Das sagst du oder willst es sagen!" rief Henzenberg heftig.
Aber im nämlichen Moment war ihm seine Heftigkeit
schon wieder leid, und er lenkte ein. Er zog sie an sich
und suchte ihr Köpfchen aufzurichten. „Nun sei mal
vernünftig und sage mir, was du eigentlich gegen meinen
Freund Großmann hast. Ich habe schon oft bemerkt,
daß du eine heftige Abneigung gegen den armen Kerl
hegst, und ich kann das einfach nicht begreifen. Großmann ist eine harmlose, prächtige Seele, die nur den
einen Fehler hat, daß sie zu ihrem rechten Wohlsein ein

bißchen viel Feuchtigkeit verbraucht. Aber, du lieber
Himmel, irgend einen dunklen Punkt haben wir alle!"

Frau Alice richtete den Kopf auf und sah aus so
großen, klaren Augen zu ihrem Gatten empor, daß sie
eigentlich noch gar nicht geweint haben konnte.

„Was haben wir alle?" fragte sie gedehnt.

„Nun, einen dunklen Punkt!" lachte der Assessor,
herzensfroh, daß es mit der Thränenflut diesmal noch so
glimpflich abgegangen war. „Jeder Mensch hat irgend
etwas an sich oder in seiner Vergangenheit, das er nicht
gerne berührt sieht, dessen er sich schämt und das man
ihm eben zu gute halten muß."

„Jeder Mensch?"

„Natürlich, jeder."

„Du ... auch?"

Der hastige, fast atemlose Ton dieser Frage brachte
den Assessor zur Erkenntnis, daß er mit seiner philan=
thropischen Bemerkung eine der größten Dummheiten seiner
ganzen viermonatlichen Ehe begangen hatte. Und die
Bestätigung dessen ließ auch nicht lange auf sich warten.
Frau Alice drehte ihr Taschentuch in den nervösen Händ=
chen zu einem winzigen Knäuel zusammen, schluckte ein
paarmal heftig und trat dann dicht an ihn heran.

„Fritz," sagte sie mit einer Stimme, die ruhig und
gefaßt klingen sollte, die aber dennoch den Sturm, den
Taifun in ihrer Brust verriet, „Fritz, ich bin dein dir
vor Gott und den Menschen angetrautes Weib. Du wirst
mir sagen, was an dir oder in deiner Vergangenheit ist,
das dich geniert und das du nicht gerne berührt siehst.
Ich schwöre dir, daß ich es dir zu gute halten werde;
kein Wort des Vorwurfs soll je über meine Lippen
kommen! Aber ich muß es wissen! Hörst du — ich
muß!"

„Kein Mensch muß müssen," persiflierte der Assessor

und verfuchte die ernft und flehend auf ihn gerichteten
Augen feines Weibes zu küffen. Aber da kam er fchön an.

„Alfo es ftimmt," hauchte fie entgeiftert, „du haft
etwas, das du mir verbirgft. Sonft würdeft du nicht
mit einem billigen Scherz darüber hinwegzugehen fuchen.
Es ift alfo wahr."

Damit trat fie von ihm weg ans Fenfter, fchwer und
fchleppend, wie eine gebrochene Frau.

Henzenberg blickte feiner Gattin einen Moment mit
offenem Munde und auch fonft nicht gerade gefcheitem
Gefichtsausdruck nach. Dann ftecte er die Hände in die
Tafchen und lachte laut auf.

„Jetzt lachft du noch," fchluchzte die kleine Frau auf,
indem fie fich auf einen Stuhl am Fenfter fallen ließ
und den Kopf mit dem nun vollends abgerutfchten Häub=
chen auf die Fenfterbank lehnte, „lachft, wo mir das
Herz brechen will, daß du, der du mir der edelfte und
befte der Menfchen gewefen bift, fo etwas thun konnteft!"

„Aber was habe ich denn gethan?" fchrie jetzt der
Gepeinigte wild auf.

„Das wirft du fchon wiffen!" tönte es gepreßt von
der Fenfterbank her. „Glaubft du denn, ich hätte es nicht
fchon lange gemerkt, daß dich etwas Schweres bedrückt?
Ich wollte dich nur nicht fragen, weil ich hoffte, daß du
allmählich den Mut finden würdeft, dich mir anzuver=
trauen."

„Jetzt wird es mir aber zu arg!" brüllte der Affeffor
und begann im Zimmer herumzurafen. „Was foll ich
denn verbrochen haben? Ich habe weder filberne Löffel
geftohlen, noch jemand umgebracht! Daß ich als zwölf=
jähriger Junge einmal Aepfel gemauft habe, ift längft
verjährt. Und fonft weiß ich nichts, was ich zu verbergen
oder zu geftehen hätte!"

Frau Alice richtete fich mit der Miene ftiller, fchmerzens=

reicher Resignation auf. „Das sagst du jetzt, nachdem du dich wider Willen verraten hast. Aber ich will nicht weiter in dich dringen. Das hätte bei deiner verstockten Natur keinen Zweck und als Geständnis für mich auch keinen Wert. Du mußt selbst zu mir kommen, mußt," fügte sie mit müder, thränenerstickter Stimme hinzu, „Zuflucht suchen vor dir selbst und vor den Mahnungen deines Gewissens. Denn im Grunde bist du nicht schlecht, Fritz, ich weiß es, und du mußt furchtbar leiden. Wenn du also dein Herz erleichtern willst, dann komm zu deinem Weibe, dessen Liebe alles verstehen und alles entschuldigen wird."

Henzenberg wurde ordentlich mitgerührt, so lächerlich und zugleich ärgerlich die Sache im Grunde für ihn war, und es that ihm fast leid, daß er beim besten Willen nichts zu gestehen hatte. Ja, ihm kam sogar der Gedanke, aus seiner Erfahrung irgend einen Kriminalfall herauszugreifen, um der Seelenpein seiner kleinen Frau abzuhelfen.

An dieser lyrischen Verrücktheit wurde er aber verhindert durch das Erscheinen der verwitweten Frau Zollinspektor Reimers, seiner verehrten Frau Schwiegermama, die sich mit einem ganz merkwürdigen Instinkt immer dann einzustellen pflegte, wenn den sonst lichtblauen Himmel der jungen Henzenbergschen Ehe ein Wölkchen trüben zu wollen schien.

Mit einem lauten Aufschrei stürzte Frau Alice auf die streng blickende alte Dame zu, und der ganze Schmerz einer verlorenen schönen Illusion ergoß sich in die Worte: „Mama, er hat einen dunklen Punkt!"

Die Aussprache, welche Frau Reimers sofort angebahnt, hatte keinen Erfolg gehabt; wenigstens den beiderseits erwünschten nicht. Es herrschte die schweratmende Stille nach dem Sturm. Frau Alice barg das Gesicht an dem vor Entrüstung wogenden Busen der Mutter, und Fritz v. Henzenberg erging sich in einer forcierten Zimmerpromenade.

Die erste, welche wieder Worte fand, war Frau Reimers.

„Ehe ich die Konsequenz dieser Scene ziehe, Herr v. Henzenberg," sagte sie mit bebender Stimme, „richte ich an Sie die Frage, ob Sie Ihre Worte zurücknehmen wollen. Daß Sie auch von mir behaupteten, ich hätte einen dunklen Punkt, das will ich Ihnen noch hingehen lassen. Es ist ja das Schicksal aller um das Wohl einer verheirateten Tochter besorgten Mütter, dieserhalb verhöhnt oder verunglimpft zu werden; aber daß Sie auch von meinem armen Kinde einen dunklen Punkt behaupten, werde ich mir nicht gefallen lassen. Wollen Sie das zurücknehmen?"

Der Assessor blieb stehen und zuckte wütend die Achseln. Dann schöpfte er tief Atem, als brauchte er gehörig Luft, um noch einmal unterzutauchen in dieses Meer von Mißverständnis.

„Verehrteste Frau Mama," sagte er dann mit einer fast übermenschlichen Beherrschung, „ich habe Ihnen bereits zum hundertundzwölftenmal erklärt, daß dieser dunkle Punkt lediglich eine allgemeine Bemerkung war, daß ich weder Sie noch mein eigenes Weib mit irgend einem Spezialpunkte belasten wollte, sondern daß ich ganz im allgemeinen sagte, jeder Mensch habe in seinem Leben etwas, das ihn geniere. Es braucht nicht gerade ein Raubmord oder eine Brandstiftung zu sein — irgend etwas, das vielleicht in seinen eigenen Augen schlimmer scheint, als die Welt es beurteilen würde, wenn sie es wüßte. D a s habe ich behauptet, und das behaupte ich noch!"

„Also Sie machen keine Ausnahmen?“

„Nein.“

„Gut, mein Kind,“ wandte sich die alte Dame entschlossen an ihre Tochter, „so wissen wir, was wir zu
thun haben. Komm!“

„Aber Mama!“ schluchzte die junge Frau laut auf
und machte eine heftige Bewegung, als wenn sie zu ihrem
Gatten eilen wollte. Frau Reimers hielt sie jedoch zurück
und war schon mit ihr in der Nähe der Thür, als Henzenberg mit einer ganz ungewohnten Energie auf sie zu trat.

„Das heißt denn doch die Sache etwas weit treiben,
Frau Mama!“ rief er. „Ganz abgesehen davon, daß
Sie sowohl wie auch Alice in der nächsten halben Stunde
schon Ihr Unrecht einsehen werden, habe ich keine Lust,
mich wegen einer eigensinnigen Marotte vor meinen
Freunden bloßstellen zu lassen, von denen mich einer
heute besuchen wird. Amtsrichter Kersten, den Sie, wie
er mir sagte, noch von Pritzwalk her auch kennen, wird
schon in wenigen Minuten hier eintreffen, und Sie werden begreifen —“

Henzenberg hielt erstaunt inne. Frau Alice hatte bei
dem Namen des Amtsrichters einen leisen Schrei ausgestoßen und beide Händchen an den Mund gepreßt.
Auch in den Zügen der alten Dame wich das Unerbitt-
liche einer leichten Verlegenheit.

Der Assessor stutzte also und fuhr gedehnt, mit einem
prüfenden Blick auf Gattin und Schwiegermutter, fort:
„Er ist der einzige, welcher daran festhielt, hierher zu
kommen, ein stiller, liebenswürdiger Mensch, der Ihnen
gewiß gefallen wird. Aber Sie kennen ihn ja, nicht
wahr?“

„O ja, entfernt — —“ erwiderte die alte Dame, um
dann gleich ganz unmotiviert lebhaft hinzuzufügen: „Aber
ich muß nun fort! Ich will hoffen, daß der Streit er-

lebigt ist, und ich mich um Alice nicht mehr zu sorgen
brauche."

Sie nickte dem verblüfften Schwiegersohne fast freundlich zu, warf auf ihre Tochter einen ermunternden Blick
und ging.

Frau Reimers hatte kaum das Zimmer verlassen, als
Alice auf ihren Gatten zustürzte und ihn mit beiden
Armen krampfhaft umfing.

„Fritz," rief sie pathetisch, „thu mir die Liebe und
laß den Menschen nicht kommen! Ich bitte dich so sehr
ich kann! Ich will auch nie wieder unartig sein, wahr
und wahrhaftig nicht!"

„Aber, liebes Kind, ich begreife nicht —"

„Nun begreifst du wieder nicht!" schmollte die kleine
Frau und stampfte, sich abwendend, mit dem Füßchen
auf. „Ja, muß ich dir das nun doch sagen, was mich
unsere ganze Brautzeit hindurch so geniert und geängstigt
hat? Erlaß es mir doch!"

Der Assessor hatte nach einem tiefen Blick in die reinen
Augen seiner Frau seinen Humor wiedergefunden und
verharrte bockbeinig auf dem Verlangen nach einer Ge-
neralbeichte.

„Ich bin dein dir vor Gott und den Menschen an-
getrauter Mann," erklärte er mit einem tiefen Brustton,
indem er den Arm um ihre Schulter legte und sie hin
und her wiegte, „und du mußt mir sagen, was dich bedrückt. Ich werde es dir zu gute halten," fuhr er mit
pathetischer Stimme fort, „und kein Wort des Vorwurfs
soll je über meine Lippen kommen — höchstens 'n Kuß!"

Damit preßte er seinen Mund auf die frischen Lippen
seines Weibes.

„Ach Fritz," seufzte sie, indem sie ihre Arme fest um
seinen Hals legte, „es ist ganz etwas Schreckliches! Sieh
mal — es war vor sechs Jahren, ich ging noch zur

Schule — da war Herr Kersten Referendar in Pritzwalk und — und weil er mich immer so angeschmachtet hat, so — wie ein krankes Hündchen, weißt du — da habe ich diesem Schaf einmal ein Gedicht geschickt. — — Fritz, du sagst ja nichts! Ist das sehr schlimm?"

„Sehr."

„Ach Gott, herzliebes Fritzl! Ich werde es ja ganz gewiß nicht wieder thun! Sei gut! Ich habe ja damals schon von Mama solche fürchterliche Ausschelte bekommen, und die ganzen Jahre habe ich so schrecklich schwer daran getragen, es war —"

„Dein dunkler Punkt, Schnuckchen!" rief der Assessor lachend und ließ die beschämte kleine Frau erst eine ganze Weile lang nicht weiter zu Wort kommen. Dann bedang er sich schleunigst den Kommers und noch einen Kuß an Eidesstatt aus, daß die Mama diesmal die Stunde der Heimkehr nicht erfahren würde.

Dann klingelte das — Schaf, und Frau Alice eilte, Toilette zu machen, um dem Manne würdevoll entgegenzutreten, der einmal — —. Ihr dunkler Punkt war ja jetzt ausgetilgt!

Auf der
Schwelle der Neuen Welt.

Reiseerinnerung von Fred Morris.

❦

Mit 7 Illustrationen.

In den Hafen von New York, einen der schönsten und größten der Welt, gelangen die Schiffe durch den Long Island-Sund und East River, doch ist die Haupt-einfahrt zwischen Long Island und Staten Island durch die sogenannten Narrows (Meerenge). Die großen See-dampfer müssen meist vor der Barre oder Bank, die sich an der Einfahrt in die Bai von New York gebildet hat, bis zum Eintritt der Flut ankern, um für ihr Passieren die hinreichende Wassertiefe zu gewinnen.

Dann dampft der von Europa kommende Fremde an dem auf einer weit in die Bucht hineinreichenden nied-rigen Sandbank errichteten Leuchtturm von Sandy Hook vorüber, der das Wahrzeichen von New York bildet, und bald grüßt ihn auch das Riesenbild der Freiheit, als das Symbol der großen transatlantischen Republik in der Neuen Welt, deren Schwelle er hier betritt.

New York ist die größte Handelsstadt von Amerika, und keine von allen berühmten Hafenstädten der Erde

Gesamtansicht des Hafen von New York.

zeigt sich den Blicken der von der Seeseite Nahenden in
großartigerer Weise als die Millionenstadt am Hudson.
Der Verkehr im New Yorker Hafen übertrifft alle Vorstellungen, und auch die landschaftlichen Reize der Ufer
dieser herrlichen Bucht sind groß und mannigfaltig.
Allerdings kommt, wie der vielerfahrene Weltreisende Ernst
v. Hesse-Wartegg sehr zutreffend bemerkt, New York noch
besonders zu gute, daß der von Europa kommende Besucher
es erst nach längerer, mitunter nicht sonderlich angenehmer
Seefahrt erblickt, „und deshalb in der weiten, inselum-

Die Einfahrt in den New Yorker Hafen.

schlossenen Bucht, mit der Weltstadt im Hintergrunde, nicht
nur die landschaftlichen Reize derselben, sondern überhaupt das erste Land begrüßt, möchte es sich auch als
nackte dürre Sanddüne darstellen. Bei allen anderen
großen Seehäfen, die man in anderen Gegenden oder
Weltteilen anläuft, ist der Reiz dieses ersten Landanblickes
bereits geschwunden. Auf dem Weg nach Liverpool, nach
London, nach den deutschen oder französischen Häfen muß
man zuerst stundenlang im Angesicht der Küste dahin-
fahren. Wer nach Konstantinopel, nach Neapel, nach
Lissabon und Bombay reist, bekommt zuerst ein Stück
Land, wenn auch nur mitunter eine Insel, zu sehen.
Auf dem Wege nach Rio de Janeiro, Valparaiso, Sydney

laufen die Dampfer vorher an manchen Küstenpunkten
an. Aber seit der Sage nach die wellenumspülte Riesen=
insel Atlantis auf dem Meeresgrunde verschwunden ist,
stellt sich dem Seefahrer auf dem Wege von Europa nach
New York nicht das kleinste Stückchen Erde, nicht so viel,
als in einen Blumentopf geht, entgegen.

In Europa giebt man sich vielfach der Meinung hin,
daß auf der Ueberfahrt nach New York die Küsten von
Neufunbland oder der Sableinsel gesehen werden. Dies
ist nur in den allerseltensten Fällen richtig. Neufund=
lands Küsten sind gewöhnlich mit dem dichtesten Nebel
verschleiert, und das erste Land, das man erblickt, sind
die Küsten der dem Staat New York vorgelagerten Insel
Long Island." —

Nachdem der Dampfer den erwähnten Leuchtturm
passiert hat, gelangt er zunächst in die untere Bai von
New York. Die reichbewaldeten hohen Ufer von Staten
Island und Long Island nähern sich von beiden Seiten,
so daß wir die zahlreichen kleinen Städtchen und Dörfer
unten an der Küste und die von den Höhen herabwinken-
den Landsitze deutlich unterscheiden können. Da, wo die
beiden Inseln, von denen Staten Island, die südliche
und kleinere, zum Staate New Jersey gehört, sich einander
am nächsten kommen, befindet sich die Meerenge, welche
„The Narrows" heißt, und durch die man in die obere
Bai und den eigentlichen Hafen von New York einfährt.

Das hier herrschende großartige Seeleben erregt das
bewundernde Staunen eines jeden Fremden. Die Flaggen
und Wimpel aller seefahrenden Nationen ziehen an uns
vorüber; sie wehen bald auf riesigen Passagierdampfern,
auf Frachtschiffen oder stolzen Dreimastern und Briggs,
bald auf Schonern und schlanken Pilotenbooten. Sie sind
nach allen möglichen Küsten und Hafenplätzen bestimmt;
nach Kalifornien oder nach Mexiko und Argentinien, nach

England oder Deutschland, wie nach Indien, Japan oder bem Kap.

Die eigentümlichsten Fahrzeuge im New Yorker Hafen sind die Westendbampfer auf dem Hudson und dem East River und die sogenannten Ferries oder Fährboote, die

Westenddampfer im Hafen von New York.

in großer Anzahl vorhanden sind und unabläſſig von dem Landungsplatze auf dem einen Ufer zu dem ent= ſprechenden am entgegengeſetzten hin und her fahren. Be= kanntlich nimmt ja das eigentliche New York eine Inſel ein, die lange und unverhältnismäßig schmale Manhattan= inſel, die im Norden der Harlem River, eine an der engſten Stelle bloß 180 Meter breite Meeresſtraße, vom

Ansicht von New Yo

In Südwesten aus.

Festlande scheidet. Westlich bespült sie der 1370 Meter
breite Nordfluß oder Hudson, im Osten der 550 Meter
breite East River, die sich beide bei der „Battery" ge=
nannten Südspitze der Manhattaninsel vereinigen. Alle
Querstraßen auf dieser münden auf den beiderseitigen
Ufern und finden jenseits der beiden, eben genannten
Gewässer ihre Fortsetzung in entsprechenden Straßenzügen.
Um nun eine fortlaufende Verbindung des von Jahr zu
Jahr steigenden Straßenverkehrs nach beiden Seiten hin
herzustellen, dienen eben die Fährboote, von denen immer
neue in Dienst gestellt werden müssen. Sie gleichen
riesigen schwimmenden Häusern; jedes vermag gleichzeitig
über 1000 Personen und 14 bis 20 Wagen nebst doppelt
so vielen Pferden zu befördern. Das Innere ist in drei
durchlaufende Hallen eingeteilt, von denen die mittlere
für Fuhrwerke und Vieh, die beiden seitlichen für Passa=
giere bestimmt sind.

Die dem Küstenverkehr dienende eigene Flotte New
Yorks umfaßt über 4000 Fahrzeuge mit einer Million
Tonnen. Die überseeischen Passagierlinien, wie Nord=
deutscher Lloyd und Hamburg=Amerikanische Paketfahrt=
Aktiengesellschaft, Cunard, White Star, Guion, Pacific
Mail, Allan, Compagnie Générale, International Navi=
gation Company (Inman=Linie), haben ihren Endpunkt
sämtlich im Hudson, die Sund= und Küstendampfer da=
gegen meist im East River.

Befestigungen schützen die Einfahrt in die Bai von
New York. Auf den Küsten der Narrows entdecken wir
zur Linken, auf der Seite von Staten Island, die Mauern
und Batterien von Fort Richmond und die bräuenden
Geschütze von Fort Tompkins; gegenüber aber das Fort
Hamilton und davor auf einem Felsen im Meere das
hellrote Gemäuer des Fort Lafayette. Aehnliche Festungs=
werke finden sich im Inneren der Bai auf der Insel

Governors Island, die kaum 800 Meter von der Battery entfernt liegt. Unweit davon erhebt sich auf der Insel Liberty Island (früher Bebloes Island geheißen) die oben bereits erwähnte gewaltige Freiheitsstatue von Bartholdi, die Frankreich den Vereinigten Staaten als Geschenk zur hundertjährigen Feier der Unabhängigkeits= erklärung gewidmet hat. Die Enthüllung der Statue hat am 28. Oktober 1886 stattgefunden; die Kolossalfigur steht auf einem hohen Granitsockel, in der hoch erhobenen

Fort Lafayette.

Rechten eine elektrische Leuchte tragend, deren Licht nachts weit sichtbar ist. Das Fundament ist 16, der Sockel 28 und die aus Kupfer getriebene Bildsäule 46 Meter hoch.

Und nun liegt die Hauptstadt der Neuen Welt, rings von den Wellen umspült und umgürtet von einem Masten= wald, in ihrer ganzen Herrlichkeit vor uns. Hier steigt das Gewirr von hunderttausend Häusern empor, überragt von schlanken Türmen und stolzen Kuppeln, dazwischen die riesigen Paläste des Handels, der Presse und des Ver= kehrswesens, sogenannte „Himmels= oder Wolkenkratzer" mit zwölf und mehr Stockwerken. Besonders ins Auge fällt auch die hohe Brücke einer der Wasserleitungen,

die New York mit Trinkwasser versieht und zugleich dem
Verkehr dient, und die riesige Hängebrücke, die, auf zwei
gewaltigen Pfeilern ruhend, als ein technisches Wunder=
werk den Meeresarm des East River überspannt und New
York mit Brooklyn, die Insel Manhattan mit Long Is=
land verbindet.

Ganz vorn an der in die Bucht hineinragenden Spitze
der Manhattaninsel, der Battery, gewahrt man inmitten
freundlicher Anlagen das Rundgebäude Castle Garden,
von 1855 bis Anfang 1890 der Landungsplatz der Zwischen=
decspassagiere, deren Ausschiffungsort seitdem die nicht
weit vom Lande gelegene Ellisinsel, die ebenfalls ein
Fort trägt, geworden ist.

New York allein zählte schon 1890 nicht weniger als
1,500,000 Einwohner; seit dem 1. Januar 1898 sind auch
alle Vorstädte (Brooklyn, Richmond, Flushing, Jamaica,
Long Island City, Newton, East und West Chester) ad=
ministrativ mit der Stadt New York zu dem sogenannten
Groß=New York verschmolzen, dessen Einwohnerschaft sich
nun auf gegen 3 Millionen Einwohner beläuft.

Dort zur Rechten der Bai breitet sich Brooklyn an
den Ufern des East River aus, sich an die sanft ansteigen=
den Höhen von Long Island anlehnend. Auf der linken
Seite liegen, von New York durch das tiefe und breite
Strombett des Hudson getrennt, Jersey City und an dieses
anschließend Hoboken. Auch von dieser südwestlichen Seite,
vom rechten Ufer des Hudson aus gesehen, wirkt der An=
blick der Riesenstadt ungemein großartig. Die Hafen=
anlagen erstrecken sich meilenweit am Ufer hin; Tunnel=
bauten unter dem Hudson und neue Brücken sind geplant,
und gewaltige Docks mit festen und schwimmenden Eleva=
toren erleichtern in New York selbst wie in Brooklyn,
Jersey City und Hoboken die Umladung der Güter so
viel wie möglich.

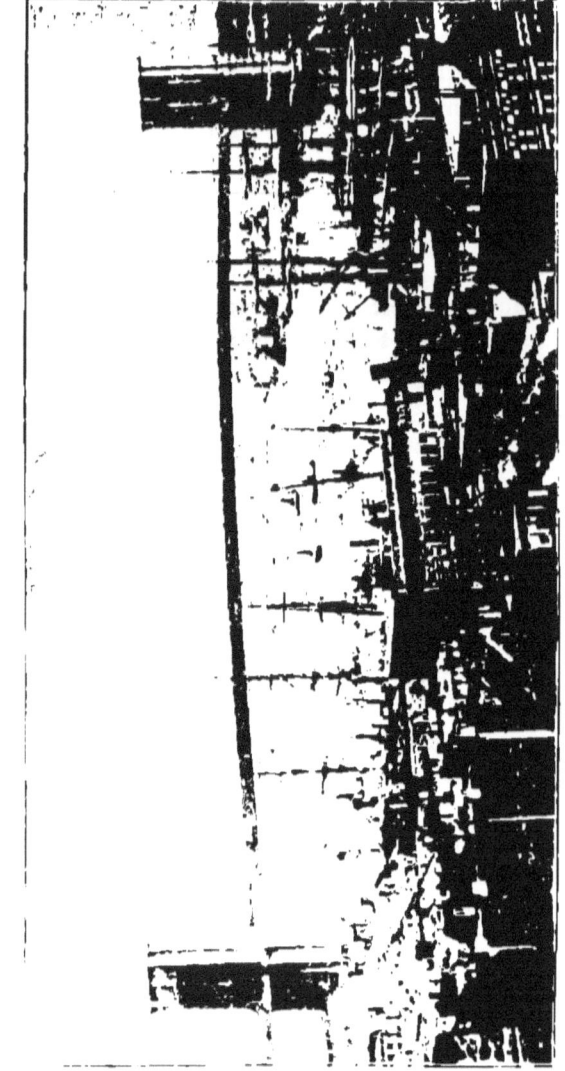

Die East River-Brücke.

In Hoboken haben auch die beiden deutschen Dampfer-
linien, der Norddeutsche Lloyd und die Hamburg-Ameri-
kanische Paketfahrt-Aktiengesellschaft, geräumige und vortrefflich eingerichtete Docks; die der englischen, französischen
und italienischen Linien dagegen befinden sich auf der
New Yorker Seite. Im ganzen gewährt das Bett der
beiden, die Manhattaninsel einschließenden Wasserstraßen

Die hohe Brücke.

14 Quadratmeilen Ankerfläche in der unmittelbaren Nach-
barschaft von New York, während die davorliegende Bucht
bis zu den Narrows hin ausreichen würde, um sämtlichen
Fahrzeugen aller Nationen einen sicheren Ankergrund zu
gewähren. Weit über 5000 Schiffe laufen jährlich in den
New Yorker Hafen ein.

Auf den Quais stehen die zahllosen Warenschuppen,
und auf den längs den Werften hinführenden Straßen
verkehren Tausende und aber Tausende von Frachtwagen.
Hier, wo Hunderte von Dampfern aller Erdteile friedlich
nebeneinander liegen, bekommt selbst der Laie ein klares

Bild von der Großartigkeit des heutigen Weltverkehrs. Kaum wird man anderwärts die Verschiedenartigkeit der Erzeugnisse und ihrer Verpackung, wie ihre Massenhaftigkeit, ebenso den Bau und die Eigentümlichkeit der Fahrzeuge verschiedener Länder klarer und übersichtlicher kennen lernen, als hier im New Yorker Hafen, wo man sie an der Schwelle der Neuen Welt wie zu einer Musterung in Reih und Glied aufgestellt findet.

Die Auswanderer nach den Vereinigten Staaten landen zum weitaus größten Teile in New York. Das Einwandererbureau der Union hat unlängst eine statistische Aufstellung der im Jahre 1898/99 aus Europa eingewanderten Personen veröffentlicht. Ihre Gesamtzahl betrug rund 311,000 Köpfe, so daß man also noch immer von einer Völkerwanderung im kleinen nach Nordamerika sprechen kann. Es entfällt davon aber nur ein verhältnismäßig geringer Teil auf Deutschland, nämlich 27,000 Personen. Es ist das einerseits ein Beweis dafür, daß dort angesichts der günstigeren Gestaltung der wirtschaftlichen Verhältnisse in den letzten Jahren der Drang zur Auswanderung sehr nachgelassen hat, sowie andererseits auch dafür, daß die wirtschaftlichen Verhältnisse in der Union bei weitem nicht mehr so verlockend sind als in früheren Zeiten.

Mannigfaltiges.

*

Das letzte Duell in England. — Man nimmt an, die Duelle in England seien infolge einer Duellverweigerung seitens des Prinz-Gemahls Albert abgekommen. Es mag sein, daß dadurch der erste Anstoß gegeben wurde, aber der eigentliche Grund des Aufhörens der Duelle in England war wohl der, daß die praktischen Engländer das Unzeitgemäße des Duells früher empfanden als andere Nationen, und daß auf den damaligen Duellgeschichten in England der Fluch der Lächerlichkeit lastete. —

Mrs. Spencer war die etwa fünfunddreißigjährige Witwe und alleinige Erbin eines reichen Londoner Getreidehändlers. Kaum war die Trauerzeit beendet, als die Dame ihren romantischen und nach Höherem strebenden Sinn dadurch bethätigte, daß sie sich mit dem Kapitän Primrose, einem Offizier der Garde zu Pferd, verlobte.

Die Hochzeit wurde wegen der erst jüngst verflossenen Trauerzeit noch hinausgeschoben, was aber das Pärchen nicht verhinderte, sich im Theater und auf Bällen öffentlich zu zeigen — anfangs wenigstens, denn später wurde Kapitän Primrose plötzlich so sehr vom Klubleben mit seinen Sitzungen und Beratungen in Anspruch genommen — so behauptete er wenigstens —, daß er seiner Braut nur noch einen geringen Teil seiner Zeit widmen konnte.

Mrs. Spencer ließ niemals einen Vorwurf über ihre Lippen kommen oder äußerte gar irgend einen schnöden Verdacht. Sie

nahm die Entschuldigungen ihres Ritters wie etwas Selbstver=
ständliches mit freundlichem Lächeln auf.

Um aber gerecht zu sein: diese Nachsicht kostete der Dame nur
geringe Ueberwindung. Etwas flatterhaft von Natur, hatte
sie für den so häufig abwesenden Bräutigam bald Ersatz ge=
funden.

In der ersten Zeit der Verlobung nämlich hatte das Braut=
paar die verschiedensten Läden und Magazine besucht, um die
künftige Wohnung im Westen Londons mit einer eleganteren
Ausstattung zu versehen, als sie der Geschmack des verstorbe=
nen Getreidehändlers hatte schaffen können. Bei dieser Ge=
legenheit hatte Mrs. Spencer in der Teppichabteilung eines
großen Bazars dem Verkäufer, einem schlanken blonden Jüngling,
zunächst die zweite Stelle in ihrem Herzen eingeräumt, und als
ihr Bräutigam „vom Klubleben so in Anspruch genommen war",
setzte die Dame die Besuche im Teppichlager allein fort.

Mr. Table, so hieß der hübsche Verkäufer, war ein schüchterner
Jüngling und wagte nicht im Traum daran zu denken, daß eine
so vornehme Dame, wie die Braut eines Kapitäns der Garde,
ihn mit ihrer besonderen Beachtung beehren könne. Er kehrte
ihr gegenüber in korrektester Weise nur den Geschäftsmann
heraus, und so war es an Mrs. Spencer, die Gefühle des
Jünglings zu wecken.

Eines Nachmittags saß sie in der Teppichabteilung, und
während ihr Mr. Table seine schönsten Muster vorlegte, seufzte
sie so laut, daß der junge Mann beinahe vor Schreck von der
Leiter gefallen wäre, auf welcher er gerade stand. Schnell be=
gab er sich hinunter und fragte teilnehmend, ob er mit einem
Glase Wasser dienen könne.

„Nein, ich danke, Mr. Table," erwiderte Mrs. Spencer, „mir
ist ganz wohl, nur habe ich einen Kummer. Mein Bräutigam
ist seit zwei Tagen nicht in seine Wohnung gekommen, und ich
fürchte, es könnte ihm etwas zugestoßen sein. Bevor ich die
Polizei benachrichtige, möchte ich ihn selbst gern suchen und nach
ihm fragen, entweder im Klub oder bei seinen Freunden. Aber
Sie begreifen, einer alleinstehenden Dame ist es doch unmöglich,
und ich habe niemand —"

„Wenn Madame mit mir vorlieb nehmen wollen — in einer
halben Stunde wird das Geschäft geschlossen."

„Nein, nein, das ist nicht möglich," rief Mrs. Spencer mit
einem schmachtenden Blick.

„Madame verzeihen, es war allerdings kühn von mir, daß
ich, ein Mann in so untergeordneter Stellung —"

„Bitte, Mr. Table, sprechen Sie nicht weiter," unterbrach
ihn die Witwe rasch, „so habe ich meine Weigerung selbstverständlich nicht gemeint; ich schätze und ehre jeden Menschen, der
sich auf ehrenhafte Weise sein Brot verdient. Und wenn Sie
Ihr freundliches Anerbieten aufrecht erhalten, so nehme ich es
mit Dank an." —

Eine halbe Stunde später fuhren beide nach dem Klub, wo
Mrs. Spencer den Bescheid erhielt, Kapitän Primrose sei seit
vierzehn Tagen im Klub nicht gesehen worden. Nachdem man
noch bei einigen Bekannten des Kapitäns erfolglos vorgesprochen
hatte, überließ die ihren Worten nach verzweifelte, ihrer Miene
nach aber ganz glückliche Mrs. Spencer ihrem Begleiter, der
allmählich seine Schüchternheit verlor, die Führung.

Nachdem man in einem feinen Restaurant soupiert hatte,
nannte Mr. Table dem Kutscher die Adresse eines eleganten
Balllokals, welches Mrs. Spencer erst betrat, nachdem ihr Ritter
ihr versichert hatte, daß man, selbst ganz unerkannt, aus einer
der Logen dem amüsanten Treiben da unten zuschauen könne.

Mr. Table schien hier ganz bekannt zu sein, denn ohne die
Logenschließerin zu bemühen, öffnete er selbst die Logenthüren,
welche nur angelehnt waren, um eine passende Loge auszusuchen.

Plötzlich fuhr er erschreckt zurück, und ehe er seine ihm
folgende Dame benachrichtigen konnte, standen beide vor Kapitän
Primrose, der eben, eine junge Dame am Arm, die Loge verlassen wollte.

Auf beiden Seiten Verlegenheit und tiefes Schweigen, welches
der Kapitän zuerst brach.

„Darf ich Sie um Aufklärung bitten, Madame, wie Sie zu
so später Stunde in Begleitung eines anderen in dieses Ball-
lokal geraten sind?"

Ueber die freundliche Miene der Mrs. Spencer flog kaum

ein Schatten. „Darf ich Sie um Aufklärung bitten, Kapitän, wo.Sie seit vierzehn Tagen gewesen sind, da man im Klub von Ihnen nichts wußte, und wie diese junge Dame —"

„Ersparen wir uns die Auseinandersetzungen, Madame, bis zu einer gelegeneren Zeit. Aber mit diesem jungen Manne möchte ich noch einige Worte wechseln." Und an Mr. Table herantretend, flüsterte er: „Mein Herr, ich bitte um Ihre Karte. Morgen sende ich Ihnen meine Sekundanten."

„Sehr angenehm," entgegnete Mr. Table, aus dessen Gesicht jeder Blutstropfen gewichen war.

In fürchterlicher Erregung verabschiedete sich der junge Mann und eilte zu seinen Freunden, denen er sein Abenteuer erzählte. Er hatte erwartet, daß diese ihm von dem Duell abraten würden, statt dessen fand er aber die größte Bewunderung und wurde so sehr als Held gefeiert, daß er wider seinen Willen zu bramarba= sieren anfing und sogleich zwei der Freunde bat, ihn als Sekun= danten zu unterstützen, was diese mit größtem Entzücken an= nahmen.

Einer dieser Sekundanten, Namens Richard Campbell, war Mr. Tables Busenfreund, der mit ihm in demselben Hause wohnte. Als sie beide auf dem Heimweg durch die Straßen schlenderten, faßte Mr. Table die Hand des Freundes und fragte flehend: „Richard, willst du wirklich zulassen, daß ich getötet werde?"

„Das wäre mir sehr schmerzlich, lieber Freund, aber kann ich es verhindern?"

„Auf eine sehr einfache Weise. Du sorgst dafür, daß die Pistolen nur blind geladen werden. Als Sekundant wirst du schon Gelegenheit dazu haben. Versprichst du es mir?"

„Ich verspreche es dir," erwiderte Richard, dem Freunde gerührt die Hand drückend.

Die Stunde des Duells war gekommen, und die beiden Gegner standen einander gegenüber. Merkwürdigerweise konnte der Kapitän eine gewisse Erregung nicht verbergen, während Mr. Table so ruhig und gelassen blieb, als handle es sich um ein ganz harmloses Vergnügen.

„Die Pistolen sind doch nicht geladen?" fragte er flüsternd seinen Freund Richard.

„Nein, gewiß nicht," erwiderte dieser, sich eiligst entfernend.

Freund Richard hatte allen Grund, unruhig zu sein, denn in der That war es ihm nicht gelungen, das richtige Laden der Pistolen mit Kugeln zu verhindern. Er wagte es aber nicht, dies dem Freunde zu gestehen, aus Furcht, derselbe würde dann von dem Duell zurücktreten und dadurch sich und seine Freunde bloßstellen.

Der Kapitän als der Beleidigte hatte den ersten Schuß, der sein Ziel verfehlte. Auch der darauf folgende Schuß seines Gegners ging vorbei. Die zweite Kugel des Kapitäns streifte Mr. Table leicht an der Wange, wovon dieser aber in der festen Ueberzeugung, die Pistolen seien nicht geladen, gar nichts bemerkte. Der nächste Schuß des Mr. Table aber verwundete den Kapitän derart am rechten Arm, daß das Duell für beendet erklärt wurde.

Von allen Seiten trat man auf Mr. Table zu, um ihm wegen seiner unerschütterlichen Kaltblütigkeit Glück zu wünschen. Der junge Mann strahlte vor Vergnügen.

„Und nun gestatten Sie, Mr. Table," wandte sich der Arzt an ihn, „Ihre Wange blutet — die Kugel hat sie gestreift."

„Wie? Die Pistole des Kapitäns war geladen, mit einer wirklichen Kugel geladen?" rief Mr. Table leichenblaß werdend, griff mit den Händen in die Luft und — fiel in Ohnmacht.

Der wahre Hergang der Geschichte blieb nicht verborgen und kam in alle Londoner Zeitungen. Mr. Table war so sehr dem allgemeinen Spotte ausgesetzt, daß er, um sich der Oeffentlichkeit zu entziehen, seine Stellung im Bazar aufgab. Jedoch wurde er dafür dadurch entschädigt, daß Mrs. Spencer ihm die Hand reichte, nachdem sie mit dem Kapitän endgültig gebrochen hatte.

Seit diesem Duell hat man von weiteren in England nicht mehr gehört. M. H.—b.

Verschönerungsmittel der Nürnbergerinnen vor vierhundert Jahren. — Wie aus einer noch vorhandenen Familienchronik vom Jahre 1502 hervorgeht, bedienten sich die Nürnberger Damen oft merkwürdiger Mittel, um sich ihre Jugendfrische zu erhalten. Besonders beliebt waren bekanntlich schon von jeher Bäder und Waschungen mit Eselinnenmilch; auch Schlangenblut, Eidotter und die Asche einer verbrannten Maus, mit Baumöl gemischt, wurden damals in Nürnberg verwendet. Ein anderes Rezept lautet: Man nehme einen weißen Kapaun, füttere ihn drei Wochen mit in Ziegenmilch gequollenem Reis, erwürge ihn darauf, hacke ihn klein und stelle daraus ein Waschwasser her. — Um Runzeln zu vertreiben, empfahl man Einreibungen mit Eselsfett oder Eulengehirn. Gegen Sommersprossen gab es mehrere Mittel. Man machte sich, wenn man nicht das Fell eines gefleckten Leoparden erhalten konnte, entweder eine Salbe aus Bockstalg mit Schwefel oder eine schleimige Suppe aus zerschnittenen Wegschnecken. Auch wurde Kuhmilch mit Hirschhorn oder Rehgalle angewendet. Haarpomade machte man aus Bärenfett oder Aalschmalz, Uhublut sollte krause Haare geben, Ziegengalle zu starke Augenbrauen mindern. Zahnpulver bereitete man aus Asche von einem Hasenschädel und Fenchelsamen, ein Enthaarungsmittel aus dem Blute der Fledermäuse. Ziemlich kompliziert war die Herstellung von Lippenpomade. Man nahm dazu das „Netz" eines Zickleins, legte es dreizehn Tage in Rosenöl, nahm es dann heraus, breitete es auf einem Zinnteller aus, setzte es in den warmen Sonnenschein und ließ das Fett herausbraten. Da das Rosenöl sehr teuer war, so ersieht man daraus, daß sich's die Nürnberger Damen schon vor vierhundert Jahren etwas kosten ließen, wenn es galt, ihr Antlitz zu verschönern.   Z.

Neue Erfindungen: l. **Patentierter Fleischschaber und Fischschupper.** — Ein äußerst nützliches Werkzeug für unsere Hausfrauen ist der abgebildete patentierte Fleischschaber und Fischschupper. Jede Hausfrau weiß, wie peinlich beide Manipulationen mit dem Küchenmesser sind, und wie oft man sich dabei in den Finger schneidet. Schabefleisch fertig vom Fleischer zu kaufen, empfiehlt sich im allgemeinen nicht. Meist sind die Sehnen mitgehackt, und das Fleisch ist wohl gar noch künstlich durch Wasser beschwert. Der Fleischschaber nun gewährt den Vorteil, daß das hergestellte Schabefleisch sehnenfrei ist, denn die Sehnen bleiben auf dem Brett zurück, und daß man stets sicher ist, gutes Fleisch zu haben. Er ist aus stark vernickeltem

Metall hergestellt, unten befinden sich scharf geschliffene Zähne, oben ein Handgriff aus poliertem Holz. Man schneidet das Fleisch, das man haben will, in 1 bis 1½ Centimeter dicke Scheiben längs dem Strich der Fasern oder Sehnen, hält es mit der linken Hand auf dem Brett und führt mit der rechten das Instrument. Beim Fischschuppen gebraucht man es in gleicher Weise, indem man den Schuppenlagern entgegenfährt. Der

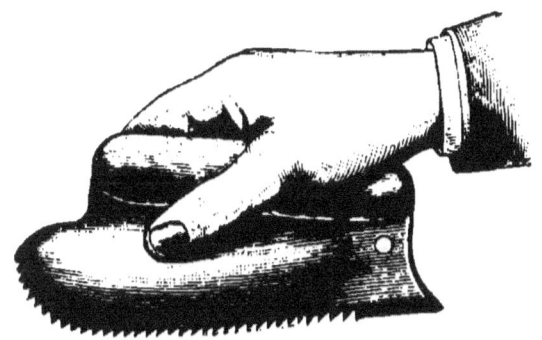

Patentierter Fleischschaber und Fischschupper.

Fisch wird natürlich nicht zerschnitten. Die Handhabung ist leicht und zuverlässig.　　　　　　　　　　　　　　　　F. J.

II. Automatisch wirkende Melkvorrichtung. — Die Milch entfließt dem Euter des Muttertieres bekanntlich unter dem durch das Maul des saugenden Jungen ausgeübten Druck, der dabei den Widerstand von Schließmuskeln zu überwinden hat. In möglichst gleicher Weise muß man beim Melken mit der Hand wirken. Durch zweckmäßige Handgriffe und sanfte Behandlung kann erfahrungsgemäß die Milchausbeute ganz erheblich gesteigert werden. Da man aber nicht immer über geeignetes Personal verfügt und zudem das Melken eine ebenso anstrengende wie langwierige Arbeit ist, so hat man wiederholt versucht, die Milch durch andere mechanische Mittel zu gewinnen. Bereits praktisch bewährt hat sich die automatisch wirkende Melkvorrichtung, die unsere Abbildung veranschaulicht, und mit der außerdem beliebig viele Kühe gleichzeitig in der dargestellten Weise gemolken werden können. Das System ist ziemlich einfach unb verurſacht keine allzu hohen Koſten. Ringsum im Stall wird eine eiſerne Rohrleitung geführt, die an den beiden Enden ge=

Automatiſches Melken von Kühen.

ſchloſſen iſt. Vor jeder Kuh geht ein Schlauch von der Röhre zu dem auf dem Boden ſtehenden Aufnahmebehälter für die

Milch (R), den ein gläserner Deckel luftdicht verschließt. Oben
an der Wand ist ein Luftreservoir (A) angebracht und zunächst
durch ein senkrechtes Rohr mit der allgemeinen Rohrleitung verbunden; das Rohr wird aber noch weiter darüber hinaus abwärts geleitet, um in einem Wasserbehälter E zu endigen. Die
Milchbehälter sind auf der anderen Seite mittels einer besonderen
Vorrichtung mit dem Euter der Kuh verbunden. Wenn man
nun durch die Pumpe P die Wassersäule in der senkrechten Röhre
zum Steigen bringt, so entsteht in dem Rohrsystem ein wech-
selnder Luftdruck, der auf die Euter wie ein Saugen wirkt und
die Milch zum Ausfließen bringt. Auch vom hygieinischen Standpunkte aus erscheint dies System empfehlenswert, da sich hierbei
leicht für peinlichste Reinlichkeit sorgen läßt.   G. M.

III. Verkapselmaschine „Monopol". — Für Wein-
handlungen, Hoteliers und Private dürfte eine sehr praktische

Verkapselmaschine „Monopol".

Neuheit für den Kellerei-
betrieb von Interesse sein.
Die Firma Ziegler & Groß
in Konstanz 59 bringt nämlich seit kurzem eine neue,
durch Gebrauchsmusterschutz
geschützte Hand-Flaschenver-
kapselmaschine „Monopol"

in den Handel (Preis M. 12.50). Der beistehend veran-
schaulichte, höchst nützliche und zweckmäßige, aus solidem, elegant
bronziertem Gußeisen hergestellte, auf Brett montierte Apparat ist für Weinflaschen, Krüge 2c. mit verschiedener Kopf-
stärke, da die Gummibacken auswechselbar sind, für Kapseln
bis zu 50 Millimeter verwendbar, und man erzielt mit den-
selben einen eleganten zweifaltigen Verschluß ohne Verletzung
der Kopf- und Seitenprägung. Die Anwendung ist höchst einfach. Man schiebt die mit lose aufgesetzter Kapsel versehene
Flasche in die betreffende Oeffnung bis zur Rückwand, drückt
alsdann den Hebel kräftig nieder und läßt, während man mit
der Flasche eine kleine Drehung von 1 bis 2 Millimeter nach links
macht, zu gleicher Zeit einen zweiten kräftigen Hebeldruck folgen,
wodurch sich die Kapsel fest anlegt.

Die erste Aufführung des „Freischütz" in Berlin. —

Wie jeder Mann, der öffentlich seine Geistesprodukte darbietet, hatte auch Karl Maria v. Weber von der Kritik viel zu leiden, was ihn oft so verstimmte, daß er begonnene Arbeiten wieder zerriß. Eben hatte er die letzte Feile an seine Oper „Der Freischütz" gelegt, als ihm sein Freund, der Direktor des Berliner Theaters, welcher den „Freischütz" zur Aufführung übernommen hatte, eine Nummer der Musikzeitung vorhielt, in der ein gewisser R. über Weber in unwürdigster Weise loszog, ihm jedes Talent absprach und die letzten Erzeugnisse des Komponisten eine elende Schuljungenleistung nannte.

Weber war begreiflicherweise sehr aufgebracht gegen den Anonymus, und das um so mehr, als auch der Theaterdirektor durch die Kritik etwas beeinflußt schien und Besorgnisse wegen des „Freischütz" hegte. Schon wollte er im aufwallenden Zorn das Werk zerreißen, als ihm der Bühnenmann in den Arm fiel: „Machen Sie keinen Unsinn, Weber," sagte er, „wenn ich an dem möglichen Erfolge Ihres „Freischütz" zweifelte, so geschah es nicht, weil ich dessen Wert nicht erkenne, sondern lediglich aus Furcht, daß das Publikum beeinflußt werde. Sie wissen, das ist wie eine Herde, die dorthin läuft, wohin der Hirte mit der Peitsche schnalzt, und der Hirte ist die berufene oder auch unberufene Kritik. Diese Herren lassen niemand in Ruhe, das heißt solange er lebt, mit bereits Gestorbenen gehen sie anders um."

„Da soll ich also wohl schnell noch vor der Aufführung meines „Freischütz" sterben?" fragte Weber sarkastisch.

„So ungefähr — wenigstens für Berlin."

„Ah! Ich verstehe," lachte Weber und ließ sich überreden, den „Geniestreich" des Direktors wenigstens nicht zu vereiteln.

Als nun im Winter 1821 die Oper in Berlin zur Ankündigung kam, erschien der Theaterzettel mit schwarzem Rand, und die Berliner Zeitungen berichteten von dem unvermuteten Tode des Komponisten in Dresden.

Natürlich war das Theater ausverkauft, und die Kritik erging sich in beredten Worten über dieses Musterstück eines deutschen

Komponisten und Dichters, den ein tragisches Geschick viel zu früh der Kunst entrissen habe.

Wenige Tage darauf — Telegraphen und Eisenbahnen gab es damals ja noch nicht — traf in Berlin die Nachricht ein, daß die Todesnachricht eine falsche sei, Herr Karl Maria v. Weber sei vielmehr in Berlin eingetroffen, um seine Oper dem hiesigen hochverehrten Publikum selbst vorzuführen. Alles war freudig berührt, und auch die Kritik konnte nun nicht mehr schwarz sagen, was sie bereits als weiß erklärt hatte.   A. D. B.

Eine Zwangsvermählung. — Am 25. August 1572 fand jene weltgeschichtliche Vermählung der Margarete von Valois mit König Heinrich von Navarra statt, die später wegen der sich daran anknüpfenden Niedermetzelung der Hugenotten die „Pariser Bluthochzeit" genannt wurde. Aber auch an sich selbst war diese Eheschließung eine der seltsamsten, welche die Geschichte der Höfe kennt. Margarete von Valois, von einer heftigen Abneigung gegen Heinrich von Navarra ergriffen, weigerte sich nämlich bis zur letzten Stunde vor der Trauung, dem ihr vom Hofe aufgedrungenen Bräutigam die Hand zum Ehebunde zu reichen. Als nun der Augenblick der Einsegnung des Paares erschien, und Margarete an der Seite Heinrichs von Navarra von der Pforte der Kathedrale den unter freiem Himmel er- richteten Altar betrat, richtete der Kardinal von Bourbon die vorgeschriebene Frage an die Braut: „Wollt Ihr, Prinzessin, den König Heinrich von Navarra zum Gemahl nehmen?"

Allein die Prinzessin biß die Zähne zusammen und blieb die Antwort schuldig.

Zum zweitenmal legte ihr der Kardinal die Frage vor, und wieder schwieg die Braut. Da entstand ein lautes Murren in der Menge der Zuschauer, und schnell entschlossen legte der Kardinal der Braut die Hand auf den Kopf und gab diesem die erwünschte Beugung, die als zustimmendes Nicken genommen wurde, so daß hierauf die Einsegnung ohne weiteres vor sich gehen konnte.

Bei der nachmaligen Klage auf Ehescheidung unterließ Margarete von Valois nicht, dieses erzwungene Kopfnicken zu ihren Gunsten geltend zu machen.   J. W.

Die Walfische und die Schiffahrt. — Trotzdem es noch
vor zwanzig Jahren bedeutend mehr Walfische gab als jetzt, wo
diese Riesentiere des Meeres in manchen Gegenden fast gänzlich
ausgerottet sind, kennt man doch aus früherer Zeit nur wenig
unangenehme Begegnungen oder Zusammenstöße zwischen Schiffen
und Walfischen. Eine einzige Katastrophe, die durch einen Walfisch hervorgerufen wurde, kennt man aus dem südlichen pacifischen
Ozean, die in den sechziger Jahren dem Walfischfahrer „Essex"
zustieß. Zweitausend englische Meilen von jeder Küste entfernt,
entdeckte die Besatzung des Walfischfängers „Essex" einen riesigen
Walfisch mit seinem Jungen. Die Boote wurden ausgesetzt, und
das Junge wurde harpuniert und getötet. Der Walfisch geriet
darüber in furchtbaren Zorn, peitschte mit seinem Schwanz wie
wahnsinnig das Wasser und setzte sich endlich gegen das Schiff,
auf welchem sich nur wenige Mannschaften befanden, da die anderen
in den Booten waren, mit rasender Geschwindigkeit in Bewegung.
Der Walfisch traf das Schiff mitten in eine der beiden Seiten-
wände und stieß in den hölzernen Walfischfahrer mit seinem
Kopf ein derartiges Loch, daß das Schiff sofort sank. Mit
Mühe und Not konnten sich die Leute retten. Mit wenig Wasser
und Nahrungsmitteln versehen, litten die Insassen der Boote,
die nun versuchten, das Land zu erreichen, entsetzlich. Ein Sturm
trennte die Boote voneinander, und nur eines von ihnen landete
an der südamerikanischen Küste mit einer Besatzung von Halb-
toten und Wahnsinnigen. Die anderen Boote gingen verloren.
Einige Jahre später sichtete ein anderer Walfischfahrer in
jener Gegend einen riesigen Walfisch, der sich anscheinend im
Todeskampfe befand und nicht mehr imstande war, unterzutauchen,
als man Boote aussetzte und ihn harpunierte. Er verstarb, bevor er noch den Todesstoß von dem Walfischfängerboote erhalten
hatte, und man entdeckte, daß er in seinem Kopf eine Menge
von großen Holzsplittern, sowie von Eisenteilen trug, die bei
ihm jahrelanges Siechtum hervorgebracht haben mußten. Man
zweifelte nicht daran, daß dieser Walfisch derjenige sei, der seiner
Zeit die „Essex" gerammt hatte und sich dabei an den Holz- und
Eisenteilen des Schiffes seine Kopfwunden zuzog.
Wie bereits erwähnt, ist dieser Fall so ziemlich der einzige,

den man aus früheren Jahren kennt. Dagegen haben die letzten
fünf Jahre eine ganze Anzahl von unangenehmen Begegnungen
zwischen Schiffen und Walfischen aufzuweisen, und zwar war der
Schauplatz dieser Ereignisse fast ausnahmslos die Küste von
Kalifornien im westlichen Nordamerika. Zwischen der südkali=
fornischen Küste und zwischen der Insel Santa Catalina befindet
sich ein Kanal, welcher zu gewissen Zeiten von ganzen Scharen
von Walfischen aufgesucht wird. Sie ziehen entweder in Gruppen
oder einzeln bis nach San Francisco hinauf, dringen durch die
schmale Einfahrt des Goldenen Thores bis in die Bai von
San Francisco vor und bilden nun geradezu ein Hindernis
für die Schiffahrt. Kleinere Lustjachten, die an der kalifornischen
Küste kreuzten, sahen sich schon öfters gezwungen, niedrigeres
Wasser aufzusuchen, weil sich Walfische an sie heranbrängten,
vielleicht nur, um ihren Rücken an dem Kiel der Fahrzeuge zu
reiben, wodurch aber für das Schiff sehr unangenehme Situa=
tionen entstehen können. Einer solchen Jacht ist ein Walfisch
ungefähr dreitausend englische Meilen nachgeschwommen, ohne
sich sonst feindselig zu zeigen; wahrscheinlich hielt er das Schiff
für einen Kollegen.

Die Insassen von Lotsenkuttern haben besonders unangenehme
Begegnungen mit Walfischen gehabt. Einer dieser Kutter aus
dem Hafen von Wilmington, dem Vorhafen von Los Angeles,
wurde zu plötzlichem Kentern gebracht, und die Mannschaft rettete
sich nur mit Mühe, weil ein Walfisch plötzlich unter dem Kutter
aufstieg und mit seinem Rücken das Boot zum Umfallen brachte.

In einem anderen Falle legte sich ein Walfisch so dicht an
den Bord eines Kutters, daß er beim Atmen und Ausspritzen
des Wassers aus seinen Kopflöchern die Insassen des Kutters
fortwährend mit Wasserfluten übergoß. Selbst der Atem des
ungeheuren Tieres mit seinem unangenehmen thranigen Geruch
wurde den Insassen lästig, aber alles Schreien und Schießen
half nichts, bis der Kutter in Flachwasser flüchtete und so den
Zudringlichkeiten des Ungeheuers entging.

Ganz besonders schlimm ging es dem Lotsenkutter „Bonita“
aus San Francisco, der aus der Bai durch das Goldene Thor
in die See hinausgefahren war, um hier in Erwartung von

Schiffen zu kreuzen. Er hatte an Bord vier Lotsen und fünf Mann Besatzung, und der Kapitän war ein besonders tüchtiger Seemann. Bei klarem Wetter erhielt das Schiff plötzlich einen leichten Stoß, so daß die Insassen glaubten, sie seien auf einen ihnen unbekannten Felsen aufgelaufen. Es zeigte sich aber bald, daß es ein Walfisch gewesen war, und da der Kutter unter vollem Wind ging, war die Berührung für den Walfisch wahr= scheinlich recht unangenehm gewesen. Es erschien auch an Steuer= bord des Schiffes im nächsten Augenblick ein ungefähr siebzig Fuß langer Walfisch, der wütend das Wasser mit seinem Schwanze peitschte, und dann schoß er, ähnlich wie jener Walfisch, der die „Essex" rammte, auf den Kutter los und traf mit seinem Kopfe das Schiff rechts vom Steuer mit solcher Gewalt, daß nicht nur alle Leute zu Boden stürzten, sondern auch das Schiff ein Leck bekam, durch welches das Wasser sofort eindrang. Der Walfisch verschwand, Mannschaften und Lotsen eilten an die Pumpen, aber sie konnten des eindringenden Wassers nicht mehr Herr werden. Zum Glück war ein anderer Kutter in der Nähe, der heraneilte, um die Insassen aufzunehmen; eine Stunde später war der Kutter gesunken. Zehn Tage darauf bekam aber dieser unangenehme Walfisch seinen Lohn, indem er einen Zusammen= stoß mit dem großen Dampfer „San Rafael" hatte, der auf der Fahrt nach San Francisco unterwegs war. Als der Dampfer in der Nähe des Goldenen Thores war, gab es plötzlich einen Ruck am Schiffsboden, durch welchen alles, was nicht niet= und nagelfest an Bord war, zusammenbrach. Man glaubte allgemein, man sei auf eine Sandbank aufgelaufen, und besonders die Heizer im Maschinenraum erlitten durch den furchtbaren Stoß und das Herumschleudern zum Teil recht schwere Verletzungen. Man war mit einem Walfisch zusammengerannt, und zwar war das Schiff mit seinem scharfen Eisenbug quer durch den dicken Rücken des Walfisches hindurchgefahren. Man eilte sofort an die Pumpen, weil man glaubte, das Schiff habe sich den Boden eingedrückt, es zeigte sich aber gänzlich unbeschädigt. Der Wal= fisch wurde einige Tage später tot an die Küste südlich von San Francisco angetrieben, und seine Leiche lockte Tausende von Zuschauern herbei.

Der im Hafen von Wilmington beheimatete Dampfer „Hermosa" hat sogar zweimal in den letzten fünf Jahren Zusammenstöße mit Walfischen gehabt. Beim erstenmal streifte er nur einen Walfisch, der sich gerade unter dem Schiff aus der Tiefe erhob, und die „Hermosa" neigte sich so stark nach Backbord, daß Kapitän und Besatzung fürchteten, das Schiff würde kentern. Das zweite Mal, und zwar vor wenigen Monaten, rannte das Schiff, das einen besonders scharfen Bug besitzt, einen Walfisch mitten durch, der ebenfalls drei Tage später an die Küste von Wilmington tot angetrieben wurde.

Große Dampfschiffe sind naturgemäß weniger durch Walfische gefährdet. Sie haben einen eisernen, sehr scharf gebauten Bug, der wie ein Messer durch die Fett- und Fleischmasse des Walfisches hindurchgeht. Sie warnen auch durch das Arbeiten ihrer Schrauben den Walfisch davor, gerade an der Stelle im Wasser aufzusteigen, wo sich das Schiff befindet. Kleinere Dampfer indessen, welche nur Vergnügungszwecken dienen, ebenso Fährboote thun immer gut, wenn sie in die Nähe eines Walfisches kommen, diesem aus dem Wege zu gehen und sofort flaches Wasser aufzusuchen. O. R.

Frhr. K. v. Ketteler,
der ermordete deutsche Gesandte in
Peking.

Die Hinrichtung des Mörders des Freiherrn v. Ketteler.
— Am 20. Juni 1900 wurde bekanntlich Freiherr K. v. Ketteler, der kaiserlich deutsche Gesandte in Peking, auf dem Wege zum Tsungliyamen von chinesischen Soldaten der regulären Armee überfallen und erschossen. Nach dem Einmarsch der verbündeten Truppen in die chinesische Hauptstadt gelang es, den Mörder ausfindig zu machen und zu verhaften. Es war ein Mandschu-unteroffizier der kaiserlichen Bannertruppen, Namens Enhai, der auch eingestand, daß er den Gesandten meuchlings niedergeschossen

Enhai, der hingerichtete Mörder des Freiherrn v. Ketteler.

habe, und zwar auf Befehl seiner nächsten militärischen Vor=
gesetzten. Ueber den eigentlichen Anstifter dieser verräterischen
Unthat konnte oder wollte er keine Auskunft geben. Enhai
wurde zum Tode verurteilt, und am 31. Dezember 1900 auf

derselben Stelle, wo das Verbrechen begangen worden war, das
Urteil an ihm vollstreckt. Generalleutnant v. Lessel, Komman=
deur des deutsch=ostasiatischen Expeditionscorps, Generalmajor
v. Trotha, Kommandeur der 1. ostasiatischen Infanteriebrigade,
und andere Offiziere waren zugegen. Der Verurteilte, dem auf
der Richtstätte die Fußfesseln abgenommen wurden, zeigte keine
Todesfurcht. „Ich bin bestochen worden," sagte er zu den Um=
stehenden mit dem Hinzufügen: „So schaut, wie mein Herz ruhig
ist!" Er mußte nach chinesischer Sitte niederknieen, das Todes=
urteil wurde verlesen, und der Delinquent den einheimischen
Strafvollzugsbeamten übergeben. Hierauf trat der Scharfrichter
vor und trennte mit einem einzigen Hiebe das Haupt Enhais
vom Rumpfe. Der Mörder des deutschen Gesandten hat somit
den verdienten Lohn empfangen, dagegen sind die eigentlichen,
hochstehenden Urheber jenes völkerrechtswidrigen Verbrechens der
strafenden Gerechtigkeit bisher entzogen geblieben.   E. M.

Ein neues Betäubungsmittel. — Nirvanine heißt das
neue Betäubungsmittel, welcher Name an Nirwana, das Paradies
der Buddhisten, erinnert, wo alle Leiden in seliger Ruhe dahin=
schwinden. Nirvanine ist ein Agens, welches zwar weniger
kräftig als Opium und Chloroform, das aber auch weniger
giftig ist und doch eine genügende betäubende Kraft besitzt.
Bringt man einige Tropfen der Lösung desselben in ein Auge,
so tritt in zehn Minuten vollständige Unempfindlichkeit ein; man
kann das Auge mit dem Finger berühren, die Bindehaut mit
der Zange fassen und Operationen vornehmen, ohne daß die
betreffende Person den geringsten Schmerz verspürt. Auf die
Schleimhäute in Mund und Nase bringt Nirvanine gar keinen
Reiz hervor, und die Betäubung ist vollkommen. Soll eine
absolute Betäubung eintreten, um Einschnitte machen oder
beizen zu können, so müssen die Enden der Nerven mit der
Lösung in Berührung gebracht werden. Die praktische Betäubung
wird durch Einspritzungen unter die Haut oder die Schleimhaut
herbeigeführt.

Dem Nirvanine wird wegen seines geringen Giftgehaltes
vor allen anderen Betäubungsmitteln der Vorzug gegeben. Man
kann davon bis 40 Centigramm einspritzen, ohne daß ein

Zwischenfall eintritt; die gleiche Dosis Kokain würde eine starke Vergiftung herbeiführen. Mit Lösungen von ein Prozent oder mehr sind die Wirkungen sehr deutlich und genügend schnell; der Grad der Betäubung wächst mit dem Grad der Lösung. Mit einer Lösung von ein Prozent kann man in 15 Minuten Gefühllosigkeit erreichen, mit zwei Prozent in 20 oder 25 Minuten auf einer Fläche von 3 bis 4 Quadratcentimeter. Macht man um eine Geschwulst von der Größe einer Faust vier oder fünf Injektionen von 1 Kubikcentimeter der zweiprozentigen Lösung, so bewirkt man eine Betäubung, welche die Wegnahme der Geschwulst ohne Schmerzen zuläßt.

M. Boncour, Professor der zahnärztlichen Schule in Paris, wendet das Nirvanine mit großem Erfolg in der Zahnchirurgie an und findet, daß dieses Medikament bedeutend wirksamer ist, als die bisher bei Betäubung des Zahnfleisches oder beim Zahnziehen angewandten Mittel.

Die Lösungen des Nirvanine besitzen auch den Vorteil, viel beständiger zu sein als die des Kokain; sie ändern sich nicht durch Kochen und sind daher leicht sterilisierbar. Infolge seiner chemischen Zusammensetzung besitzt das Nirvanine eine fäulniswerhindernde Eigenschaft. Es ist dies ein Grund mehr, demselben vor anderen Mitteln für lokale Betäubung den Vorzug zu geben; aber was seine wirkliche Ueberlegenheit ausmacht, ist seine schwache Giftigkeit.　　　　　　　　　　　　G. T.

Ein Prinz als Raubmörder. — Es war am 13. April 1696, als der neuernannte portugiesische Botschafter Karl Joseph Procop Prinz de Lygne in Wien seine feierliche Auffahrt hielt. Die Pracht, welche er dabei entfaltete, hatte halb Wien herbeigelockt. Sechs, jede mit sechs kostbaren Pferden bespannte Karossen, von mehr denn achtzig Personen begleitet, bildeten den glänzenden Zug. Der Prinz, der mit der Marquise b'Arronches, der einzigen Tochter des portugiesischen Premierministers, verheiratet war, stammte aus einem vornehmen niederländischen Geschlecht; sein Vater war Gouverneur von Mailand und Grande von Spanien, seine Mutter eine Fürstin von Nassau. Dem Glanze seines Einzuges entsprach die Einrichtung seines Hausstandes. Er mietete ein Hotel vor dem Kärntner Thore, stattete es mit

großem Luxus aus und gab glänzende Feste. Alles, auch das
hohe Spiel, an welchem er teilnahm, verriet großen Reichtum.

Eines Tages verlor er an den Grafen Ferdinand Leopold
v. Hallweil 13,000 Dukaten, eine Summe, die allerdings so
beträchtlich war, daß der Gewinner die bare Zahlung nicht so=
fort verlangte, sondern sich mit einer Schuldverschreibung be=
gnügte, in welcher der Zahlungstermin auf mehrere Wochen
hinausgeschoben ward; der Termin verlief aber, ohne daß der
Prinz seine Schuld einlöste. Der Graf wartete noch einige Zeit,
als aber der Prinz nichts von sich hören ließ und auf eine
höfliche Erinnerung nur Versprechungen gab, die abermals nicht
erfüllt wurden, sprach der Graf öffentlich von diesem Umstande.
Er erhielt hierauf von dem Prinzen be Lygne ein Schreiben,
worin dieser ihn aufforderte, einige Tage später, am 10. August
1696, zu ihm zu kommen, die Schuldverschreibung mitzubringen
und sein Geld zu empfangen.

An demselben Tage, an dem dieses Billet geschrieben wurde,
fuhr der Prinz mit einem Kutscher und einem Diener nach dem
in der Nähe von Wien gelegenen Dorfe Göblitz. Er ließ hier
seinen Wagen im Gasthofe zurück, begab sich mit seinem Diener
in den nahen Wiener Wald, in dem damals die Gesandten
freie Jagd hatten, und verweilte daselbst mehrere Stunden.
Dort begegnete er einem Sandfuhrmanne, dessen Schaufel und
Hacke er kaufte und im Walde versteckte. Der Prinz fuhr dann
wieder nach Wien zurück, ließ aber den Diener mit dem Pferde
in Göblitz zurück.

Arglos fand der Graf v. Hallweil sich zu der bestimmten
Stunde im Hotel des portugiesischen Botschafters ein, ward von
diesem sehr höflich empfangen und, ohne daß der Zahlung ge=
dacht ward, aufgefordert, mit ihm auf die Jagd zu fahren.
Um 10 Uhr morgens fuhren beide, nur von einem Lakaien
des Botschafters, einem Franzosen, begleitet, fort, indem der
Prinz die Bitte des Grafen, auch seinen eigenen Diener mitzu=
nehmen, durch die Erklärung beseitigte, er könne den Wagen
nicht mehr belasten. Der Prinz be Lygne führte die Zügel
selbst; die Fahrt ging nach Göblitz. Dort fuhr man am Wirts=
hause vorüber; doch schon eine Stunde später kam der Prinz

be Lygne ohne den Grafen v. Hallweil, nur von seinem Diener
begleitet, wieder zurück. Er speiste, fuhr dann wieder nach
Wien und zeigte sich noch an demselben Abend in einer Gesell=
schaft.

Das Ausbleiben des Grafen v. Hallweil, welcher nicht in
seine Wohnung zurückkehrte, erregte natürlich bei den Seinigen
Besorgnisse. Man forschte nach, und da man ermittelte, daß er
zuletzt beim Prinzen be Lygne gewesen, ward bei diesem Erkun=
digung eingezogen. Auf diese Nachfragen gab er sowohl den
Verwandten des Grafen, als auch dem Kaiser selbst die Ant=
wort, daß der Graf sich, weil es geregnet, in den Wagen eines
ihm fremden Kavaliers, dessen Diener gelbe Livree getragen,
gesetzt habe und nach Baden gefahren sei. Diese Aussage
befremdete um so mehr, als die Gegend, welche der Prinz
bezeichnete, nicht auf dem Wege nach Baden lag, und der Graf
auch dort nicht eingetroffen war; es verbreitete sich vielmehr
das Gerücht, der Graf sei in Göbliß gesehen und dort ermordet
worden.

Der besorgte Vater des Verschwundenen, Geheimrat v. Hall=
weil, schickte Leute aus, um die ganze Gegend zu durchsuchen,
und am 15. August fand man die Leiche des Grafen im Walde
bei Göbliß vergraben. Man kam auf die Spur durch ein Taschen=
tuch, welches an einen Baum geknüpft war, und bei welchem
ein Korb mit Weißbrot und harten Eiern stand; wahrscheinlich
war hier der Mord verübt worden, denn die niedergedrückten
Büsche zeigten an, daß ein schwerer Körper durch sie geschleppt
worden war. Etwa hundert Schritte weiter fand man eine
Schaufel und eine Hacke, und den Erdboden etwas aufgewühlt,
und hier, nur wenig mit Erde bedeckt, den Leichnam des Grafen.
Ein Schuß war durch beide Schläfen gegangen, mehrere Stiche
hatten den Kopf verletzt, und der rechte Fuß war gebrochen.
Der Graf war der Schuldverschreibung des Prinzen be Lygne,
welche er, wie sein Kammerdiener genau wußte, bei sich getragen
hatte, sowie mehrerer kostbaren Diamanten, der Hutschnallen,
Hemdenknöpfe, Knie= und Schuhschnallen, zweier Ringe, einer
goldenen englischen Uhr und einer Börse mit 400 Speciesdukaten
beraubt.

Wie ein Lauffeuer verbreitete sich die Nachricht der schänb=
lichen That in Wien, und als der blutige Leichnam bahin gelangte
unb im Hallweilschen Palais ausgestellt warb, rottete sich bas
Volk zusammen, verfolgte die Diener bes Prinzen be Lygne,
welche, um sich Mißhanblungen zu entziehen, ihre Livree ablegen
mußten, unb brohte, bes Gesandten Palais zu stürmen, welches
zur Sicherstellung mit hundert Mann Militär besetzt warb.

Der Prinz war noch so anmaßenb, bei bem Kaiser um eine
Aubienz nachzusuchen, die ihm aber abgeschlagen wurde. Auch
ber venetianische Gesandte unb die Minister, welche er aussuchte,
ließen ihn abweisen; er gab bei ihnen ein Schreiben ab, worin
er seine früheren Angaben wieberholte. Um seine Person in
Sicherheit zu bringen, floh er in ber Nacht bes 16. August in
Gesellschaft zweier Begleiter, alle brei als Mönche verkleidet, in
einer Kutsche nach Preßburg unb von ba in veränberter Rich=
tung nach Italien.

So spielte sich biese unerhörte Thatsache nach noch vorhan=
benen gesanbtschaftlichen Berichten aus bamaliger Zeit ab. In
ben wenigen alten Druckschriften, welche biesen Raubmorb er=
wähnen, wirb gesagt, baß ber Prinz in Portugal zwar in Unter=
suchung gezogen, aber freigesprochen worden unb im Jahre 1710
in Venebig gestorben sei. Es giebt eine kleine, fein gearbeitete
Rabierung, welche die Morbthat barstellt; ber Graf v. Hallweil
unb Prinz be Lygne sitzen im Walbe beim Essen, hinter bem
Grafen schleicht aus bem Gebüsche ein Mensch mit einer Pistole,
welche er bem Grafen an ben Kopf hält; in ber Ferne sieht
man eine mit zwei Pferben bespannte Chaise.   S. T.

Künstliche Augen sollen ben Verlust bes natürlichen Auges
ersetzen, bas heißt sie sollen die häßliche Entstellung ausgleichen,
die Augenhöhle gesunb erhalten unb vor Entzünbung unb
Schrumpfung schützen.

Geschichtlich ist über künstliche Augen nur sehr wenig be=
kannt, weil die ausübenben Künstler außerorbentlich geheimnis=
voll zu Werke gingen unb nichts Schriftliches hinterließen.
Unser heutiges Wissen über biese Sache ist also gewissermaßen
nur auf Vermutungen gestützt. Es müssen im Laufe ber Zeit
verschiebene Materialien benutzt worben sein: Knochen, Elfen=

bein, emaillierte Kupfer-, Gold- und Silberschalen. 1578 empfiehlt Pareus sogenannte Vorlegeaugen, das waren kleine Platten
aus Eisenblech mit Malerei versehen, und mit diesen wurde die
ganze Augenhöhle von außen zugedeckt; ein schmales federndes
Band, welches um den Kopf herum reichte, hielt die Platte in
ihrer richtigen Lage (Fig. 1).

Ein bleibender Erfolg wurde aber erst dann erzielt, als es
gelang, künstliche Augen aus Glas zu blasen. Diese Kunst
wurde lange Zeit von Paris beherrscht. Seit Mitte des 19. Jahrhunderts ist sie in Deutschland heimisch geworden, und durch

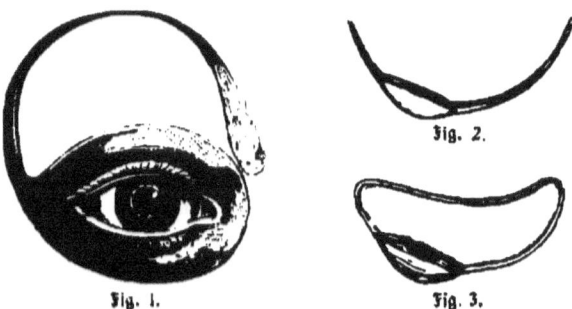

Fig. 2.

Fig. 1.

Fig. 3.

Erfindung eines neuen Materials und der damit verbundenen
Bearbeitungsweise haben die deutschen Fabrikate entschieden die
Oberhand gewonnen, so daß heute der Bedarf für die ganze
Welt lediglich von Deutschland gedeckt wird. Dieses Material
ist eine ganz bestimmte Glaskomposition, außerordentlich zäh
und dauerhaft; andere Materialien, Celluloid und Vulkanit, haben
sich als gänzlich unbrauchbar erwiesen.

Die künstlichen Augen werden nicht, wie der Laie vermuten
mag, in Formen gegossen oder gepreßt, sondern aus einem
Stück über der Stichflamme geblasen; die Farben der Iris
und Blutgefäße werden in flüssigem Zustande nach und nach
aufgetragen, die Form wird genau den jeweiligen Verhältnissen
der Augenhöhle angepaßt, und zwar aus freier Hand nach dem
Augenmaß gebildet. Abgüsse zu nehmen, hat sich nicht bewährt.

Man ist heute so weit, daß die künstlichen Augen nur sehr

schwer von den natürlichen zu unterscheiden sind; so ist es
zum Beispiel keine Seltenheit, daß Personen künstliche Augen
tragen, ohne daß ihre nähere Umgebung Kenntnis davon hat.
Bisher hatten die künstlichen Augen durchweg die Form einer
einfachen halben Nußschale (Fig. 2); neuerdings ist eine neue
Form eingeführt worden, das sogenannte „Reformauge" (Fig. 3),
das einer ineinander geschobenen Kugel ähnlich sieht, deren
Rückwand sich genau an den nach der Operation verbleibenden
Muskelstumpf anlegt. Es wird durch diese Augen eine bessere
Beweglichkeit und größere Bequemlichkeit im Tragen erzielt.
Vor allen Dingen wird aber die Haltbarkeit der Augen erhöht,
und die Schleimabsonderung vermindert; auch können dieselben
Tag und Nacht getragen werden, Eigenschaften, die diese Art
gerade für Kinder und Arbeiter vorteilhaft machen. Wenn das
natürliche Auge nicht ganz entfernt worden ist, sondern als
blinder Stumpf zurückblieb, so wird derselbe mit einer ent=
sprechenden Schale überdeckt. Das Resultat ist geradezu ver=
blüffend, da solche Augen, ohne die geringsten Beschwerden
zu verursachen, die volle Beweglichkeit des natürlichen Auges
haben.

Nicht unerwähnt darf bleiben, daß das künstliche Auge nicht
als Luxusartikel, sondern als absolut notwendiges Hilfsmittel
zur Gesunderhaltung und Konservierung der Augenhöhle betrachtet
werden muß. Hat zum Beispiel ein Auge entfernt werden müssen,
so sinken die Lider ein, die Wimpern legen sich auf die Schleim=
häute und erzeugen durch die fortwährende Reibung eine chronische
Entzündung, die nur durch ein gut passendes künstliches Auge
gehoben werden kann; oder hat ein Kind ein Auge verloren, so
bleibt, wenn kein künstliches Auge eingesetzt wird, die ganze
Augenpartie zurück, verkümmert, was in späteren Jahren, wenn
der Mensch anfängt auf sein Äußeres höheren Wert zu legen,
sehr schmerzlich empfunden wird und nur schwer und langsam
zu korrigieren ist. Es ist deshalb jeder gewissenhafte Arzt ängst=
lich bemüht, seinem Patienten so schnell als irgend möglich ein
künstliches Auge zu beschaffen.   J. A. M.

Die blauen Strümpfe. — Scherzweise pflegt man schön=
geistig beanlagte und sich litterarisch beschäftigende Damen „Blau=

strümpfe" zu nennen, welche im Grunde ganz unsinnige Be=
zeichnung englischen Ursprungs ist, nämlich entstanden in London
um das Jahr 1765, zu welcher Zeit man die hochgebildete
Gemahlin des reichen Bierbrauers Thrale und deren gute
Freundinnen zuerst damit beehrte. Die eigentliche Ursache aber
waren Samuel Johnsons blaue Wollstrümpfe.

Dieser berühmte Kritiker und Lexikograph hatte etwas eigen=
tümliche Manieren und war sehr nachlässig, zuweilen sogar etwas
unsauber in seiner äußeren Erscheinung, was von den vielen
Entbehrungen und Kümmernissen herrührte, die er in seinen
jüngeren Jahren durchgemacht und die er nie ganz verwinden
konnte, auch dann nicht, als es ihm recht gut im Leben erging.
Die anderen Gentlemen jener Zeit, besonders auch die littera=
rischen, trugen gewöhnlich weißseidene oder in Ermangelung
solcher doch feine weiße Zwirnstrümpfe, Johnson aber jahraus,
jahrein, wie er es immer so gewohnt gewesen, grobe blaue Woll=
strümpfe.

In dem schöngeistigen Zirkel der Frau Thrale war er die
tonangebende Person geworden, deren unfehlbaren Orakelsprüchen
alle die Damen, welche in dem reichen Hause an einem bestimmten
gewissen Abend in jeder Woche nicht Bier tranken, sondern feinsten
Thee schlürften, mit dem größten Respekt lauschten. Einmal
aber erlaubte ihm gegenüber Frau Thrale sich die schüchterne
Meinung, in der vielleicht ein ganz leiser Schatten eines Vor=
wurfs lag, ob es nicht doch möglicherweise richtiger und passender
für einen so ausgezeichneten Gelehrten sein würde, weißseidene
Strümpfe anstatt blauer Wollstrümpfe zu tragen.

Solcher Ansicht widersprach Johnson mit ernster Würde und
pries in wohlgefügter Rede, unter Anführung von sinnreichen
Gründen, die blauen Wollstrümpfe, welche nach seiner Behaup=
tung viel gesünder, praktischer und besser seien als weißseidene
Strümpfe. Er huldigte also entschieden dem Grundsatze: „Wer
weise, wählt Wolle!" Seine nachdrucksvollen Beweisgründe
machten so tiefen Eindruck, daß Frau Thrale und die anderen
Damen völlig überzeugt und zur Wolle bekehrt wurden, so daß
sie von der Zeit ab anfingen, ebenfalls blaue Wollstrümpfe an=
statt seidener oder Zwirnstrümpfe zu tragen.

Dies wurde natürlich bald anderen Londoner Damen, welche
nicht zu diesem Kreise gehörten, bekannt, veranlaßte sie zu vielen
losen Spöttereien, und sie nannten die schöngeistige Frau Thrale
und deren Freundinnen nie anders als „blue stockings" („Blau=
strümpfe"). Auf solche Art also soll die seltsame Bezeichnung
ursprünglich entstanden sein.   F. L.

Die Belastung des napoleonischen Soldaten. — Der
Tornister der Soldaten Napoleons I. enthielt die notwendigsten
Kleidungsstücke, eine Wundbinde, Charpie und sechzig Patronen.
In den beiden Seitentaschen des Tornisters befanden sich ferner
vier je ein Pfund schwere Stücke Zwieback, ganz unten lag ein
langer, schmaler, mit zehn Pfund Mehl gefüllter Sack. Voll=
ständig gepackt wog der Tornister nebst dem Riemenzeuge und
dem aufgerollt darauf geschnallten Mantel 34 Pfund. Außer=
dem trug jeder Soldat an einem Riemen einen leinenen Sack,
der zwei Brote enthielt, von denen jedes drei Pfund wog. So
hatte er freilich für vier Tage Brot und Zwieback, für weitere
sieben Tage Mehl und konnte sechzig Schüsse abgeben, aber er
schleppte dafür auch — den Säbel, die Patrontasche, drei Feuer=
steine, einen Schraubenzieher und das Gewehr eingerechnet —
58 Pfund an seinem Körper umher. Noch schwereres Gepäck
hatte die Garde. Für gewöhnlich war sie mit langem blauen
Ueberrock bekleidet und trug auf dem Kopfe einen dreieckigen
Hut. Stand aber eine Parade oder eine Schlacht bevor, so
prangte sie in reichverziertem blauen Frack, weißen Beinkleidern,
schwarzen Gamaschen und in einer hohen Bärenmütze, auf der
sich ein roter Federbusch wiegte. Alle diese Gegenstände aber
trug der französische Gardegrenadier auf dem Marsche bei sich;
die Bärenmütze war, in einen leinenen Ueberzug gehüllt, auf den
Tornister geschnallt, und der Federbusch hing in einem Futteral
von schwarzem Wachstuche neben dem Säbel.   D.

Der Bart des Königs. — Heinrich VIII. hatte im Jahre
1509 den englischen, Franz I. im Jahre 1515 den französischen
Königsthron bestiegen. Kurz nach dem Regierungsantritt Franz' I.
suchten die Diplomaten eine Zusammenkunft zwischen den beiden
jungen Königen herbeizuführen. Die erste Anregung zu diesem
Plane scheint von Franz I. ausgegangen zu sein, doch wurde

dieser Vorschlag von Heinrich von England, der sich gern körper=
lich und geistig mit dem tapferen jungen König von Frankreich
gemessen hätte, mit Freuden begrüßt.

Aber durch den Zug Franz' I. nach Italien, der dem eng=
lischen König nicht gefiel, wurden die Beziehungen beider
Monarchen zu einander etwas gespannt, und das Projekt einer
Begegnung schlummerte wieder ein. Erst nach drei Jahren zer=
streuten sich die Wolken wieder, als am 5. Oktober 1518 die
Vermählung des acht Monate alten Dauphins von Frankreich
mit der zwei Jahre alten Prinzeß Mary vollzogen wurde, und alle
Welt glaubte, der Bund zwischen den beiden Fürsten sei nun fest
geschlossen.

Doch schon im Januar des folgenden Jahres starb Kaiser
Maximilian, und Franz I. bemühte sich vergeblich um die deutsche
Kaiserkrone. Er bat Heinrich von England um seine Unter=
stützung, und dieser sagte ihm dieselbe nicht allein schriftlich zu,
sondern er ließ ihm auch noch durch seinen Gesandten Sir Thomas
Boleyn versichern, daß er alles aufbieten würde, um die Wahl
seines „Bruders von Frankreich" durchzusetzen. Dessenungeachtet
hörte ein französischer Agent am Hofe des Kurfürsten Joachim I.
von Brandenburg, wie der englische Gesandte Richard Pace
dem Kurfürsten meldete, es sei der Wunsch des Königs von
England, daß nur ein deutscher Fürst die Kaiserwürde er=
lange. Franz I. war also vollkommen von der Doppelzüngig=
keit seines englischen Verbündeten überzeugt, trotzdem aber brach
er nicht mit Heinrich. Denn aus verschiedenen Gründen konnte
er der Freundschaft Englands nicht entraten, und die diplo=
matischen Verhandlungen zwischen beiden Höfen waren honigsüß
wie immer. Ebensowenig wurde das Projekt einer Zusammen=
kunft aufgegeben, ja, es wurde jetzt sogar bestimmt, daß dieselbe
noch innerhalb eines Jahres stattfinden sollte, und der englische
Gesandte am französischen Hofe wurde beauftragt, Seiner Maje=
stät zu melden, daß König Heinrich seinen Bart nicht eher ab=
nehmen lassen werde, bis die Zusammenkunft stattgefunden
habe, als einen Beweis dafür, wie sehr er sich danach sehne,
seinen Bruder von Frankreich zu umarmen. Die Antwort war
natürlich, daß Franz die Hand an seinen Bart legte und sagte:

„Auch ich werde meinen Bart wachsen lassen, bis ich Heinrich
von England gesehen habe."

Im August gab Heinrich dieses Versprechen, und schon im
November ließ er sich den Bart wieder abnehmen. Natürlich
wurde dies Ereignis sehr bald am französischen Hofe bekannt
und rief die größte Bestürzung hervor. Nur der König schien
gelassen, er fragte den Gesandten Sir Thomas Boleyn schein=
bar gleichgültig, ob er kürzlich Nachrichten aus England er=
halten habe. Der Diplomat erwiderte, er habe keine erhalten,
und die Hand auf die Brust legend setzte er hinzu: „Bei dem
Worte eines Edelmannes, Sire, wäre es nicht in der festen
Erwartung der Zusammenkunft zwischen Eurer Majestät und
meinem Souverän, so befände ich mich jetzt in Mailand."

Aber Luise von Savoyen, die Mutter Franz' I., drückte sich
deutlicher aus. Sie erklärte dem Gesandten, soeben sei der Baron
Montpesat vom englischen Hofe angekommen und habe ihr be=
richtet, König Heinrich habe sich den Bart abnehmen lassen, ob
Boleyn wisse, was der König damit andeuten wolle. Der so
in die Enge getriebene Diplomat scheint sich ziemlich gut aus
der Schlinge gezogen zu haben, denn in einem Brief an den
Kardinal Wolsey schrieb er folgendes: „Ich antwortete Ihrer
Majestät, daß Montpesat auch bei mir in meiner Wohnung ge=
wesen wäre und mir dasselbe mitgeteilt habe. Ich glaubte,
sagte ich weiter, daß der König sich nur auf Wunsch Ihrer Maje=
stät der Königin habe rasieren lassen, denn ich wüßte bestimmt,
daß die Königin Seiner Majestät wegen seines langen Bartes
täglich Vorstellungen gemacht habe und ihn endlich geradezu ge=
beten habe, sich doch ihr zuliebe den Bart abnehmen zu lassen."

Was konnten die höflichen Franzosen hierzu sagen? War es
nicht geradezu unmöglich für den König von England, sein
Versprechen zu halten, wenn die Königin ihren Gemahl mit
glattem Kinn zu sehen wünschte? Zudem war dieser Grund
auch der richtige, denn Katharina von Aragonien war, wenn
auch nicht gegen den Bart des Königs, so doch gegen den un=
mittelbaren Grund für das Stehenbleiben desselben und ver=
heimlichte ihre Abneigung gegen eine Zusammenkunft zwischen
den beiden Monarchen durchaus nicht. Erst sechs Jahre später

fand die Zusammenkunft der beiden Monarchen endlich statt; aus Höflichkeit hatten sich beide den Bart vorher sechs Wochen lang nicht rasieren lassen. **W. St.**

Die zehn Gebote im Banne. — Der schweizerische Dichter Bodmer berichtet 1756 an einen Freund: „Der neue Pfarrer zu Pyrna fand eine erstaunliche Unwissenheit in seiner Gemeinde. Sie kannten nicht einmal die zehn Gebote Gottes, und als er die Kinder anhielt, sie auswendig zu lernen und aufzusagen, da gab es viel zu reden. Sie sagten, sie könnten diese neuen Gebote wohl entbehren; sie könnten sich nicht mehr Gebote aufbringen lassen, als ihre Alten gehabt hätten.... Wenn solche Gebote einmal im Lande wären, so wären sie gar schwerlich wieder abzuschütteln. Wie gefährlich sei das Gebot: „Du sollst nicht töten"; man möchte ihnen also eine Sünde daraus machen, wenn sie ein Kalb oder ein Schwein schlachteten. Es hätte auch viel auf sich, wenn es in einem dieser Gebote heiße, „man solle sich des Nächsten Gut nicht gelüsten lassen"; Handel und Wandel würden dadurch gestockt werden; denn wenn man eine Kuh oder ein Schwein nicht gelüsten dürfte, so würde man auch nicht kaufen. Am 5. Oktober 1756 erkannte die Gemeindeversammlung: sie und ihre Nachkommen wollten sich zu keinen Zeiten mit den sogenannten Geboten Gottes· beschweren lassen. **C. T.**

Die Vergänglichkeit der Macht. — Sir Bernard Burke, ein englischer Gelehrter, gab vor einigen Jahren ein Buch heraus, in dem er die Ergebnisse seiner Forschungen über die Schicksale einst mächtiger englischer Familien darlegt. Die sehr interessanten Berichte beweisen wieder klar die Wahrheit des Wortes, daß die Wirklichkeit oft wundersamer ist als alle Dichtung. Welche Familie war im 12., 13. und 14. Jahrhundert in England wohl mächtiger als die Plantagenets? Und doch lebten die beiden letzten Descendenten im Jahre 1860 als Schuhflicker und als Kirchendiener in London. Ein Fleischer und ein Zolleinnehmer waren unter den direkten Nachkommen eines Königssohnes, Edmunds von Woodstock, Grafen von Kent, des sechsten Sohnes Eduards I. Ein Urenkel Oliver Cromwells lebte als Krämer auf Snowhill in London, und eine Schwester des Krämers, also eine Urenkelin des gefürchteten Lord Protektors, war mit einem Schuhmacher verheiratet, und eine andere mit dem Sohne eines Fleischers, bei dem sie als Magd diente. Johann Graf von Traquhair, ein Vetter Jakobs VI., pflegte in den Straßen Edinburgs zu betteln. William Maclellan Lord Kirkcubbright war, als im Jahre 1699 die Familiengüter von den Gläubigern mit Beschlag belegt worden waren, Handschuh= macher geworden. Bei den Bällen der vornehmen Gesellschaft in Edinburg pflegte er seine Handschuhe zu verkaufen und machte gewöhnlich ein sehr gutes Geschäft, denn zu der Zeit war es üblich, zu jedem neuen Tanz ein frisches Paar Handschuhe anzuziehen. Im größten Elend starb auf einem kleinen Küsten= fahrer im Jahre 1860 ein altes Fräulein, das man die „Prin= zessin von Connemara" nannte. Sie war eine Enkelin Richard Martins of Galway, eines Mannes, der auf eine diesbezügliche Frage König Georgs IV. antwortete, die Länge der Auffahrt zu seinem Schlosse betrage dreißig Meilen. Damit war gesagt, daß alles Land im Umkreis ihm gehöre; aber vierzig Jahre später war nicht mehr so viel davon übrig, seiner Enkelin einen Platz als Grab darauf zu bereiten, sie wurde auf hoher See bestattet.   W. Stelljes.

Die Bodenseefischerei vor zweihundert Jahren. — In einem alten „Fischbuche" aus dem Jahre 1701 wird erzählt, wie der Bodensee ehedem von einer Menge Fischarten geradezu gewimmelt habe. Man fing darin Hechte, Forellen, Karpfen, Aale, Felgen, Schleien, Grundeln, Brassen, Barben bis zu dreißig Pfund schwer; ferner Burlinge, Rinken und Rauchigel; auch Logeln, Asseln, Fürnen und Ringeln, die den Heringen gleichen. Desgleichen Alanden, welche wie die Drieschen bis vier Pfund schwer werden, aber nicht sonderlich gut sind; wogegen die Rhein= lanken, eine Art von Lachsforellen, vorzüglich schmecken. Letztere werden im Bodensee, wie auch weiter im Rhein hinauf bis zu vierzig Pfund schwer angetroffen und gefangen. In der Gegend von Lindau und Bregenz wurden diese Fische in besonderer Größe und Güte gefangen. Sie wuchsen in eine Länge von anderthalb bis zwei Ellen und zu einem Gewicht bis zu vierzig Pfund. Weil nun die Fischer ein so großes Stück nicht zu jeder Zeit auf einmal mit Vorteil verkaufen konnten, so befestigten sie ein kleines Stückchen Holz an einem Stricke, zogen biesen bis an das Holz durch des Fisches Kiemen und banden das andere Ende des Strickes an einen Pfahl, der am Ufer des Sees stand. Auf diese Weise konnten sie ohne Gefahr dem Fisch einen Raum von dreißig bis fünfzig Schritte zu schwimmen vergönnen und ihn so lange lebendig erhalten, bis sich ein Käufer oder eine Gesellschaft fand, welche ein großes Essen veranstalten wollte. Besonders gern wurden biese lebenden Rheinlanken zu Hochzeitsmahlzeiten angekauft, wozu sie die Fischer, wenn irgend möglich, vorrätig hielten. Das alte Fischbuch erwähnt noch eine Menge von Fischarten, welche alle im Bodensee gelebt haben sollen, barunter auch Aalruppen oder Quappen, in Oesterreich Rutten genannt. Von biesen Fischen sollen die Gastwirte zu Rheineck, in der Nähe des Bodensees, ihren Gästen die Lebern ausgeschnitten und gekocht vorgesetzt haben, während die Aal=ruppen selbst, die durch solches Leberausschneiden das Leben nicht verloren, noch einige Wochen in den Fischkasten auf=bewahrt wurden, ehe sie für eine Mahlzeit abgeschlachtet wurden. Ferner fand man im Bodensee Welse von mehr als einem Zentner schwer. Man nannte bamals biesen Fisch den „beutschen Walfisch". Er wurde jedoch selten gefangen, weil er meistens in der Tiefe blieb und nur selten zur Oberfläche emporstieg; auch schützte ihn der Aberglaube, denn mancher Fischer, der einen Wels im Netze hatte, ließ biesen wieder entschlüpfen, denn hätte er den Fisch behalten und abgeschlachtet, so würde sich, so nahm man an, ganz gewiß balb etwas Schlimmes am Bodensee zugetragen haben. **C. T.**

Die Laterne des Blinden. — Ein origineller Blinder war der zur Zeit Ludwigs XVI. in Paris lebende Arzt Gougé, der ohne Führer seiner Praxis nachging und bann jeden Abend von seiner Wohnung neben der königlichen Kriegsschule den Weg an den Galerien des Louvre vorbei bis zu der Straße Froibmanteau zurücklegte, ohne zu irren und anzustoßen. Hier pflegte nämlich der Sonderling allabendlich in einer Weinstube seinen Nachttrunk einzunehmen. Kurz vor Mitternacht schickte sich bann Doktor Gougé stets zum Nachhauseweg an, nahm eine brennende La=terne in bie eine Hand und einen mit Wein gefüllten Krug, seinen Bedarf für den nächsten Tag, in die andere und schritt wohlgemut seiner Wohnung zu.

Einmal traf ihn ein Bekannter auf dem Nachhausewege und fragte den Doktor: „Wozu dient Ihnen denn das Licht, bester Gougé? Ist denn bei Ihnen Tag und Nacht nicht völlig gleich?"

„Mein lieber Freund," erwiderte der Blinde, „ich trage die Leuchte nicht meinetwegen, sondern wegen der Sorte von Menschen, die mit sehenden Augen blind sind, damit sie mich nicht, wie es mir schon öfter passierte, anrennen und mir meinen Weinkrug zerbrechen."   J. W.

Königin Luise als Gattin. — Im Dezember 1808 traf König Friedrich Wilhelm III. von Preußen nebst seiner Gemahlin, der Königin Luise, auf der Reise nach Petersburg in Riga ein. Den hohen Gästen zu Ehren wurde ein Ball im Hause der „Schwarzen Häupter" veranstaltet. Als man dem königlichen Paare mitteilte, daß das Haus der „Schwarzen Häupter" einer im Jahre 1390 gestifteten Gesellschaft gehörte, deren Mitglieder das Gelübde ablegten, sich niemals zu verheiraten, hatte der König wieder, wie öfters in jener trüben Zeit, seine schwermütige Stunde, in der er sich und alles ihm Angehörige zum Unglück bestimmt wähnte. Ein unwillkürlicher Anklang dieser Stimmung war es wohl auch, daß er mit herbem Lächeln zu seiner Gemahlin sagte: „Ich hätte zu dieser Gilde gehören sollen; du hättest dann nicht so traurige Erfahrungen gemacht."

„Und hätten wir noch zehnmal traurigere gemacht, und hättest du mir alles Unglück vorhergesagt," antwortete die Königin, „ich hätte dich doch aus diesem Hause wieder herausgeholt."   F. K.

Die ersten Zuckererbsen. — Ein bis zur Mitte des 17. Jahrhunderts noch völlig unbekanntes Gericht waren die Zuckererbsen. Ein Gartenkünstler am Hofe Ludwigs XIV., der in der Geschichte der Gärtnerei ehrenvoll genannte Arnaud d'Andilly, war der erste, der ums Jahr 1680 dieses jetzt allgemein verbreitete Gemüse in der Abtei von Port royal anbaute. Es galt als eine kostbare Leckerei für die vornehme Welt, und ein Maß der raren Schoten, die nur im frischen Zustand genossen wurden, koſtete etwa fünfzig Thaler. Trotzdem oder vielmehr gerade deshalb wollte jeder grüne Erbſen eſſen, und ein vom 10. Mai 1696 datierter Brief der Frau v. Maintenon berichtet über dieſe ſeltſame Sucht der höfiſchen Feinſchmecker, grüne Erbſen zu verzehren: „Das Kapitel von den grünen Erbſen iſt noch immer an der Tagesordnung. Die Ungeduld, welche zu eſſen, das Vergnügen, ſie gegeſſen zu haben, und die Sehnſucht, noch mehr zu eſſen, ſind die drei Hauptpunkte, welche von unſeren Prinzen ſeit vier Tagen abgehandelt werden. Es giebt Damen, welche, wenn ſie an der königlichen Tafel zu Nacht ge= geſſen haben, und zwar recht tüchtig, zu Hauſe noch vor dem Schlafengehen eine Schüſſel voll grüner Erbſen verzehren, auf die Gefahr einer derben Unverdaulichkeit. Es iſt eine Mode, eine Wut, die neueſte, die unſer Hof jetzt aufzuweiſen hat." J. W.

Ein energiſches Mittel. — Dem Leutnant Andreas Joachim v. Kleiſt wollte es gar nicht gefallen, daß er, als ihm bei der Be= lagerung von Ryſſel (1708) eine Falkonettkugel das linke Bein zerſchmettert hatte, darauf gefaßt ſein mußte, zeitlebens zu hinken. Gern hätten dem erſt neunzehnjährigen Jünglinge die Feldärzte das Bein amputiert, aber er wehrte ſie und ihre Meſſer und Sägen mit geladener Piſtole von ſeinem Schmerzens= lager ab und verließ ſich darauf, daß die ſchwere Verwundung doch noch heilte. Dies gelang auch, aber nicht nach Wunſch, das Bein nahm dabei eine ſchiefe Richtung an. Er wandte ſich nun an einen berühmten Wundarzt ſeiner Zeit und ließ ſich den Rat geben, das Bein noch einmal zu brechen und dann kunſtgerechter heilen zu laſſen. Kleiſt ſtieg auf den Rücken eines Pferdes, ſprang herunter und brach zu ſeiner Freude das kranke Bein wirklich noch einmal. Der geſchickte Arzt heilte ihn jetzt ſo gut, daß er wieder den ſchönſten Parademarſch ausführen konnte. T.

Geiſtesgegenwart. — Der im 17. Jahrhundert in Schwerin als Hofprediger lebende bekannte Theologe Dr. B. be= trat zum erſtenmal in ſeiner Vaterſtadt Schwerin als junger Kandidat die Kanzel. Im Vertrauen auf ſein gutes Gedächtnis hatte er es unterlaſſen, ein Konzept ſeines Vortrags mit auf die Kanzel zu nehmen. Der Anblick des gefüllten Gotteshauſes

und der Gedanke an die anwesenden fürstlichen Zuhörer er=
schütterten indessen gar bald das Selbstvertrauen des jungen
Geistlichen, und die Wahrnehmung, daß sich während der Predigt
ein schweres Gewitter zusammenzog, dessen Nahen in der Ge=
meinde ebenfalls sichtliche Unruhe hervorzurufen schien, brachte
ihn bald vollends aus dem Gleichgewicht. So gut es gehen
wollte, half er sich weiter. Bis jetzt war seine Verlegen=
heit noch unbemerkt geblieben, aber in jedem Augenblick konnte
die verhängnisvolle Störung eintreten. Da durchtönte der erste
mächtige Donnerschlag das Kirchengewölbe, und noch war er
nicht verhallt, als der junge Theologe mit lauter Stimme aus=
rief: „Demütig beuge ich mein Haupt und schweige. Wie darf
der Mensch die Stimme erheben, wenn der Schöpfer selbst
spricht?"

Dieser überraschende und wirkungsvolle Predigtschluß lenkte
die Aufmerksamkeit des Herzogs auf den jungen Theologen, der
fortan zu seinen hervorragendsten Ratgebern zählte.   C. R.

Die Reise nach dem Monde. — John Wilkins, ein
geistreicher Schriftsteller des 17. Jahrhunderts und Schwager
Oliver Cromwells, schrieb unter anderem ein Buch: „Die
Entdeckung einer neuen Welt", das zuerst 1638 erschien. In
diesem Werke schildert er die angeblichen Zustände auf dem
Monde bis ins einzelne und that in einem eigenen Kapitel dar,
daß man mit der Zeit wohl noch ein Mittel entdecken werde,
auf den Mond zu gelangen. Begreiflicherweise erregte das Werk
großes Aufsehen und wurde lebhaft besprochen.

Als sich der Verfasser nun einmal der Herzogin von New=
castle, einer sehr phantasiereichen Dame, gegenüber befand,
fragte sie ihn in ironischem Tone, wie sie wohl am bequemsten
nach der Welt im Monde, die er entdeckt habe, gelangen und
wo sie unterwegs rasten könne, da doch die 50,000 Meilen Ent=
fernung nicht ohne Ruhepausen zurückzulegen seien.

„Mylady," versetzte Wilkins, „Sie haben in Ihrem Leben
sicherlich schon so viele Luftschlösser gebaut, daß es Ihnen an
Orten, um auszuruhen, wahrlich nicht fehlen kann!"   C. R.

—

Die glücklichen Kuren

in Paschen's orthopädischer Heilanstalt in Dessau

haben den vorzüglichen Ruf dieses vor nun bald 14 Jahren gegründeten Muster-Instituts längst auch jenseits des Ozeans in der wirkjamsten Weise verbreitet. Denn Paschen bekommt schon seit Jahren außer seinen zahlreichen deutschen Patienten Kranke nicht nur aus Italien, Rußland, Frankreich ꝛc., sondern auch aus Amerika, Afrika und Asien, und die fast alljährlich vorgenommenen Vergrößerungen der Anstaltsgebäude haben sich immer wieder als unzureichend erwiesen. Durch verschiedene Neubauten prächtigster und originellster Art, die sich durch den Ankauf eines großen Nachbargrundstückes ermöglichen ließen, ist in diesem Jahre Vorsorge getroffen worden, sodaß jetzt fast die doppelte Anzahl Leidender Raum findet und sich trotzdem auch die verwöhnlesten Patienten dort in jeder Beziehung wie zu Hause fühlen können. Es wird den Leser interessieren, zu erfahren, was eigentlich bei Paschen in Dessau geheilt wird. Alle Abnormitäten des Rückgrats, Lähmungen, Fußleiden, Klumpfüße, Rückenmarksschwäche ꝛc.! Natürlich überläuft den Unkundigen sofort eine Gänsehaut; denn er sieht im Geiste einen großen Operationssaal mit teuflisch blitzenden Messern, blutigen Tüchern und anderen gruseligen Dingen; oder er erinnert sich gar der Notiz über das Verfahren des Dr. Callot in Paris, der armen Bucklichen frisch und fröhlich die Wirbelsäule mit Gewalt eindrückt, um sie in die normale Façon zu bringen. An dergleichen Sachen ist jedoch in der Paschen'schen Anstalt gar nicht zu denken! Ohne Operation, ohne Gewaltmittel, ohne Gipsverbände, ohne Streckbett, nur durch eigens für jeden einzelnen Fall genau konstruierte Gelenkapparate oder Korsetts, verbunden mit vernünftiger Lebensweise, sorgfältig geregelter knochenbildender Diät, Massagen, Elektrisierungen, Bäder, Uebungen an Turn- und Handapparaten ꝛc. erzielt der gewissenhafte und reich erfahrene Leiter des Dessau'schen Instituts seine oft wunderbaren Erfolge. Mittels Röntgenapparats wird Sitz und Natur des Leidens zunächst festgestellt, und alsbald geht es an die Herstellung des nötigen aus Lederhülsen, Stahlschienen, Polsterungen, komplizierten Charnieren ꝛc. zusammengebauten Rüstzeugs, das den Patienten sofort in den Stand setzt, das Siechenlager verlassen und, ohne Schmerzen zu empfinden, sich frei bewegen zu können! Welch wonnige Empfindung durchströmt die Brust solches Armen, der die Hoffnung schon aufgegeben hatte, je wieder Gebrauch von seinen Gliedmaßen machen zu können! Von Jahr zu Jahr steigert sich die Zahl der glücklich Geheilten, die ihrem Retter nicht Dank genug zu sagen wissen für die überraschende Hilfe, die ihnen hier endlich zu teil geworden. Beinbrüchige, die bisher zu monatelangem Siechenlager verurteilt waren, erlangen mit Anlegung des Apparats sofort die Fähigkeit, wieder zu gehen; Rückenmarksleidende, die jahrelang im Rollstuhl zugebracht haben, gewinnen durch das Stolzosenkorsett wieder Halt im Körper; Kinder, die an Verkrümmung leiden und durch die Streckbettbehandlung sehr heruntergekommen sind, erholen sich hier schnell, da sie sich mit ihrem Apparat bewegen, im Park tummeln können und dadurch Appetit und Blutzirkulation haben.

Paschen's Heilanstalt liegt in gesunder gartenreicher Gegend und doch noch im Weichbilde der Stadt Dessau. Der große Komplex von Gebäuden enthält neben komfortabel eingerichteten Wohnräumen für die Patienten die Arbeitsräume des Direktors nebst den Werkstätten seiner Mitarbeiter; sodann einen großen mit allen möglichen Turnapparaten, Dreirädern ꝛc. ausgestatteten Turnsaal, einen brillant eingerichteten Lesesalon, Speise- und Empfangsräume, ferner das durch den Neubau entstandene Sonnenkurhaus, einen kleinen Glaspalast mit den prächtigsten Kindern der südlichen Flora ausgestattet, sowie ein in seiner ganzen Einrichtung höchst praktisch angelegtes Schulgebäude, in dem die Kinder-Patienten der allein nur wünschenswerten Gebieten durch eigene Lehrkräfte weiter gefördert werden. Die Erwärmung der Räume geschieht durch Central-Warmwasser-Anlage; die Beleuchtung durch Elektrizität. Der die Anstalt umgebende Garten ist parkartig und nur für die Patienten bestimmt. Die Wege darin sind den Leidenden entsprechend vorzüglich gehalten. Bei schlechtem Wetter bietet eine herrlich dekorierte Wandelhalle Gelegenheit zum Promenieren. Ueberall herrscht unter den Patienten Fröhlichkeit, nirgends sieht man verdrießliche Gesichter, niemals vernimmt man Neußerungen des Schmerzes. Es fühlt sich eben jeder hier wohl und geborgen, tröstlicher Hilfe sicher, wozu das musterhaft geschulte Personal nicht zuletzt beiträgt.

Auch ärztliche Autoritäten, wie Professor von Bergmann, Professor von Leyden, der verstorbene Volkmann-Halle ꝛc. haben die Erfolge Paschen's verschiedentlich und rückhaltslos anerkannt. Das Institut sei daher allen, die für die obengenannten Leiden Besserung und Genesung suchen, mit der Mahnung empfohlen, das was sie thun wollen, bald zu thun. Je früher man gerade bei diesen Krankheiten vor die rechte Schmiede geht, je sicherer darf man auf Erfolg rechnen.

Theodor Weinert.